El General

ncisco Villa

por

PANCHO VILLA

RETRATO AUTOBIOGRÁFICO, 1894-1914

...rada por
Guadalupe Villa Rosa Helia Villa

PANCHO VILLA

Retrato autobiográfico, 1894-1914

taurus

memorias y biografías

PANCHO VILLA. RETRATO AUTOBIOGRÁFICO, 1894-1914.
D.R. © Guadalupe Villa y Rosa Helia Villa, 2005

De esta edición:
D.R. © Santillana Ediciones Generales, S.A. de C.V., 2005
Av. Universidad 767, Col. del Valle
México, 03100, D.F. Teléfono 54 20 75 30
www.taurusaguilar.com.mx

- Distribuidora y Editora Aguilar, Altea, Taurus, Alfaguara, S.A.
  Calle 80 Núm. 10-23, Santafé de Bogotá, Colombia.
- Santillana S.A.
  Torrelaguna 60-28043, Madrid, España.
- Santillana S.A.
  Av. San Felipe 731, Lima, Perú.
- Editorial Santillana S.A.
  Av. Rómulo Gallegos, Edif. Zulia 1er. piso
  Boleita Nte., 1071, Caracas, Venezuela.
- Editorial Santillana Inc.
  P. O. Box 19-5462 Hato Rey, 00919, San Juan, Puerto Rico.
- Santillana Publishing Company Inc.
  2105 NW 86th Avenue, 33122, Miami, Fl., E.U.A.
- Ediciones Santillana S.A. (ROU)
  Constitución 1889, 11800, Montevideo, Uruguay.
- Aguilar, Altea, Taurus, Alfaguara, S.A.
  Beazley 3860, 1437, Buenos Aires, Argentina.
- Aguilar Chilena de Ediciones Ltda.
  Dr. Aníbal Ariztía 1444, Providencia, Santiago de Chile.
- Santillana de Costa Rica, S.A. La Uruca, 100 mts. Oeste de
  Migración y Extranjería, San José, Costa Rica.

Primera edición en México: febrero de 2005

ISBN: 968-19-1550-X

D.R. © Diseño de cubierta: Fernando Ruiz Zaragoza, 2005
D.R. © Fotografía de cubierta: colección particular de la familia Villa

Impreso en México

Índice

PRÓLOGO DE EUGENIA MEYER

Villa recuperado

A lo largo de nuestra vida siempre está presente la incertidumbre de lo desconocido, de aquello a lo que involuntariamente llegaremos: la muerte. Esto nos obliga a pensar y recomponer la imagen que proyectamos ante los demás y, sobre todo, la forma en que quisiéramos ser mirados por los otros. Así es como elaboramos, a veces de modo perceptible y otras no tanto, un tejido invisible que, a partir de recuerdos seleccionados por nosotros mismos, construyen la memoria. El tiempo quizá cambiará parte de su contenido, pero no su esencia; en el camino vamos desechando lo que nos duele o molesta y lo sustituimos por lo que nos retribuye anímicamente. Todo con el objetivo de conformar la imagen con la cual queremos ser recordados en el futuro.

Cada uno de nosotros cultiva de modo subjetivo la memoria de nuestro acontecer personal, porque todos tenemos una historia propia que crear y recrear permanentemente. No podría ser de otro modo: los hechos que protagonizamos nos conforman; nuestras actitudes, sentimientos y reacciones son la respuesta que damos ante lo que sucede, la forma en que lo registramos y, sobre todo, la manera en que queremos conservarlo en la memoria.

Así es como recuperamos del olvido los recuerdos que constituyen nuestra memoria. Por eso, resulta tan significativo asomarse al universo íntimo, para palpar la percepción que el otro, el sujeto de su historia y de la historia, ha tenido de su propia vida inserta en el devenir por el que le toca transitar.

No se trata de una actitud de presunción o suficiencia sino, por el contrario, de una necesidad inherente a la condición humana que busca por igual la pertenencia como la trascendencia; teniendo como referentes el entorno propio y próximo. Para luego considerar aquellos que van urdiendo los núcleos sociales; desde los más cercanos y esenciales como la familia, hasta otros más amplios en los que nos vamos insertando, como la comunidad, la región y la nación.

Muchos recurren a la escritura de diarios personales en respuesta a la necesidad del desahogo y el rescate de los recuerdos "tal y como nos resulta conveniente". Se dictan o escriben memorias que compendian vida y obra. En uno y otro caso, el autor tiene una mira inconsciente o, mejor dicho, "un interlocutor": quiero que me lean, que me escuchen, que me atiendan, que sepan lo que pienso y siento; quiero que reparen en mí. Porque es verdad que se escribe para que los otros se enteren, de lo contrario todo quedaría en el fondo recóndito de la conciencia y en el recorrido íntimo de la propia historia.

Por todo ello, resulta especialmente significativo que Pancho Villa, cuando apenas tenía 35 años, sintiera la necesidad de *construir* sus memorias. Para recuperar su historia tuvo que recurrir a gente cercana, entre ellos personas que siempre le demostraron su lealtad incondicional —como Miguel Trillo (su hombre de confianza y secretario)— o que habían testimoniado su lucha con fidelidad —como Manuel Bauche Alcalde, un periodista comprometido que tenía el bagaje y los recursos de los que carecía Villa en medio de la vorágine revolucionaria: educación y cultura para dar sentido y continuidad a los hechos narrados por el caudillo, que con tropiezos y divagaciones quizá surgían en la memoria de manera espontánea—. Así, el Centauro del Norte, el personaje de la leyenda y la historia, se mostró dispuesto a compartir recuerdos y experiencias con un objetivo determinado: dejar testimonio de su vida, transmitir sus ideas y su forma de ver el mundo. A fin de cuentas, bien valía la pena ser narrada la suma de sus andanzas, de sus aventuras y de sus ideales que confluyeron en el liderazgo que personificó, dándole rumbo a una lucha por la construcción de un país más justo.

Sin embargo, no hay que quedarse con la idea reduccionista de que sólo "dictó" su versión de la historia personal y nacional a dos testigos, sujetos ajenos e inocentes, porque sus cómplices en esa hazaña mucho tuvieron que ver, opinar, sentenciar y, tal vez, hasta censurar. Lo importante, sin duda, fue el rescate y la salvaguarda de todo lo que le era preciado, lejos de los peligros y sobresaltos del campo de batalla, o de las candilejas en las que se vio inmerso como personaje público. Lejos también de las entrevistas incidentales, de las cámaras del fotógrafo o del cinefotógrafo que captaron una fracción de esa realidad que conformó en su momento y su circunstancia al sujeto que solemos reconocer e identificar como Pancho Villa.

Quizá podemos anticipar o aproximarnos al riesgo de suponer que él tuviese una clara conciencia de su participación decisiva en la historia de México, del significado de la Revolución, o bien de ser un sujeto de la historia, y que su versión de los procesos, así como de las razones que lo llevaron a actuar por la causa revolucionaria, serían atendidos con interés y credibilidad.

Y, ¿por qué no?, la agudeza mental, el instinto y quizá el sentimentalismo de Pancho Villa sirvieron de cauce natural a una versión particular y subjetiva, como todas, de la historia propia y la del país, durante el proceso que determinó el siglo XX mexicano.

Es posible que no tuviera una visión de conjunto de que la Revolución —aún en su fase inicial— era el primer gran movimiento social con el que arrancaba una centuria que estaría llena de complejidades, grandes conflagraciones y transformaciones económicas y sociales. Pero es indudable que se sabía protagonista de un momento importante en el desarrollo del país.

No en balde habla de la "tragedia de su vida", refiriéndose a la forma en que se vio involucrado en hechos de sangre desde edad muy temprana, y de sus sólidos vínculos con los hombres del campo, con los despojados y desarraigados, con sus soldados, con sus "muchachitos", a los que describe siempre en forma paternal y protectora.

Es tópico insistir en que la suya es una visión del acontecer próximo, del cual fue protagonista; sin embargo, no deja de referirse a las desiguales condiciones sociales prevalecientes en el

México porfirista. Por ende, es lógico suponer que no será él quien censure a posteriori sus actos y mucho menos desdibuje la figura del héroe popular, del bandido social que ya empezaba a perfilarse. Entre la realidad y la fantasía, la pasión y la rabia, transcurre esta parte de una historia por demás breve.

El lector de estas "memorias" —o como bien definen sus nietas: de este "retrato autobiográfico"— podrá hurgar en el pasado y, con mesura y precaución, leer entre líneas para descubrir la forma de pensar y actuar del hombre rudo, el de paso firme y mirada recia y atemorizante, quien, junto con Zapata en el sur, fueron los dos grandes caudillos sociales de la gesta revolucionaria de 1910.

Los móviles que llevaron a Villa a dejar constancia por escrito de su vida y su lucha, sin duda fueron múltiples. Como buen norteño, hablaba duro y de frente: "Que se me conozca tal y como fui, para que se me aprecie tal y como soy". Pero no sólo buscaba la justificación o la aprobación frente a tanto descrédito del que fue víctima. No olvidemos la condición en que se encontraba el Villa de 1914, tan diferente del defensor a ultranza de Madero apenas un corto tiempo antes, o del revolucionario bronco de los primeros tiempos. Hacia entonces, luego de la Convención de Aguascalientes y del inicio de su retirada al norte, era ya un personaje político curtido por la vida y las circunstancias, que había probado la gloria y el infierno, y que quizá por ello intuía el final.

Al "dictar su legado", Villa pretendió delinear sus espacios frente a los sólidos argumentos del hacendado Carranza y las ambiciones del ranchero sonorense que era Obregón. Y mirando hacia atrás, evaluando los acontecimientos con el paso del tiempo, sintió la necesidad de comunicar su verdad. La estirpe de este trío era tan diversa como compleja; poco tenían en común, salvo las circunstancias generadas por la propia guerra.

Villa el rebelde, el estratega, el caudillo, el gobernante y —una vez más, en ese círculo que se cerraría pronto— el bandido social, revela en sus memorias su visión de México y de los términos en que la contienda revolucionaria que protagonizó pretendía contribuir al logro de la justicia social.

Porque esta historia contada, aderezada y quizá también pulida de acuerdo con la interpretación subjetiva de Bauche Alcalde, va mucho más allá de la mera referencia biográfica. Villa se torna en observador y crítico de su tiempo. Se refiere a un sinnúmero de circunstancias regionales y, sobre todo, a la manera en que puede verse el proceso mexicano de los primeros lustros a la luz de las circunstancias sociopolíticas inherentes al norte de México, aquel territorio bárbaro del cual se guardó distancia durante tantos siglos.

Villa legó su testimonio, parcial y subjetivo como el que más, pero en forma voluntaria, con una mira muy clara: explicar por sí mismo su propio bregar, con lo cual impidió, quizá sin proponérselo, que fuera alterado por la tradición oral.

Los historiadores coincidirán en que lo ideal hubiera sido rescatar la totalidad de esas memorias, y no sólo el breve periodo que transcurre de 1894 a principios de 1914; una historia que tuviera continuidad, limitando así la tendencia a que el mito rebase al héroe, que la fantasía y la distorsión impidan vislumbrar al hombre. No obstante, este libro ofrece a los lectores la posibilidad de conocer una parte medular de la biografía de uno de nuestros personajes históricos más apasionantes, recreada por varias plumas pero con un solo final.

Villa narra por igual episodios militares intensos y agotadores, decisivos en su lucha política, y circunstancias cotidianas en las que revela el cuidado que procuraba a sus tropas, a la gente pobre que daba aliento a su causa, a las viudas y los huérfanos de Chihuahua; todo ello da cuenta de una manera inteligente y comprometida de ver el mundo y rebelarse contra la injusticia.

Una lectura cuidadosa permite comprender, como alguna vez lo expresó Ramón Puente, que el revolucionario "quería ser un hombre normal". Sin embargo, en el aire queda la duda de qué entendía Pancho Villa por *un hombre normal*.

El mayor mérito de esta obra es el de la salvaguarda, porque a fin de cuentas el propio Bauche, Ramón Puente, Elías Torres, Nellie Campobello y finalmente Martín Luis Guzmán con su versión novelada, aprovecharon con imaginación, con intención e incluso con dolo este material que por primera vez llega a los lectores en la versión más fiel a la narrativa directa del personaje.

La acuciosa labor editorial, el esfuerzo por dotar al texto de un entorno claro y bien documentado, las notas a pie de página que nos sitúan en el tiempo y el espacio, permiten introducirnos en un mundo ciertamente apasionante, que bien puede definirse como "real maravilloso" por su veta imaginativa y verosímil.

El Villa de los últimos años, el de las aguas quietas, el que en la hacienda de Canutillo se sentaba a que le platicaran la vida de Napoleón o que asistía casi clandestinamente a la escuela, junto con sus hijos y los de sus *dorados*, para escuchar las lecciones que impartía un grupo de entusiastas jóvenes de las llamadas misiones educativas, ese hombre que miraba con placidez los campos de cultivo, que atendía amoroso a sus mujeres y sus hijos en esa especie de comuna paradisiaca, luego de tanto tiempo transcurrido se reencuentra aquí con el de los años broncos y cruentos de la gesta revolucionaria, para consolidar una narrativa integrada del hombre.

No se trata de corregir la memoria de Pancho Villa, o de lo que él y sus intérpretes pretendieron narrar, ni de entrar en rebuscadas interpretaciones psicologizantes o hermenéuticas para apuntalar aquello que el hombre quiso ocultar, lo que distorsionó a su conveniencia, o bien de embozar según el acomodo o las intenciones de transmitir exégesis diferentes de las *verdades* impuestas con el tiempo por la historia oficial. Simple y llanamente se trata de un rencuentro con el personaje que, a más de cien años de la historia fascinante que protagonizó, hoy recuperan estas páginas.

Introducción de Guadalupe Villa

Villa y su circunstancia

> Que se me conozca tal y como fui,
> para que se me aprecie tal y como soy.[1]

El 8 de diciembre de 1913 las fuerzas de la División del Norte arribaron a la ciudad de Chihuahua tras la captura sorpresiva de Ciudad Juárez y la victoriosa batalla de Tierra Blanca. Conforme al Plan de Guadalupe, Villa asumió el gobierno civil y militar de la entidad.

En tan sólo tres años, el hombre que se unió al movimiento maderista como uno más de los jefes locales chihuahuenses, había logrado controlar una de las entidades más grandes e importantes del país, ser respetado como líder revolucionario y ser temido por aquellos de los que no hacía mucho era subordinado. El vertiginoso ascenso, que estaba por tocar la cúspide, se debió sin duda a su extraordinario don de mando y a un intuitivo y excepcional talento militar. Los problemas que cotidianamente enfrentó para mantener la cohesión de sus fuerzas, mediante el suministro continuo de alimentación, avituallamiento y haberes, no siempre obtenidos con largueza o éxito, lo convirtieron en un hábil gestor, siempre atento a las necesidades de su gente. Como él mismo señaló:

> Todo lo mejor para el soldado; para él los primeros alimentos, para él los primeros zapatos, para él los primeros haberes, para

---

[1] Francisco Villa a Manuel Bauche Alcalde, Chihuahua, 1914.

19

él los primeros cuidados y los mejores agasajos. ¡Pobrecitos! ¿Qué otra compensación tienen en la guerra si no es el cariño y la devoción de sus jefes? General que no ama a su tropa, que no la cuida, que no se desvela por ella, que no se sacrifica, no es general ni merece serlo; por él no se dejará matar un solo hombre; por él no luchará, sino que huirá en el primer momento en que pueda.[2]

Pero administrar un estado como Chihuahua, planteaba un sinfín de problemas, muchos de ellos derivados de compartir una extensa frontera con Estados Unidos, contar con numerosas inversiones extranjeras y tener una economía orientada a la exportación. Aunque tales características eran comunes a los estados norteños, Villa tenía la responsabilidad de cuidar y dirigir de la mejor manera posible el territorio que constituía al mismo tiempo su base de apoyo, centro de operaciones y fuente de abastecimiento. Ganarse la confianza de la población y mantener la buena voluntad de los inversionistas extranjeros estaría en proporción directa a sus logros administrativos.

La reorganización era una empresa mayúscula: Chihuahua era un territorio devastado por la guerra, cuya ruinosa economía dejaba ver su impacto en un sistema ferroviario prácticamente destruido y en las nulas fuentes de trabajo para las numerosas personas que habían perdido sus empleos por los obligados cierres de empresas.

Todas las medidas que Villa instrumentó como gobernador, en el corto periodo de su administración directa, tendieron a ser prácticas y a resolver problemas inmediatos y urgentes, como darle continuidad a la actividad productiva, tratando de impedir su paralización, que no faltaran artículos básicos de subsistencia, lo que le permitió contar con la confianza y apoyo del pueblo. No cabe duda de que el gobierno de Villa reflejó el concepto centralizado de autoridad y simultáneamente la independencia y soberanía estatal que mantuvo a lo largo de la lucha.

---

[2] Francisco Villa a Manuel Bauche Alcalde.

El 4 de julio de 1913, Venustiano Carranza emitió desde su cuartel general de Monclova, un decreto para distribuir el ejército constitucionalista en siete cuerpos: Noroeste, Noreste, Occidente, Oriente, Centro, Sur y Sureste. En el cuerpo del Noroeste quedaron incluidas las fuerzas del estado de Chihuahua; el 9 de agosto fueron enviados a conferenciar con Villa sobre su adhesión al constitucionalismo, Juan Sánchez Azcona y Alfredo Breceda, secretarios del gobernador de Sonora, José María Maytorena, y de Carranza, respectivamente. Villa reconoció a Carranza como jefe del ejército constitucionalista, pero se negó a subordinar sus tropas a la jefatura del Noroeste, comandada por Álvaro Obregón, declarándose único y supremo jefe de las operaciones militares en Chihuahua. De hecho, la División del Norte y su jefatura se condujeron como un cuerpo de ejército, calidad que nunca fue reconocida por el primer jefe.

En el gobierno estatal Villa impresionó con sus habilidades organizativas: inició la normalización de la vida pública; se asumieron los servicios de ferrocarriles y telégrafos y se edificó, antes de la primera semana de labores, la primera red inalámbrica de la frontera, instalada en las torres de la catedral. Tratando de limitar el saqueo, Villa decretó el 10 de diciembre que ningún soldado, sin previa autorización escrita, sellada y firmada por él, podría obtener dinero o bienes de particulares.

Los decretos con los que prácticamente comenzó a gobernar fueron el relativo al establecimiento del Banco del Estado y el de confiscación de bienes a los enemigos de la Revolución.[3] Los fondos provenientes de las familias Terrazas, Creel, Falomir, Cuilty y Luján, entre otros, Villa los destinó a obras de beneficio social, como el pago de pensiones a viudas y huérfanos de la revolución, y a equipar y sostener a su creciente ejército. Con la aplicación de este decreto se atrajo las simpatías y el respeto de los grandes sectores sociales que resultaron beneficiados.

Otra disposición que le valió el aplauso generalizado fue poner al alcance de la población empobrecida por la guerra productos ali-

---

[3] *Periódico Oficial del Gobierno Constitucionalista del Estado de Chihuahua*, 12 de diciembre de 1913.

menticios a muy bajo precio, entre ellos la carne vacuna. Además, fiel a sus convicciones, Villa procuró repartir raciones alimenticias entre la gente pobre y los numerosos desempleados que día con día deambulaban por las calles de la capital.

Aunque el abaratamiento de la vida comenzó a sentirse, las transacciones comerciales se dificultaron por la falta de moneda circulante, de ahí que se tomaran algunas medidas para que la imprenta del gobierno emitiera una serie de billetes conocidos como "sábanas", que fueron firmados individualmente para evitar falsificaciones. Al quedar rebasada la capacidad de la imprenta, se contrató a una empresa estadounidense para que imprimiera los nuevos billetes "dos caritas", llamados así por ostentar los rostros de Madero y Abraham González. Este dinero fue de circulación forzosa.

Otra de las medidas que resultó sumamente popular fue el decreto que condonó hasta en un 50 por ciento, los rezagos en contribuciones fiscales. La administración de justicia de jueces menores y de letras quedó sujeta al régimen militar; las resoluciones finales quedarían a cargo del jefe o gobernador militar del estado.

Habrá quien critique la ausencia de un programa gubernamental de largo plazo; sin embargo, la administración ejercida por Villa en Chihuahua durante los dos años que mantuvo el control resultó coherente y exitosa, no obstante la magnitud de los problemas a los que tuvo que hacer frente.

A lo largo de 1914 y 1915 las publicaciones villistas en la entidad se encargarían de difundir un verdadero cuerpo de doctrina en torno al principio agrario: proyectos de leyes, decretos, ensayos y artículos que precisaban las causas y los efectos de la problemática estatal, sus necesidades y posibles soluciones. Villa conoció bien las condiciones agrarias prevalecientes en el campo norteño, e imbuido por un deseo de cambio comisionaría, entre otros, al ingeniero Manuel Bonilla para el estudio y la formulación de los siguientes proyectos: Ley sobre expropiación por Causa de Utilidad Pública; Ley Agraria del Estado de Chihuahua; Reformas a la Ley de Aparcería Rural; Ley para el Revalúo de la Propiedad Rústica y Ley sobre Protección del Patrimonio Familiar.[4]

---

[4] *Vida Nueva, órgano político y de información*, Chihuahua, 1914-1915.

Si bien todos estos estudios son importantes, descuellan entre ellos el proyecto de ley agraria y el de protección al patrimonio familiar. Quedaba claro que para aumentar la productividad agrícola no sólo se requería de repartir tierras entre quienes carecían de ellas —de ese modo se aumentaría el número de propietarios, pero los terrenos podrían seguir improductivos—, sino también dotar de aguas para las cosechas, aperos y otros elementos de los que el gobierno pudiera disponer. El proyecto de ley agraria pretendía sintetizar la preocupación general por expropiar únicamente tierras improductivas, toda vez que las fructíferas no deberían dividirse. Las expropiaciones se harían siempre previo estudio del terreno. De acuerdo con este proyecto, no era importante la extensión de las tierras productivas, cuya división significaría una injusticia, pues se favorecería a unos en perjuicio de otros. Además, se corría el riesgo de que los nuevos propietarios no fuesen lo suficientemente aptos para desarrollar cultivos, con lo que se atentaba contra el derecho de propiedad sin justificar el motivo de la utilidad pública.

Se pretendía fraccionar las grandes extensiones de tierras, fuesen de particulares o del gobierno, siempre y cuando estuvieran sin cultivar. Asimismo, se expropiarían los terrenos de pueblos o comunidades indígenas que hubieran pasado a manos de otras personas —como baldíos o terrenos nacionales—, con menoscabo de la extensión señalada en los límites de los títulos originales de propiedad. El proyecto de ley agraria se declaraba enemigo del régimen comunal por considerar que carecía del estímulo fundamental de la propiedad privada. Reinaba la idea de que no habría el mismo entusiasmo en labrar la tierra que fuera de todos en general y de ninguno en particular. Sin embargo, no se oponía a la explotación de la tierra organizada por colonias, pues en éstas el trabajo en gran escala permitía el empleo de maquinaria común. Finalmente se expresaba que la Revolución no había prometido regalar tierras, sino reparar las injusticias del régimen conservador y no cometer otras, cualquiera que fuera el pretexto invocado.

La ley sobre Protección del Patrimonio Familiar, por su parte, se sustentaba en el considerando de que aquél no podía ser objeto de ningún embargo, ocupación, lanzamiento ni expropiación de ninguna clase, aun de parte de las autoridades judiciales, y sólo quedaba sujeto a las disposiciones de policía y al pago de las contribuciones equitativas que dispusiera la ley.

Las políticas que Villa aplicó en Chihuahua durante la época en que controló la entidad revelan a un hombre comprometido con las causas sociales y son muestra clara de su ideología, en la que quedó de manifiesto su deseo de redistribuir la propiedad. Para los norteños, la solución radicaba en el fraccionamiento de los latifundios y la creación de gran número de pequeñas propiedades, con extensión suficiente para soportar el costo de una buena explotación agrícola. Se aspiraba a una unidad que mereciera el nombre de rancho y a conquistar la libertad del propietario en plenitud.

Cuando Villa fue nombrado gobernador provisional del estado libre y soberano de Chihuahua, se hizo notar que, de acuerdo con las exigencias de la guerra, tendría que separarse del gobierno, por lo que se le otorgaron amplias facultades para hacerlo, dejando en su lugar un sustituto. Sucesivamente ocuparían el Poder Ejecutivo Manuel Chao, Silvestre Terrazas y Fidel Ávila. Al dejar la gubernatura para encargarse de las operaciones militares —de hecho Villa no volvería a ser gobernador en funciones—, hizo valer y mantuvo vigente su autoridad hasta 1915. Los diferentes gobernantes interinos representaron su jefatura y se sometieron a sus decisiones.

Siendo Ojinaga el último reducto huertista en la entidad, el 22 de diciembre de 1913, Villa envió una numerosa columna al mando de Pánfilo Natera a combatirlo. El primero de enero de 1914 se iniciaron los combates frente a la plaza en cuestión y, contra todo vaticinio, los federales ocasionaron numerosas bajas a los revolucionarios. El resultado adverso determinó que Villa acudiera en auxilio de su gente; acompañado de los contingentes de Rosalío Hernández y Maclovio Herrera, entre el 10 y el 11 de enero de 1914, fueron desalojados de Ojinaga los orozquistas comandados por Salvador Mercado, Pascual Orozco, Marcelo Caraveo y Desiderio García. Algunos optaron por cruzar el río Bravo para entregarse a las autoridades militares de Presidio, Texas; otros huyeron hacia el sur.

De regreso en la capital del estado, Villa inició los preparativos para la campaña que lo llevaría a la segunda toma de Torreón, San Pedro de las Colonias y Zacatecas. El 22 de febrero de 1914, durante la ceremonia celebrada en el Teatro de los Héroes, en conmemoración del primer aniversario de los asesinatos de Madero y Pino Suárez, expresó:

> Estamos peleando por nuestras vidas y por nuestros hogares; por la justicia y la igualdad, para traer una era de paz a la desdichada república de México, que tendrá que realizar la abolición de amos y esclavos y la evolución de una nación en la que no debe haber ni gran riqueza ni gran pobreza. Y, amigos, nosotros seguiremos peleando por estas cosas hasta que hayamos grabado el nombre de libertad tan hondamente en la raza y en las rocas [...] para que pueda ser leído por siempre, como amenaza a los tiranos, de que al pueblo mexicano no se le burla. Dentro de pocos días, compañeros, encontraremos a los enemigos de Madero y a los enemigos, en Torreón. Es allí donde romperemos la espina dorsal de los huertistas y el maldito espíritu del despotismo del que Huerta es representante.[5]

Con Chihuahua bajo control constitucionalista y teniendo como marco este ambiente triunfal, llegó a la capital del estado Manuel Bauche Alcalde, quien, atraído por la personalidad de Villa, lo persuadió de que le dictara sus memorias. Después de todo, era el hombre del momento.

---

[5] *Periódico Oficial del Gobierno Constitucionalista del Estado de Chihuahua*, 22 de febrero de 1914.

El compilador y su historia

Soy más periodista que militar.[6]

Manuel Bauche Alcalde fue alumno del Colegio Militar, donde estudió entre 1897 y 1900.[7] A raíz de la usurpación huertista se incorporó al constitucionalismo, y fue destinado a la campaña de Sonora, en la que junto con su hermano Joaquín fue comisionado para adquirir armamento y aviones en Estados Unidos. Descubiertas sus actividades por el servicio secreto de la agencia de investigaciones Burns, les decomisaron dos aeroplanos y se aprendió a uno de los pilotos de nombre Didier-Mason.

Los éxitos que se anotó dicha agencia se debieron a que por ese entonces, la frontera de Estados Unidos estaba fuertemente vigilada en vista de las multitudes que por fuerza o voluntariamente cruzaban la línea, muchos con la esperanza de hacer fortuna contrabandeando armamento para los revolucionarios o para cualquiera que pagara bien.

La Procuraduría Federal de Los Ángeles, California, inició juicio a los hermanos Bauche, acusándolos de conspirar en territorio americano y de violar las leyes de neutralidad.[8] A principios de 1914, Manuel y Joaquín aún se encontraban en Los Ángeles. El cónsul Juan R. Orcí, los calificó de levantiscos, capaces de promover desórdenes en la Baja California.

Luis Aguirre Benavides cita en sus memorias a la gente que se reunió con Villa luego de su arribo a la capital del estado, en diciembre de 1913: "Llegó también el periodista Manuel Bauche Alcalde a quien Villa comisionó para que publicara un periódico. Mientras estuvo en Chihuahua, me consta que por algún tiempo

---

[6] "Tres horas de verdadero solaz con el periodista Manuel Bauche Alcalde", *La Voz de la Revolución*, Mérida, Yucatán, 5 de abril de 1915.

[7] Archivo Histórico de la Secretaría de la Defensa Nacional (AHSDN), Cancelados, expediente personal del coronel Manuel Bauche Alcalde D/III/4/691,71 ff.

[8] Archivo Histórico de la Secretaría de Relaciones Exteriores (AHSRE), sección de protocolo núm. 56, 12 de enero de 1913, 17-5-45.

se encerraba con él a contarle episodios de su vida, desde su niñez, que Bauche escribía y tituló *Memorias de Francisco Villa*.[9]

No obstante, los informes de la Secretaría de Relaciones Exteriores contradicen a Aguirre Benavides y hacen suponer que Bauche llegó hasta mediados de febrero de 1914, tras lo cual fue comisionado por Villa para establecer y dirigir el periódico que sería el vehículo de difusión del villismo, pero no desempeñó el cargo de secretario particular. Por ese entonces el puesto estaba a cargo de Luis Aguirre Benavides, quien relató lo abrumador de su trabajo:

> Mecanógrafo, tesorero, ayudante, consejero [...], me ocupaba personalmente de hacerlo todo; trabajaba desde las ocho de la mañana hasta las altas horas de la noche y estaba verdaderamente abrumado. Pensé, pues, en buscar un ayudante y no tardé en conseguirlo en un joven taquígrafo y mecanógrafo, que prestaba sus servicios en la secretaría de gobierno del estado de Chihuahua, a cuyo frente estaba don Silvestre Terrazas; este joven se llamaba Miguel Trillo, y más tarde ocupó también el cargo de secretario particular del general Villa, muriendo junto con él cuando fue asesinado en Parral en julio de 1923. Posteriormente también utilicé los servicios del señor profesor Enrique Pérez Rul, hombre inteligente, culto y de gran valor civil, que me fue sumamente útil en mis labores; también utilicé los servicios de un hermano de este señor llamado Julio Pérez Rul que sirvió como cajero con inmaculada honradez. Cuando yo me separé de Villa en enero de 1915, el profesor Pérez Rul ocupó mi lugar como secretario particular.[10]

Manuel Bauche fue durante breve tiempo director del periódico villista *Vida Nueva, Órgano Político y de Información*, editado en la ciudad de Chihuahua. En esta capital, Carranza lo ascendió a

---

[9] Luis Aguirre Benavides, *De Francisco I. Madero a Francisco Villa. Memorias de un revolucionario*, México, A. del Bosque Impresor, 1966.

[10] Aguirre Benavides, *De Francisco I. Madero a Francisco Villa*, p. 69.

coronel de caballería el 5 de mayo de 1914, quedando incorporado a la brigada Benito Juárez, comandada por el general Manuel Chao, con quien permaneció poco más de un mes, ya que fue llamado a Saltillo para el desempeño de una comisión que concluyó con la entrada del primer jefe a la capital de la república.

A principios de abril de 1915, Bauche sirvió en la campaña de Yucatán, bajo las órdenes de Salvador Alvarado. Un mes después, pasó al cuerpo del Ejército de Oriente como secretario particular del general Pablo González, donde permaneció hasta el 10 de noviembre de 1915, cuando por orden de Carranza quedó a disposición de la Secretaría de Relaciones Exteriores para marchar a Europa a desempeñar el cargo de cónsul general de México en Génova, Italia, lo que no llegó a oficiar.

A fines de 1915 dirigió una carta al ministro de Guerra y Marina en la que solicitó licencia ilimitada para separarse del servicio militar:

> Bien pronto el país estará totalmente pacificado y triunfante el gobierno Constitucionalista, por cuyos altos principios redentivos [sic] tuve el honor de empuñar las armas. Considero pues llegado el momento de volver a la vida civil, de la que surgí al ejército tan solo porque mi patria me exigía cumplir como soldado del pueblo [...], queda entendido que si mi patria reclamare nuevamente mis servicios, seré el primero en acudir a su llamado, como buen mexicano.[11]

El primero de febrero de 1916, Manuel Bauche Alcalde obtuvo licencia ilimitada para separarse del ejército y casi dos años después se dirigió al subsecretario de Relaciones Exteriores, solicitándole colocación en algún consulado de Estados Unidos. En 1919 formuló la misma petición al licenciado Salvador Diego Fernández:

> Si en estos momentos pudiera yo obtener —si usted quiere ayudarme—, el consulado de México en Nueva Orleáns. Nuestro mutuo amigo el señor general Alvarado, me ofrece hacer a Ud.,

---

[11] AHSRE, L-E-771 R, leg. 18, 322 ff.

la misma súplica; pero yo declino ese favor, porque quiero merecerlo exclusivamente a usted y a la confianza que me otorgue el señor presidente si accede a mi súplica. Estoy disfrutando en estos momentos de un emolumento mensual [...] con lo que puedo vivir decorosamente. Estaría yo, naturalmente, dispuesto a aceptar un sueldo menor en un consulado, tan solo por el deseo que tengo de ir por algún tiempo al extranjero, y descansar de la pasada agitación política y de la que ya se aproxima. Ésta me produce cansancio, créame usted, antes de haber iniciado, quiero sustraerme a ella. Pero no querría yo, mi querido amigo, ir a encerrarme en un poblacho fronterizo [que] no me permitiera hacer algo efectivo por mi patria. Usted sabe, soy hombre de acción, de trabajo, que hablo inglés, francés e italiano con alguna soltura. Claro está que mi mayor deseo sería irme a Barcelona, París o Nueva York, pero si con estos consulados no se pudiese hacer combinación ninguna que usted podría intentar, me conformaría con Nueva Orleáns, y en último caso con San Francisco California.[12]

A mediados de 1919 Bauche Alcalde fue nombrado cónsul de México en Berna, Suiza, a donde viajó con su esposa y sus dos pequeños hijos; sin embargo, al poco tiempo de su llegada el cónsul general de aquel lugar, pidió su retiro "por ciertos cargos que existen en su contra".[13] De Berna pasó a Berlín, Alemania, con igual cargo, el 28 de enero de 1920. Tras varios años de ausencia, volvió a la república mexicana, incorporándose al servicio público.

---

[12] AHSRE, 1/131/260, 15 de abril de 1919.

[13] "Monsieur le ministre: Je dois à ma conscience de vous avertir que vous pouvez avoir de graves ennuis avec votre Consul Général à Berne, Monsieur Bauche. Il est mal vu des autorités. C'est un malade pornographe raffiné, qui donne sa carte de Consul Général du Mexique n'importe oú et qui n'est certes pas digne de représenter votre pays". 29 de noviembre de 1919. AHSRE, expediente personal de Manuel Bauche Alcalde 1913-1920, 2 vols. I/131/260.

El manuscrito

> La historia de mi vida se habrá
> de contar de distintas maneras.[14]

El género autobiográfico, como fuente documental, constituye un valioso testimonio de primera mano que ha contribuido a ampliar nuestros conocimientos sobre el movimiento revolucionario, a pesar de la subjetividad y los intereses inherentes al universo de sus protagonistas que construyen o reconstruyen razonadamente, entre verdades y ficciones, su propia historia.

¿Qué impulsó a Francisco Villa a dejar testimonio de su vida y de su actuación revolucionaria? Muy probablemente una necesidad de justificar su pasado, dar validez a su posición frente a la historia y forjar su propia leyenda. Villa entendió el momento histórico que le tocó vivir y el trascendental papel que jugó, de ahí que dictara su autobiografía a Manuel Bauche Alcalde para esperar —como él mismo señaló— que de la serena apreciación de sus actos, del balance de sus hechos, del valor y trascendencia que se conceda a sus hazañas, brote el fallo con que la historia ha de juzgarlo.

La necesidad de validar sus actos cobra relevancia, pero además, parece haber otro motivo para dictar sus memorias: saberse incapaz de escribir, con mano propia, su retrato biográfico. Villa se presenta como "hombre, nada más", "ni hombre-fiera, ni súper-hombre", un ser concreto, real, protagonista y testigo de uno de los grandes episodios de la historia nacional.

Las memorias cuentan con un componente real y auténtico y tienen la virtud de trasladar los sentimientos y las emociones del biografiado al lector. Cómo no imaginar la pobreza que rodeó su cuna, cómo no evocar escenas de niños "harapientos, incultos, sucios hasta la petrificación, abandonados hasta la crueldad, huraños y tristes" en el ambiente rural que describe, cuando cotidianamente, como si el tiempo se hubiese detenido, tropezamos con las mismas escenas en las grandes urbes. Villa fue un hom-

---

[14] Ramón Puente, *Vida de Francisco Villa contada por él mismo,* Los Ángeles, C.G. Vincent y Compañía, 1919.

bre de su tiempo, un atento observador de su entorno, quien a partir de una experiencia singular, se preparó para otra colectiva. Las descripciones que traza en cuadros y escenas, atraen la mirada de quienes no vimos con nuestros propios ojos el gran movimiento social que fue la Revolución. El acento que pone en pasajes de su vida que pueden despertar curiosidad e interés está bien enfatizado: su proscripción, su vida errabunda y solitaria, sus andanzas con un grupo de bandidos y su ingreso al maderismo. El caballo y las armas se convierten en sus más fieles compañeros; con ellos aprende a sobrevivir. El trato con gente al margen de la ley aguza sus sentidos y lo convierte en un gran conocedor de la naturaleza humana. Curtido por la vida, por el sol del desierto y el frío de la montaña, las circunstancias que ayudaron a modelar tempranamente su carácter, habrán de reflejarse a lo largo del periodo que abarcan su autobiografía y el resto de su vida.

Las memorias del general Villa recogidas por Manuel Bauche Alcalde, a partir del 27 de febrero de 1914, reúnen un material que va desde 1894 hasta enero de 1914 y se encuentran divididas en tres épocas: la primera, de 1894 a 1910, cuando Doroteo Arango trabajaba como mediero en el rancho Gogojito, fracción de la hacienda de Santa Isabel de Berros, municipio de Canatlán, Durango, hasta su incorporación al maderismo. La segunda, de 1910 a 1911, comprende la toma de Ciudad Juárez y su primer retiro a la vida privada. La tercera inicia en 1912, año de la llamada reacción Creel-terracista. Villa deja sus negocios particulares y se reincorpora a la lucha armada para combatir a Pascual Orozco, primero, y a Victoriano Huerta después.

Ahora sabemos que las memorias que Francisco Villa dictó al periodista fueron recogidas, en primera instancia, en versión taquigráfica por Miguel Trillo —en ese entonces ayudante del general—, quien después pasó el relato a Bauche.

Durante las grandes batallas de la División del Norte, Miguel Trillo permaneció en Chihuahua sin que, aparentemente, volviera a tomar contacto con el general Villa. En 1916, cuando su antiguo jefe decidió continuar su lucha contra Carranza mediante una guerra de guerrillas se reincorporó con él, fungiendo como uno de sus secretarios. Ramón Puente relata así el reencuentro:

En septiembre de 1916 Villa toma por asalto la ciudad de Chihuahua y la retiene varios días, mientras el jefe carrancista que la ha evacuado se repone de la sorpresa y recibe auxilios para recuperarla. Ya vivía ahí Trillo, su antiguo taquígrafo en santa paz, "retirado de la política" pero informado de su domicilio, lo manda llamar violentamente para invitarlo a que lo siga. En adelante va a ocupar el puesto de secretario.[15]

Efectivamente, Trillo acompañará a Villa hasta la firma de los Tratados de Sabinas e irá con él a Canutillo. Al respecto señala Puente:

> [Villa] ahora quiere ser un hombre normal [...] Quiere una vida de trabajo sistemático, quiere aumentar el patrimonio de la familia; y sobre todo, quiere un hogar y un poco de calma para dictar sus memorias que serán la herencia de sus hijos, para que ni ellos, ni sus amigos, ni los mexicanos que lo comprendan, jamás se avergüencen de sus hechos.[16]

Durante mucho tiempo se creyó que la versión taquigráfica de Trillo era la continuación del relato que Bauche recogió en 1914 y que finalmente había podido ser completado por aquél en Canutillo durante los años de su permanencia con Villa.

Este supuesto tuvo como base lo declarado por el propio Villa al periodista Regino Hernández Llergo cuando éste le preguntó si había llevado apuntes de su vida, a lo que el general respondió: "¡Sí, día a día... ahí tengo mis memorias completitas! [...] Esas memorias allí las conservaré hasta mi muerte. No pertenecen a nadie más que a mis hijos. A ellos les haré el encargo de que se las entreguen, a mi muerte, al más prestigiado historiador mexicano para que las dé a conocer a mi pueblo".[17]

---

[15] Ramón Puente, *Hombres de la Revolución. Villa (sus auténticas memorias)*, Los Ángeles, Mexican American Publishing Co., 1931, p. 198.

[16] Puente, *Hombres de la Revolución...*, p. 236.

[17] Regino Hernández Llergo, "Una semana con Francisco Villa en Canutillo", *El Universal*, México, jueves 15 de junio de 1922.

Hasta ahora, los cuadernos de Trillo han permanecido en versión estenográfica, en virtud de que éste pretendió revolucionar los signos taquigráficos y utilizó unos de su invención.

Tuve oportunidad de cotejar minuciosamente las libretas de Trillo con los cuadernos de Bauche, pudiendo encontrar nombres, lugares y números manuscritos y constatar que se trata de la misma obra. Obviamente lo que no aparece en las libretas son las reflexiones y el análisis que Bauche hace sobre el porfirismo. La parte final es sobre todo muy reveladora en ambos documentos.

Celia y María Elena Contreras Villa heredaron los apuntes que alguna vez pertenecieron a Celia, la hija del general, y gracias a ellas fue posible reproducir una de las hojas escritas por Miguel Trillo.

Las memorias que aquí se presentan han sido publicadas fragmentariamente en diversas obras, sin que hasta ahora se hayan dado a conocer íntegras y en su versión original. Gracias al interés de editorial Taurus, ahora ve la luz por primera vez en España el relato autobiográfico de Villa, en el que se incluye un fragmento facsimilar de la versión manuscrita por Bauche.

El primero en utilizar parcialmente las memorias fue Ramón Puente, médico originario de Nieves, Zacatecas, miembro del partido antirreeleccionista, incorporado al ejército constitucionalista. Al sobrevenir la escisión revolucionaria, permaneció por un breve periodo al lado de Francisco Villa, para posteriormente exiliarse en Estados Unidos de 1915 a 1934. Cuatro años después de su arribo a California publicó *Vida de Francisco Villa contada por él mismo*, donde relata que el contenido de su libro es:

La narración de una plática tenida con Francisco Villa después de su derrota, cuando traicionado por algunos de sus enemigos y abandonado por muchos de sus hombres, su ánimo parecía más propicio que nunca para las confidencias. Caminábamos una noche friísima por cierto, por las llanuras yermas del norte de Chihuahua; íbamos a rendir el fin de nuestra jornada hacia una estancia perteneciente a una de tantas haciendas del famoso general Luis Terrazas, y yo, que tenía ganas de distraer la monotonía de aquel errar vagabundo y siempre zozobrante, le dije a

Villa que venía pensativo al tranco corto de su cabalgadura. Dígame general, ¿usted no tendría ganas que se escribiera alguna vez, pero con toda veracidad, la historia de su vida? Él pareció sorprenderse por aquella pregunta inesperada, y después, con toda calma y con un dejo de amargura, a la par que de íntima convicción, me contestó lo siguiente: amigo, la historia de mi vida se tendrá que contar de distintas maneras. Demasiado sé yo la multitud de cosas que se dicen de mí; pero la realidad no es la que escriben los periódicos. Le voy a platicar algunos hechos para que usted los guarde en la memoria y los diga alguna vez, como yo no los podría decir, porque soy ignorante. Y comenzó la narración.[18]

El escrito de Puente abarca la primera época de Villa: su juventud, su ingreso a la lucha armada de 1910 y su retiro a la vida privada; la segunda etapa, en la que vuelve a guerrear para combatir a Orozco bajo el mando de Huerta y, por último, como parte integral del ejército constitucionalista, a la cabeza de la División del Norte, hasta el desconocimiento y la ruptura con Carranza.

Como se ha señalado, Ramón Puente estuvo exiliado en el vecino país del norte y desde allí dirigió una campaña periodística en favor de Villa. A eso se debe que su escrito se haya editado en Estados Unidos y que posteriormente, a la muerte de su ex jefe, la obra se haya publicado en forma de artículos, contribuyendo así a satisfacer el interés del público, que reclamaba la información sensacionalista del momento.[19]

Prácticamente los primeros datos autobiográficos de Villa proporcionados al público son los recogidos por el doctor Puente; describen al pie de la letra la primera etapa de su vida, mucho antes de que ingresara al movimiento maderista. El libro no aporta datos novedosos, excepto que Villa conoció en la penitenciaría de la Ciudad de México a Gildardo Magaña: "un joven coronel de las fuerzas de Zapata, quien me enseñó muchas cosas interesan-

---

[18] Puente, *Vida de Francisco Villa*, pp. 2-3.
[19] Ramón Puente, *El Universal Gráfico*, 1923.

tes. Por Magaña conocí también cuáles eran los pensamientos de la revolución del sur, a los que encabezaba Zapata".

Confunde un poco el hecho de que Villa no consigne a Bauche Alcalde, ya que representa un aspecto de suma importancia, por constituir el enlace con la ideología zapatista. Otros autores, como Federico Cervantes, dan como un hecho tal encuentro.[20]

En 1931, Puente publicó *Hombres de la revolución. Villa (sus auténticas memorias)* en las que de nuevo vuelve a retomar la primera etapa a la que se ha hecho referencia:

> Hasta aquí las memorias auténticas de Villa, que cubren aproximadamente seis años, es decir, hasta los 22 de edad. Lo que sigue después hasta 1910 es por el estilo, las mismas correrías, las mismas industrias y las mismas alzas y bajas de la fortuna; lo único que rompe esa monotonía es la presencia de una compañera.[21]

En 1937, el mismo autor dio a conocer *Villa en pie*, donde relata el declive de la División del Norte; no obstante recuerda que "En el año de 1914, Villa, en un arranque de sinceridad y cuando su presencia en la revolución era más prominente, le dictó a uno de sus secretarios [Manuel Bauche Alcalde] una parte de las memorias de su vida". Una vez más, Puente reproduce la primera etapa para ilustrar el "bandidaje que modela su carácter y lo prepara para ser el tipo más vigoroso y original de esa época".[22]

Por su parte, Nellie Campobello, originaria de Villa Ocampo, Durango, llegó muy joven a la capital de la República, donde se inició como escritora en 1928. Fue precursora de la danza mexicana y en 1943 creó el Ballet de la Ciudad de México. Publicó *Apuntes sobre la vida militar de Francisco Villa*, libro que dedica "al mejor escritor revolucionario y de la revolución, Martín Luis Guzmán". Campobello asienta en la nota preliminar que, aunque

---

[20] Federico Cervantes, *Francisco Villa y la Revolución*, México, Ediciones Alonso, 1960, p. 44.
[21] Ramón Puente, *Hombres de la Revolución. Villa (sus auténticas memorias)*, Los Ángeles, Calif., Spanish-American Print Co., 1931, p. 60.
[22] Ídem, *Villa en pie*, México, México Nuevo, 1937, pp. 20-45.

nació en la época de la Revolución, no pudo conocer al general Francisco Villa:

> Quien me habló de él por primera vez fue su viuda la señora Austreberta Rentería de Villa [...], y me permitió leer el archivo de su difunto esposo, siendo allí donde me pude dar cuenta de las andanzas del guerrero. Durante una larga temporada asistí diariamente a la calle de Abraham González 31, aquí en México, y pude hacer apuntes. Hazañas de guerras en todos sus aspectos; su vida de soldado. Después hablé con algunos de sus dorados [...]. El distinguido y famoso escritor norteño señor Martín Luis Guzmán, quien ahora tiene parte del archivo y fue villista, me ha aclarado y dado datos importantísimos para estos apuntes.[23]

Campobello hace un resumen de las memorias recogidas por Bauche hasta la página veinte, y continúa su relato basándose en diversos documentos del archivo de Villa. Debo destacar que tanto Puente como Campobello utilizaron la misma información contenida en los cuadernos de Bauche, y sin duda esta última intervino para que el material original fuera utilizado por Martín Luis Guzmán para escribir su novela.

Por otra parte, el ingeniero Elías Torres, quien había fungido como mediador del presidente Adolfo de la Huerta para negociar en 1920 la paz con Villa, afirma en su libro *Veinte episodios de la vida de Villa,*[24] que su amistad con el general le valió obtener una copia de las memorias que éste dictó a Trillo, lo cual es difícil de creer, ya que, en primer lugar, no pudo haberlas interpretado, y en caso contrario, leer una copia taquigráfica al carbón resulta complicado en virtud de que un mismo signo con rasgos claros u oscuros tiene diferentes significados. De lo que no cabe duda, es que también utilizó los materiales de Bauche.

---

[23] Nellie Campobello, *Apuntes sobre la vida militar de Francisco Villa*, México, Ediapsa, 1940, p. 9.
[24] Elías Torres, *Veinte episodios de la vida de Villa (fragmentos de la vida revolucionaria del general Francisco Villa)*, México, Sayrols, 1934.

A partir de 1938 Martín Luis Guzmán publicó *Memorias de Pancho Villa*[25] reuniendo, por una parte, los materiales de Manuel Bauche Alcalde, la hoja de servicios que describe las actividades militares de Villa durante la revolución maderista y una serie de notas manuscritas con diversos apuntes. Guzmán consideró que el lenguaje utilizado por Bauche tenía, más propiamente, el estilo de un hombre de la Ciudad de México y no reflejaba con precisión el lenguaje utilizado por Villa. Guzmán afirma haberlo conocido, optando por hacer cambios que reflejaran mejor la personalidad y estilo del general.

Finalmente, Federico Cervantes, militar de carrera, originario del estado de Oaxaca, quien junto con Felipe Ángeles dejó en 1913 el ejército federal para unirse a la División del Norte, escribió en 1960 (década que habría de caracterizarse como el parteaguas en la revalorización histórica del personaje), *Francisco Villa y la Revolución,* biografía en la que por vez primera se recurre a diversas fuentes escritas y orales para analizar de manera integral la actuación del Centauro. En el texto, no obstante, son evidentes diversos pasajes tomados de la autobiografía, entre ellos la primera proscripción y su estancia en la penitenciaría primero y en la prisión militar de Santiago Tlatelolco, después.[26] Como puede advertirse, las memorias recogidas por Bauche Alcalde sirvieron de base y fuente común a los escritores citados, cuyas obras alcanzaron gran éxito editorial, habiéndose perdido en el tiempo el documento precursor, original, que ahora se presenta.

Uno de los misterios más grandes en torno a las memorias recogidas por Bauche, tiene que ver con el paradero final del manuscrito. Los cuadernos eran propiedad de Hipólito Villa Rentería, hijo póstumo del general y de Austreberta Rentería. Con esta última y con Nellie Campobello, Guzmán firmó un contrato mediante el cual se repartirían los derechos de autor que la obra generara. En 1976, mi tío Hipolito me obsequió las memorias "por ser la historiadora de la familia". Afortunadamente obtuve copias

---

[25] Martín Luis Guzmán, *El hombre y sus armas. Memorias de Pancho Villa*, México, Botas, 1938, y *Memorias de Pancho Villa. Campos de batalla*, 2 vols., México, Botas, 1938.
[26] Cervantes, *Francisco Villa y la Revolución.*

fotográficas de los cuadernos con el fin de conservarlos libres de maltrato. Tiempo después Hipólito me pidió el manuscrito con la promesa de devolvérmelo; desafortunadamente él murió y no recuperé los originales.

Sobre los criterios editoriales

La edición de esta obra exigió el establecimiento de una serie de formalidades: se corrigió la puntuación y la ortografía, unificándolas de acuerdo con las normas actuales; también se hizo una división en párrafos y se añadieron guiones de diálogo en las últimas páginas, donde el documento, a todas luces redactado con prisa, discurre en apretados bloques. Asimismo, se agregaron notas a pie de página que hacen precisiones indispensables y aclaran pasajes oscuros o ambiguos y se incorporaron algunas aclaraciones entre corchetes para dar fluidez a la narración. La obra se ha enriquecido con material iconográfico; una serie de mapas que tienen el propósito de ubicar al lector en los territorios recorridos por Villa y un índice onomástico.

A manera de conclusión

La génesis de la revolución Maderista ha sido estudiada por múltiples escritores que han construido y reconstruido el episodio histórico que marcó para siempre la historia social y política de los inicios del México del siglo xx. En términos generales, puede decirse que las figuras de primera línea que destacaron en dicho proceso han sido abordadas con suficiencia por historiadores nacionales y extranjeros, lo que ha sucedido poco con algunos de los líderes regionales que se unieron a la Revolución. Esta multiplicidad de voces emergentes y divergentes acerca del futuro del país por el que luchaban daría pie a un prolongado debate sobre el sentido de la contienda armada. Unos con fusiles, otros con sus plumas, expresaron su sentir y la trascendencia de los hechos en los que fueron testigos y partícipes.

El relato de Villa fue cotejado y seguido a través de los partes militares del Archivo Histórico de la Secretaría de la Defensa Nacional en sus ramos histórico y cancelados. La convergencia temporal con estas fuentes reafirma la validez de este documento histórico que consigna una de las etapas más significativas de la historia de México.[27]

---

[27] Si a la autobiografía de Villa sumamos el asombroso relato de su ex secretario y ex alumno del Colegio Militar, José María Jaurrieta, *Con Villa (1916-1920). Memorias de campaña*, México, Conaculta/Dirección General de Publicaciones, 1977, inscritas en el periodo de la guerrilla, casi tendríamos la historia completa de sus actividades revolucionarias, hasta su reincorporación a la vida civil.

LAS RAZONES
DE MARTÍN LUIS GUZMÁN

Rosa Helia Villa de Mebius

> Aún después de muerto, he de
> dar de comer a muchos.
> Francisco Villa

En el prólogo a *Memorias de Pancho Villa*,[1] novela biográfica basada parcialmente en el texto que aquí se publica en versión íntegra, Martín Luis Guzmán expresa:

> Siempre me fascinó —de ello hay anuncios en mi libro titulado *El águila y la serpiente*—[2] el proyecto de trazar en forma autobiográfica la vida de Pancho Villa, siempre y por varias razones. Me lo exigían móviles meramente estéticos —decir en el lenguaje y con los conceptos y la ideación de Francisco Villa lo que él hubiera podido contar de sí mismo, ya en la fortuna, ya en la adversidad—; móviles de alcance político —hacer más elocuentemente la apología de Villa frente a la iniquidad con que la contrarrevolución mexicana y sus aliados lo han escogido para blanco de sus peores desahogos, y por último, móviles de índole didáctica, y aun satírica— poner más en relieve, cómo un hombre nacido de la ilegalidad porfirista, primitivo todo él, inculto y ajeno a la enseñanza de las escuelas, todo él analfabeto, pudo elevarse, proeza inconcebible sin el concurso de todo un estado social, desde la cima del bando-

---

[1] *Memorias de Pancho Villa*, 1a. ed. completa, Compañía General de Publicaciones, 1951, p. 6.
[2] Martín Luis Guzmán *El águila y la serpiente*, 7a. ed. Compañía General de Publicaciones, 1959.

lerismo a que lo había arrojado su ambiente, hasta la cúspide de gran debelador, de debelador máximo, del sistema de la injusticia entronizada, régimen incompatible con él y con sus hermanos en el dolor y en la miseria.

Guzmán por él mismo

El relato de cómo Guzmán abandona las filas de Francisco Villa aparece al final de *El águila y la serpiente*:

Acercándome a él, le dije:

—Bueno, general...

—Sí, licenciado —contestó—; vaya a tomarse un descanso. Y ya lo sabe: desde esta noche se queda aquí conmigo. Ahorita mero mando que le preparen el gabinete que ocupaba Luisito, porque usté, en lo sucesivo, va a ser mi secretario. ¿O tiene algún ostáculo? Hábleme como los hombres.

Otra vez mi vida quedaba pendiente de un cabello, pero era inevitable correr el albur hasta lo último.

—Sólo le pido a usted una cosa, general.

—Dígamela luego lueguito.

—Mi familia salió de México en el último tren de pasajeros. Si está en Chihuahua, no lo sé. Acaso se encuentre en El Paso... Yo quisiera... de ser posible... que me permitiera usted... ir en su busca...

Villa inclinó su rostro sobre mí. Me miraba con fijeza; de nuevo me tenía cogido por las solapas. Guardó silencio por breves segundos y luego me dijo:

—¿También usté me va a abandonar?

Creí ver pasar la muerte por sus dos ojos.

—Yo general...

—No me abandone, licenciado; no lo haga, porque yo, créamelo, sí soy su amigo. ¿Verdá que no se va para abandonarme?

—General...

—Y vaya en busca de su familia: se lo consiento. ¿Necesita recursos? ¿Quiere un tren pa' usté solo?

Entonces respiré.

A las diez de esa misma noche salió un tren hacia El Paso. Villa había venido acompañándome hasta dejarme en el pullman. Había subido a la plataforma y le había dicho al conductor:

—Oiga, amigo: este señor que va aquí es de los míos. ¿Me entiende? De los míos... Me lo trata muy bien, que si no, ya me conoce. Nomás acuérdese de que fusilo.

—¡Ah, qué mi general! —había respondido el conductor con risa nerviosa.

Y Villa me había abrazado de nuevo antes de saltar a tierra.

Ahora el tren corría, veloz entre las sombras de la noche. ¡Qué grande es México! Para llegar a la frontera faltaban mil cuatrocientos kilómetros...[3]

Guzmán se fue para no volver jamás, y en el texto anterior deja ver entre líneas su intención. Lo que no se advierte en *El águila y la serpiente*, como lo afirma Guzmán en el prólogo antes señalado, es "el proyecto de trazar en forma autobiográfica la vida de Pancho Villa", ni tampoco un interés "estético" precisamente, sino que, visto con una lente de mayor alcance, pueden observarse —y en su caso concluirse— varios interesantes propósitos; el primero de los cuales tiene que ver con la certeza del autor de alcanzar la enorme fama que luego adquiriría escribiendo sobre Villa.

Escritos en 1917, un par de años después de que su autor huyera de México, los textos que componen *El águila y la serpiente* no fueron publicados sino hasta el ocaso del gobierno obregonista: 1926 y 1927 en los diarios extranjeros *La Prensa* y *La Opinión*, —periódicos impresos en español en Estados Unidos—, y *El Universal*, de la Ciudad de México.

---

[3] Mediante un diálogo entre él y Villa, Guzmán hace el recuento de las traiciones que sufrió aquél después de la Convención de Aguascalientes: "[...] Quiero que me informe de todo... ¿qué le parece de Eugenio Aguirre Benavides? ¡Quién lo hubiera creído!... ¡Bizco traidor! ¿Y de José Isabel Robles? Pero no: a ése me lo mal aconsejaron. Robles es bueno, si volviera, lo perdonaría". *Ibid.*: 446. En la lista de traidores no incluidos en el texto, están, entre otros, Eulalio Gutiérrez, Tomás Urbina, Luis Aguirre Benavides y Martín Luis Guzmán. En *Las grandes traiciones de México* (Joaquín Mortiz, México, 2000, p. 33). Francisco Martín Moreno presenta a Villa como uno de los grandes traicionados de la historia y vincula su suerte a la de la Revolución, traicionada también.

Su primera edición como libro se publicó en España en 1928.[4] La narración, escrita con maestría por un hombre a todas luces inteligente y astuto, deja ver en cada página cómo varía su percepción de los hechos revolucionarios y cómo transita de facción en facción, en defensa propia, según se lo iba indicando su instinto de conservación.

Por ello, es interesante, insisto, seguir renglón tras renglón en esta novela autobiográfica, *El águila y la serpiente*, lo que de sí mismo presenta Guzmán, antes de emprender su gran obra, *Memorias de Pancho Villa*.

Martín Luis Guzmán tuvo oportunidad de estar más o menos cerca de Villa a lo largo de un periodo menor a un año, en algunos momentos de 1914. Porque si bien su relato arranca en 1913, su continuo transitar por el país y sus frecuentes viajes (a Nueva York, San Antonio, El Paso, La Habana, la Ciudad de México, etc.) poco tiempo le dejaban para adquirir el conocimiento real y profundo del general Villa, del cual se jacta cuando afirma: "haber yo tratado a Villa personalmente y con cierta intimidad; el haberle oído contar a menudo episodios de su existencia de perseguido y de revolucionario, y, sobre todo, el haber tenido el cuidado de poner por escrito, y con cuanta fidelidad textual me era dable, lo que decía él en mi presencia".

Antecedentes porfiristas

Martín Luis Guzmán nació en Chihuahua el 6 de octubre de 1887. Fue hijo del coronel Martín Luis Guzmán, militar del ejército del dictador. Consigna el doctor Rubén Osorio en su libro *La familia secreta de Pancho Villa*[5] que en su discurso para ingresar a la Academia Mexicana de la Lengua (1954), Martín Luis Guzmán hijo recuerda que en 1908, siendo estudiante de la Escuela Nacional

---

[4] La obra ha tenido numerosas ediciones en México y ha sido traducida, entre otros idiomas, al francés, inglés, alemán, italiano y checo.

[5] Rubén Osorio, *La familia secreta de Pancho Villa*, Texas, Sull Ross State University, 2000, p. 115.

Preparatoria, se entrevistó con Porfirio Díaz para preguntarle: "si una procesión de antorchas para celebrar la Independencia de la Nación, no la consideraría lesiva para el orden y la paz en este país". En su discurso registra que al ver junto a él, a medio paso, a don Porfirio, "summum de la grandeza encarnada, mi emoción sólo fue comparable a la que tuvieron los griegos al ver tendido en el polvo el cadáver de Héctor".

Años más tarde evoca de nuevo a Porfirio Díaz, y anota en *El águila y la serpiente:*

A mí aquella música me resonaba indefectiblemente a don Porfirio. (¿Para qué habitante del Distrito Federal, cuya niñez haya transcurrido de los noventas a la otra década, Porfirio Díaz, marcha de honor e himno nacional no serán tres partes de un solo todo?) Oírla me desconcertaba. Comprendía por ella cuán lejos debía aún considerarme respecto de los usos revolucionarios, pues nada hacía ver que en los otros miembros de la comitiva se agitaran sentimientos análogos a los míos. "¿Lo ocultarán acaso?", pensaba. O bien "¡Bah!" Impresiones de político bisoño; pronto me acostumbraré a lo uno o a lo otro: a que este aparato militarista y caudillesco me parezca bien, o a disimular que me disgusta".

Porfirista confeso, pues, debido a su origen familiar y social, a su admiración profunda a Díaz y a la muerte de su padre a manos de revolucionarios de Chihuahua, Guzmán no sentía —como se advierte con facilidad en su autobiografía—, la menor simpatía por la Revolución ni por los revolucionarios. Por estas razones, en *El águila y la serpiente* busca —y encuentra— la manera de hacer un retrato brutal de Villa y la gente que lo rodea. Con la pluma muy cargada hacia lo siniestro, lo oscuro y lo cruel; omite todo lo que pudiera reivindicar el ideal revolucionario villista. Ya veremos lo que luego hará con las *Memorias.* Así narra el principio de sus andanzas revolucionarias que se ubican en Sonora y Sinaloa:

Corrió entre los maderistas levantiscos de la Ciudad de México el rumor de que yo andaba ya por tierras del Norte, metido a secretario de Carranza. Creo que hasta un periódico llegó a publicar la noticia. Pero en el orden de los hechos mi fortuna revolucionaria no llegaba a tanto [...] En la capital de la República, Alberto J. Pani y yo actuábamos *motu proprio*, como avanzada de la Revolución —avanzada sin armas, se entiende, mas no sin pluma ni, sobre todo, sin dactilógrafa.

Es interesante observar la forma de adjetivar, tan precisa, tan propia de Guzmán cuando llama con cierto desdén "maderistas levantiscos" a quienes iniciaron la lucha contra Huerta. Su primer fugaz encuentro con Villa lo evoca así:

Estaba Villa recostado en un catre y cubierto con una frazada cuyos pliegues le subían hasta la cintura. Para recibirnos se había enderezado ligeramente [...] Su postura, sus gestos, su mirada de ojos constantemente en zozobra denotaban un no sé qué de fiera en el cubil; pero de fiera que se defiende, no de fiera que ataca; de fiera que empezase a cobrar confianza sin estar aún muy segura de que otra fiera no la acometiese de pronto queriéndola devorar. [...] Y ¿a qué llegábamos? A que nos cogiera por de lleno y por sorpresa la tragedia del bien y del mal, que no saben de transacciones: que puros, sin mezclarse unos a otros, deben vencer o resignarse a ser vencidos. Veníamos huyendo de Victoriano Huerta, el traidor, el asesino, e íbamos, por la misma dinámica de la vida [...] a caer en Pancho Villa, cuya alma, más que de hombre, era de jaguar: jaguar en esos momentos domesticado para nuestra obra, o para lo que creíamos ser nuestra obra; jaguar a quien, acariciadores, pasábamos la mano sobre el lomo, temblando de que nos tirara un zarpazo [...] Horas después, al atravesar el río hacia territorio de Estados Unidos, no lograba yo libertarme de la imagen de Villa tal cual acababa de verlo; y a vueltas con ella, vine a pensar varias veces en las palabras que Vasconcelos nos había dicho en San Antonio: "¡Ahora sí ganamos! ¡Ya tenemos hombre! ¡Hombre!.... ¡Hombre!"

En las filas de Carranza

Guzmán considera que su "consagración como rebelde" tuvo lugar el día en que conoció a Venustiano Carranza:[6] "¡El primer jefe! ¡El cuartel general! ¡Qué profunda emoción experimenté al oír por primera vez aquellas palabras, dichas así, cercana y familiarmente! Al evocar hoy esa hora de mi consagración oficial como rebelde, se me agita el alma de igual modo que entonces, mientras caminábamos desde el mugriento hotel Escobosa hasta las oficinas de la Primera Jefatura!".

Unas páginas más adelante, su entusiasmo se modifica cuando expresa su punto de vista sobre "don Venustiano —que fue, con su maquiavélico concepto pueblerino del arte de gobernar, el principal cultivador de la cizaña".

Guzmán cuenta que fue nombrado por aquellos días "presunto oficial mayor del gobierno de Sinaloa" y poco después le fue ofrecido —y rechazado por él— el cargo de teniente coronel, subjefe del Estado mayor, y no tendría otro superior jerárquico que el coronel Hay mismo. "Con todo, yo no acepté la proposición... Para proceder así, mis razones eran bien claras: no me resolvía a trocar por la dura disciplina del soldado mi preciosa independencia de palabra y acción; y no me resolvía a eso, entre otras cosas, porque no veía a mi alrededor nada que justificara semejante sacrificio... Creo, por otra parte —le dije a Hay—, que la Revolución tiene ya demasiados militares."

Queda claro: Guzmán nunca tuvo un grado militar y no estuvo jamás en un frente de batalla .

El relato de sus experiencias en Sonora y Sinaloa ocupan aproximadamente una tercera parte del texto de *El águila y la serpiente*, y en ella exhibe la inconsistencia ideológica del civil adaptable a las circunstancias: hoy está con Carranza (quien, afirma Guzmán, llegó incluso a buscarlo para fusilarlo), mañana contra él. En Culiacán se convirtió en agente especial encargado de variados asuntos: "desde la conversación con el primer jefe en Her-

---

[6] Guzmán, *El águila y la serpiente*, pp 59 y 60

mosillo y las pistolas escuadras, calibre 38, para los oficiales del Estado mayor, hasta el paquetito misterioso que recibiría de mis manos en El Paso, Texas cierta persona, para mí desconocida, que se acercaría al pullman haciéndome determinada señal con el puño".

Viaja a El Paso y de ahí a Nueva York. A su regreso, en Nogales se encontró con que el primer jefe había dispuesto adscribirlo a alguna dependencia "para labores cuyo carácter se le comunicarían oportunamente":

La perspectiva de sumarme al séquito del primer jefe no me agradaba de ningún modo. Cerca de don Venustiano florecían viciosamente la intriga y la adulación más bajas; privaban los díscolos, los chismosos, los serviles y los alcahuetes. Y si bien es verdad que ese ambiente nauseabundo se purificaba a ratos con la presencia de hombres estimables [...] a la postre prevalecía la mala atmósfera, o se espesaba lo bastante para que sintiera uno repugnancia y ganas de huir. Los hombres sinceros, los decididos a llamar a las cosas por su nombre, no tenían nada que hacer en el ámbito estrechamente carrancista [...] Ya había yo aprendido mucho y sabía que Carranza —viejo y terco— no cambiaría jamás: seguiría respondiendo mejor a los halagos que a las obras, al servilismo que a la capacidad; sufriría hasta su muerte la influencia de lo ruin, de lo pequeño, porque él mismo —grande en nada— no estaba libre de pequeñeces esenciales. Su frialdad calculadora —a eso llamaban los turiferarios dotes de gran estadista— le servía para calcular lo chico, no lo magno, con lo que echaba a perder hasta sus mejores momentos. ¿Quién vio nunca en él rasgos de verdadero entusiasmo oficial o privado, ante los hechos grandes de la Revolución? No era magnánimo ni para premiar. Si Francisco Villa, por ejemplo, ganaba tres o cuatro batallas seguidas, —batallas de trascendencia, batallas de aquellas que ensanchaban en cien leguas, como por arte de magia, el horizonte revolucionario—, Carranza se ponía a contar con los dedos, y en caso de resolverse a premiar con un ascenso aquella serie de hazañas, lo hacía regateando: cuidaba de ascender cinco o seis días antes a cualquiera de los generales suyos —así fuese el de las derrotas—, para roerle a Villa algo por lo menos de su sitio en el escalón. En cambio, era notorio que al otro día de los ditirambos del adulador o de los servicios del proxeneta, las recompensas se otorgaban estruendosas —estruendosas e indecorosas.

Con Obregón

Cuando llega su encuentro con Obregón, expresa nuevamente el autor opiniones contradictorias:[7]

> Obregón sabe que su principal misión será la militar, y, no obstante eso, quiere que los militares de hoy puedan ser los funcionarios de mañana. Obregón sabe que descollará entre nuestros más grandes soldados, y, con todo, no tiene empacho en advertir que las mayores desgracias de México se deben a ambiciones de los militares [...] Yo me figuraba asistir a un suceso insólito: a la elaboración de un caudillo capaz de negar, desde el origen, los derechos de su caudillaje, que era como ver a un león sacándose los dientes y arrancándose las uñas.

Más adelante observa, a propósito de una herida de bala que lesionó levemente una pierna a Obregón, las grandes fallas y los puntos negros de éste:

> La famosa herida dio pábulo a que Obregón hablara de sí mismo en grado suficiente para empezar a conocerlo pese al matiz jovial de sus palabras. A mí, desde ese primer momento de nuestro trato, me pareció un hombre que se sentía seguro de su inmenso valer, pero que aparentaba no dar a eso la menor importancia. Y esta simulación dominante, como que normaba cada uno de los episodios de su conducta. Obregón no vivía sobre la tierra de sus sinceridades cotidianas, sino sobre un tablado; no era un hombre en funciones, sino un actor. Sus ideas, sus creencias, sus sentimientos, eran como los del mundo del teatro, para brillar

---

[7] *Ibid.*, pp. 84 y 85.

frente a un público: carecían de toda raíz personal, de toda realidad interior con atributos propios. Era, en el sentido directo de la palabra, un farsante.

Pani admiraba ya al general Obregón [...] yo, indeciso entre dudar o entusiasmarme frente aquella efigie, que a mí, mirándola bien, no me decía nada. La figura de Obregón, en efecto, habría de carecer de todo interés fotográfico [...] En las fotos de entonces se mostraba vulgar y carirredondo, muy compuesto el bigote, muy derecha la gorra militarista —con águila bordada en oro— y muy propenso todo el conjunto a los ringorrangos marciales de un joven oficial de academia que explotara el uniforme.

Entre Obregón y Carranza, Guzmán deja ver claramente su inclinación hacia el primero, pese a considerarlo "vulgar y farsante":

Muy segura consideraban [...] mi incorporación —como civil— al Cuartel General del Cuerpo de Ejército del Noroeste, tan segura, que en Nogales compraron para mí todo un equipo semiguerrero: desde la pistola y el caballo, hasta el catre de campaña. Y es un hecho que, en cuanto dependió de mí mismo, tenía razón de sobra. Entre Obregón y Carranza yo no vacilaba un punto: estaba resuelto a unirme al primero [...] ya había yo percibido en Sonora, con evidencia perfecta, que la Revolución iba, bajo la jefatura de Carranza, al caudillaje más sin rienda ni freno. Y esto me bastaba para buscar la salvación por cualquier otra parte.

[...] Obregón se desviaba ya por la senda de los nuevos caudillajes. De modo que para nosotros, el futuro movimiento constituconalista se compendiaba en esta interrogación enorme: ¿sería domeñable Villa, Villa que parecía inconsciente hasta para ambicionar? ¿subordinaría su fuerza arrolladora a la salvación de principios para él acaso inexistentes e incomprensibles?

Y en busca de la "salvación por cualquier otra parte", encaminó sus pasos hacia Villa...

¿Villista?

Lejos ahora de Obregón, Guzmán es comisionado, luego del triunfo de las fuerzas villistas en Zacatecas, con el propósito de preparar la entrada de las tropas constitucionalistas a la Ciudad de México, para lo cual sale de El Paso hacia Cayo Hueso y La Habana —donde disfruta de las "mañanas magníficas del Yatch Club, entre hermosas bañistas, las más bellas de cuantas mujeres nacen en América— y bajo un sol de vida y lumbre […] y así todo lo otro, todo en el mismo grado de calidad suprema y sápida, hasta lo vulgar, como los langostinos de la acera del Hotel Telégrafo"

Guzmán goza haciendo turismo con cargo a los fondos de la Revolución y exhibiendo su sibaritismo refinado —impensable en los burdos revolucionarios—. Y pone frente al lector asimismo su fuerte esnobismo, que campea durante toda la obra y donde se complace en retratarse como un hombre de mundo, culto, pulido, educado que contrasta con la rudeza de los guerreros, de una u otra facción.

El autor pudo ser testigo, durante su estancia en México como supuesto representante del general Villa, de que quién marchó al lado de Carranza en el desfile victorioso de las fuerzas constitucionalistas no fue Villa, el artífice del triunfo definitivo, sino Obregón. Y, ante esa monstruosa injusticia, guarda prudente silencio.

Convertido en inspector de policía durante esa estancia en la Ciudad de México, mientras pretendía representar a Villa en la capital del país, volvió a caer en la jurisdicción obregonista para ser testigo de la ola de terror y los fusilamientos sumarios decretados por el futuro caudillo. Renunció al cargo y volvió a Chihuahua, para informar a Villa el resultado de su permanencia en la Ciudad de México durante la toma de la plaza por las fuerzas constitucionalistas.

A finales de 1914, tuvo su último breve encuentro con el mundo de Pancho Villa, del que desaparece al salir huyendo de Aguascalientes luego de la Convención Nacional Revolucionaria:

Atento a cuanto se decía de Villa y el villismo, y a cuanto veía a mi alrededor, a menudo me preguntaba yo en Ciudad Juárez qué hazañas serían las que pintaban más a fondo la División del Norte: si las que se suponían estrictamente históricas, o las que se calificaban de legendarias; si las que se contaban como algo visto dentro de la más escueta realidad, o las que traían ya tangibles, con el toque de exaltación poética, las revelaciones esenciales. Y siempre eran las proezas de este segundo orden las que se me antojaban más verídicas, las que, a mi juicio, eran más dignas de hacer Historia.

Seguro de que desde lejos vería más claro y podría resolver sus dudas respecto a "Villa y el villismo", ya puesto a salvo del otro lado del Atlántico, huyó, traicionando alevosamente a Villa.

Martín Luis Guzmán se marcha a El Paso, y de ahí se interna hacia el norte de Estados Unidos; comienza su vida trashumante, preso de una obsesión viajera, de un frenético ir y venir de Estados Unidos a España (donde adquiere la nacionalidad española),[8] luego a México y de regreso a España, y así por años y años. Vive una temporada en Nueva York. En esta ciudad funda la revista *El Gráfico*, y escribe ensayos y artículos periodísticos. Regresa a México por breve tiempo y se le nombra secretario particular de Alberto J. Pani, secretario de Relaciones Exteriores. En 1922 funda el diario *El Mundo*.

Entre sus idas y venidas se va incorporando poco a poco al gobierno encabezado por quien derrotó a Villa y se hizo del poder gracias, primordialmente, a los triunfos militares de la División del Norte, y es diputado a la XXX Legislatura del Congreso de la Unión.

En 1925 viaja de nuevo con su familia a España, donde continúa con su oficio de escritor. Con Martín Luis Guzmán nuestras letras van a cruzar el Atlántico llevando consigo el testimonio, muy personal y subjetivo, de lo que atraerá hacia México la atención de un mundo sorprendido por el primer estallido bélico del siglo. Editoriales españolas dan a conocer a escritores que, como él, ocupan desde entonces lugares sobresalientes: Mariano Azue-

---

[8] En el Fondo Martín Luis Guzmán, en poder de la Universidad Nacional Autónoma de México (CESU, caja 8, exp. 2), se encuentra copia del documento, fechado el 31 de enero de 1940, en el cual Guzmán solicita ente la Secretaría de Relaciones Exteriores la recuperación de su nacionalidad mexicana.

la, Nellie Campobello (con quien Guzmán sostiene una larga relación amorosa); Mauricio Magdaleno, José Vasconcelos...

Nunca estuvo en su proyecto de vida fuera de México unirse a los exiliados de la Revolución. No se encuentra su nombre en las filas de la Alianza Liberal Mexicana fundada en 1918, al lado de Federico y Roque González Garza, Manuel Bonilla, Miguel Díaz Lombardo y Antonio I. Villarreal. No se anota su nombre tampoco entre los exiliados villistas, como el general Federico Cervantes, quien fue aprehendido y encarcelado bajo la acusación de preparar una incursión armada en México. De espaldas, pues, a todo lo que tuviera que ver con el movimiento revolucionario fuera de México. Publicó en Madrid un folleto con el título *La querella de México*, dedicado a "quienes sean capaces de leerla sin ira y con provecho", en el que intenta explicar "las cuestiones palpitantes de su país". A la vuelta de los años, Guzmán se verá finalmente convertido en uno de los grandes autores de la Revolución escribiendo, por supuesto, sobre Villa. En las *Crónicas de mi destierro*, compilación de artículos que Guzmán envió a México desde Madrid entre 1925 y 1928, aparece uno titulado "El México de Muñoz Seca" fechado en febrero de 1926, donde comienza diciendo:

Una ráfaga de evocaciones mexicanas —falsas en parte o convencionales— sopla en estos días sobre el Teatro de la Comedia. El numerosísimo público sale recordando, entre los infinitos chistes a que los tiene acostumbrado son Pedro Muñoz Seca, imágenes que parecen acercarlos a México y que los espectadores vacían en el sonetillo de un curioso y quimérico tango sevillano aprendido también durante la representación. La letra del tango dice así:

Al ladrón de Pancho Villa
lo mataron en Currusque
Y ha resucitao en Sevilla
p'hacernos aquí la cusque

No existe prueba de que Guzmán haya alzado la voz en contra de tamaña agresión. Villa había muerto apenas dos años y medio antes por órdenes de los llamados "hombres de Sonora", a la cabeza de los cuales estaba el señor presidente Obregón, y no es improbable que la coplilla en cuestión haya sido escrita por encargo. Se trataba de desprestigiar con urgencia ante el mundo y por todos los medios posibles a Villa, el más fuerte y popular líder revolucionario a quien, dicho sea de paso, nunca nadie acusó de ladrón.

Guzmán regresa a México poco antes del estallido de la guerra civil española precedido ya de un gran prestigio y publica en 1938 "El hombre y sus armas", primera parte de las *Memorias de Pancho Villa* que *El Universal* había publicado en folletos semanales; en 1939 la segunda parte, "Campos de Batalla"; y en 1940 las últimas dos: "Panoramas políticos" y "La causa del pobre". La Compañía General de Ediciones edita la obra completa en 1951.

Las *Memorias de Pancho Villa*

Todo lo anotado anteriormente conlleva el propósito de entender lo que se propuso Guzmán para obtener el mejor provecho de sus andanzas revolucionarias. Visto su tránsito de facción en facción y su clara inconsistencia ideológica, al emprender la lectura de sus *Memorias de Pancho Villa* y siguiendo simultáneamente el texto de las memorias que Villa dictó a Manuel Bauche Alcalde —director del periódico *Vida Nueva*—, podremos advertir que Guzmán omite largos párrafos de estas últimas, suprime del texto original cuanto considera conveniente, agregando aquello que diera a su novela el toque literario adecuado; pone en boca de Villa el lenguaje que, según su muy personal manera de escribir, mejor le cuadraba al revolucionario e incorpora lo que todo novelista agrega a su obra: buenas dosis de ficción y creatividad literaria. de esta manera, fue tejiendo la urdimbre de la novela que llamó *Memorias de Pancho Villa*.

Pero más aun: en su prólogo afirma haber tenido a la vista tres diferentes fuentes documentales que sirvieron de sustento a su trabajo. Entre ellas: "cinco cuadernos grandes, manuscritos con tinta y excelente caligrafía, que en junto suman 242 páginas y cuya portada dice: el General Francisco Villa, por Manuel Bauche Alcalde, 1914".

Luego explica cómo fue que tomó esos documentos por su cuenta para "retraducirlos" e interpretarlos suprimiendo pasajes importantes que tienen que ver con el pensamiento social de Villa, con sus sentimientos y su muy personal manera de percibir las cosas.

¿Por qué razón las omite? ¿Es que temía ser considerado demasiado adicto a la causa villista por un gobierno que no lo era y del cual Guzmán se había convertido ya en beneficiario? ¿Por qué presenta a Villa sólo como un simple guerrero y no como un ser humano excepcional y congruente, movido por sentimientos e ideas de profundo contenido social y político?

Pudiendo haber escrito las memorias de Alvaro Obregón, por ejemplo, en cuyo gobierno había sido ubicado, decide escribir las de Villa. Francisco Villa ha ocupado durante toda una década los grandes titulares de la prensa mundial. Villa vende, Villa goza de una aureola de héroe, de víctima, ante la opinión pública de todo el planeta. Obregón no.

En su novela *Memorias de Pancho Villa,* no "retraduce", sino distorsiona la manera de hablar del revolucionario y lo hace expresarse con un lenguaje degradado, como si fuese un individuo zafio y carente de la más elemental educación, lo cual es inexacto.

De haber estado Guzmán cerca de Villa, como lo afirma, se hubiera percatado de que no sólo no era "todo él analfabeto [...] primitivo todo él [...], inculto", sino que había alcanzado, como autodidacta y hombre inteligente que era, un aceptable grado de información cultural. De ello dan testimonio sus biógrafos, como el general Federico Cervantes; quien sí estuvo muy cerca de Villa todo el tiempo. Durante diez años de guerra, Villa, que aprendió a leer y a escribir antes de la Revolución, en su trato constante con numerosas personas cultivadas, tanto mexicanos como extranjeros, logró mejorar su discurso hasta el grado de poder expresarse claramente, con un lenguaje de excelente nivel y sin dificultad. De esto dan fe numerosas entrevistas que concedió a la prensa.

En las *Memorias* es posible advertir fuerzas opuestas luchando en el interior de Guzmán, quien amplía el relato ya apuntado en *El águila y la serpiente,* poniendo en boca del mismo Villa el recuento imaginario de lo que "su general" sintió y pensó de su deslealtad:

Al tanto yo de cómo en el referido tren venía Martín Luis Guzmán, aquel muchachito que yo había puesto cerca de José Isabel Robles para que lo ayudara con su buen consejo, mandé gente que lo buscara y me lo trajera. Mas es lo cierto que sin saber él que mis hombres lo buscaban se presentó delante de mí ... O sea, que lo recibí con mis modos más cariñosos, acogiéndolo sobre mi pecho, y abrazándolo, y hablándole así mis palabras:

Amiguito, ya sabía yo que usted no me había de dejar. Ahora no se separará de mí; ya no quiero que ande con traidores...

Así le dije y luego volvía a expresarle mi resolución de que se quedara conmigo, para cubrir el puesto que desamparaba Luisito; por lo que dicté mi orden para que le prepararan en mi carro su gabinete. Pero me observó él entonces:

Mi general, acepto yo con mucho gusto este nuevo cargo que usted me ofrece. Tan sólo le pido que me otorgue unos días de licencia.

Hace dos semanas que mi familia salió de México rumbo al Norte. Ignoro si habrá conseguido llegar a El Paso, que es donde yo la mandaba, o si estará en Chihuahua, o si se habrá quedado en Torreón. Permítame, señor general, que vaya a buscarla, y yo le prometo que en cuanto la encuentre y la ponga en buen sitio, estaré de regreso con usted, atento siempre a la obediencia de sus órdenes.

Éste fue el contenido de sus palabras, y queriendo yo confiar en la verdad de aquella razón, acallé las dudas que dichas palabras me despertaron. O sea, que consentí en que Martín Luis Guzmán se fuera, según me lo pedía. Yo le dije:

"Muchachito, oigo su razón; vaya en busca de su familia y regrese en cuanto la encuentre. Pero nomás esto le digo: no me abandone, no sea como todos los otros, que me dejan por miedo a mi castigo, o por no ser bastante hombres para enfrentarse con los actos de mi conducta."

Y le di mil pesos de mi papel moneda, para que se ayudara en los gastos de su viaje; y pensando que si llegaba a El Paso necesitaría dinero de los Estados Unidos, le entregué una orden para que cobrara doscientos dólares en mi agencia financiera de Ciudad Juárez. Tras de lo cual yo mismo lo llevé al tren, y allí lo recomendé con mis mejores palabras al jefe de la escolta y al conductor. Porque pensaba yo entre mí: Si es verdad que este muchachito quiere volver a mi lado, el mucho cariño de mis modos le quitará la zozobra que ahora tiene; y si eso no es verdad, mirando él este buen trato mío, concebirá el propósito de volver. Así me dije yo.

Y es lo cierto que Martín Luis Guzmán llegó a Torreón, y de Torreón pasó a Chihuahua, y de Chihuahua a Ciudad Juárez, y de Ciudad Juárez cruzó a El Paso, todo lo cual supe por los telegramas que me ponía. Pero cinco o seis días después de su llegada al Paso me escribió carta de disculpa, diciéndome que no podía volver. Sus palabras contenían esto:

"Señor general Villa, ya estoy en territorio de los Estados Unidos, donde también se halla mi familia, y me siento inclinado a separarme de la lucha. Crea, mi general, que cuando nos despedimos en Aguascalientes no andaba en mi ánimo de engañarlo, sino que fue sincera mi promesa de volver, para seguir a su lado hasta consumarse el desarrollo de nuestro triunfo en bien del pueblo. Pero sucede que reflexiono ahora cómo son ya enemigos suyos todos los hombres de mi preferencia. Lucio Blanco es su enemigo, y José Isabel Robles, y Eulalio Gutiérrez, y Antonio I. Villarreal; y ciertamente no quiero yo pelear en contra ellos, de la misma forma que no consiento pelear contra usted. Cuanto más que esta nueva lucha no es ya la lucha por nuestra causa, habiéndose consumado el triunfo con la derrota de Victoriano Huerta, sino la lucha por lo que se nombran los poderes del gobierno. Quiero decirle, señor, que me voy lejos de nuestro país, que me voy a tierras donde mis actos no puedan parecerle hostiles, ni parecerlo así a mis demás compañeros, y que sacrificándome de este modo, no dudará usted del mucho ánimo de lealtad que me aparta de todos los bandos." Eso me escribió el referido Martín Luis Guzmán, hombre que había yo acogido en el seno de mi confianza y mi cariño. Leyendo sus palabras me acongojaba la tristeza, pues me decía yo entre mí: Señor, ¿protejo yo tan mal la causa del pueblo, que así me abandonan todos estos hombres?

59

¿Existió realmente esa carta?, ¿la inventó Guzmán al escribir las *Memorias* como justificación histórica o artificio literario?

En su monumental obra *Pancho Villa*,[9] Friedrich Katz afirma haber revisado más de dos mil documentos y en ningún momento la menciona. Habla de Guzmán, como "uno de los más grandes escritores de México", e incluso lo señala como "el mejor biógrafo de Villa"; se refiere brevemente a su deslealtad sin concederle mayor importancia, aunque difiere un tanto de la confesión que el mismo Guzmán vierte en las dos obras señaladas. Katz presenta su relato de esta manera sin mencionar la fuente:

> A continuación Villa nombró como sucesor de Aguirre Benavides a Martín Luis Guzmán, que habría de convertirse en uno de los intelectuales más famosos de México y su mejor biógrafo; no sabía que era también un partidario de Eulalio Gutiérrez. Guzmán aceptó pero le dijo que antes de asumir el cargo quería visitar a su madre enferma en Chihuahua, y luego rehusó regresar y salió del país hacia España.

* * *

En 1966, Guzmán escribe un prólogo a las memorias *De Francisco Madero a Francisco Villa*[10] de Luis Aguirre Benavides, el infiel secretario de Villa que se aleja para caer en la órbita de Obregón. En él destaca la honradez del autor al tener el valor de hacer pública su traición. Aguirre confiesa que, apartado de Villa al sobrevenir, en enero de 1915, el rompimiento entre la División del Norte y el gobierno de Eulalio Gutiérrez, él se prestó dócil, bajo la influencia de Obregón, para traicionar a Villa:

---

[9] Katz, Friedrich, *Pancho Villa*, México, Era, 1998, t. I, p. 328.

[10] Aguirre Benavides, Luis, *De Francisco Madero a Francisco Villa*, México, 1966, p. 8. En el prólogo, Guzmán critica nuevamente lo que no considera a su altura: "Es sencillo Aguirre Benavides en la manera como ha concebido y redactado sus memorias. Pero ni la natural sencillez ni la abstención de todo alarde o recurso literario disminuyen sus méritos[…]".

[...] cometí la debilidad y el error, del que nunca me arrepentiré bastante, de condescender a sus deseos y publiqué en *El Pueblo*, de Veracruz y algunos otros periódicos de Estados Unidos, algunos artículos relatando algunos acontecimientos que desacreditaban y perjudicaban la reputación del general Villa. Aquella falta de la que me arrepentiré toda mi vida, constituye una vergüenza que reconozco con valor y sinceridad.

El prólogo de Martín Luis Guzmán para esta obra indica:

Por virtud de esta honradez en la consignación de los hechos y en la calificación de las personas, la lectura del libro conduce con frecuencia a corroborar fallos históricos que el instinto de nuestro pueblo ha pronunciado ya remontando corrientes, a menudo caudalosas, de opiniones falsas o interesadas. [...] Si a lo anterior se añade la evidente sinceridad de estas Memorias, lo que en ellas se asienta se ofrece desde luego como una exposición de carácter histórico que cumplirá bien su doble destino inmediato [...] servir para el aprovechamiento que de ella hagan, considerándolo documento auténtico, el historiador y los demás lectores especializados, siempre ansiosos de basarse en datos primigenios.

En este párrafo, con el cual concluye el prólogo, parece estar el *quid* del asunto: si confieso mi pecado, ¿quién dudará de la veracidad de mi dicho? No es probable que Guzmán haya iniciado sus *Memorias de Pancho Villa* con la exclusiva intención de inscribirlas en el género de ficción narrativa, sino precisamente como memorias incontestables, verídicas, irrefutables. ¿Quién se atrevería a desmentirlo, si tenía ante sí, como fuente primaria, las memorias que el mismo Villa dictó a Manuel Bauche Alcalde?

Bien se puede colegir, por tanto, que en este mismo criterio sustentó Guzmán el éxito de la publicación de las *Memorias de Pancho Villa*: confesando su deslealtad, y así, apoyado en este procedimiento ¿quién podría poner en tela de juicio la veracidad de toda la obra en su conjunto?

Guzmán toma, pues, el texto ajeno y, considerándolo suyo, lo transforma en otro aduciendo varias razones a todas luces ilegítimas. En el manuscrito que aquí se presenta, Bauche Alcalde escribe un prólogo conmovedor y pleno de admiración, donde llama "confidencias" a las memorias que le dicta "el general don Francisco Villa" poco antes de la batalla de Zacatecas, cuando "la División del Norte se preparaba para la enorme jornada cuyo término habría de ser la capital de la república", y las recibe como "un documento de rara autenticidad y en el que, sin falsos escrúpulos ni detonantes elogios veréis desfilar los rasgos más sobresalientes y más íntimos, más dolorosos y más brillantes de la intensa, agitada, tormentosa y triunfal vida de uno de los más admirables paladines de nuestro pueblo sufriente y suspirante".[11]

Bauche Alcalde escribe con elegancia, y trata con singular cuidado cada línea donde se advierte que traduce el habla coloquial de Villa a un lenguaje literario propio de la época. En Martín Luis Guzmán, ya lo señalamos desde el principio, ocurre puntualmente lo contrario, y lo justifica de esta manera:

A lo que parece, tanto el mecanógrafo que escribió el primero de esos documentos, como quien tomó los apuntes mientras Villa hablaba, tuvieron por demasiado rústico el modo de expresarse del guerrillero y quisieron dar a su dicho una forma más culta, librarlo de sus arcaísmos, mejorarle sus construcciones y giros campesinos, suprimir sus paralelismos y sus expresiones pleonásticas. En los cuadernos, Bauche Alcalde se dedicó a traducir a su lengua de hombre salido de la Ciudad de México lo que villa había dicho a su modo o hecho escribir. En rigor, apenas si en los apuntes aparecen de cuando en cuando el léxico, la gramática, la pureza expresiva del habla que en Villa era habitual cuando no se refería

---

[11] De acuerdo con Friedrich Katz, una de las notables cualidades éticas de Villa es precisamente su desinterés por el dinero: "Aquí la evidencia histórica es muy clara: no hay ninguna prueba de robos de dinero de Villa. Al contrario, Villa manejó grandes sumas de dinero y no existen pruebas de que haya transferido una fortuna personal a Estados Unidos o a cualquier otro lugar. En contraste con otros generales de la Revolución y de casi cualquier dictador latinoamericano. Villa no se enriqueció en la época en que dominó Chihuahua". Cfr. Manuel, Lozoya Cigarroa, *Francisco Villa el Grande*, HERFA, Gómez Palacio, 1997, p. 165.

a temas por él aprendidos del todo en las ciudades o a cosas estrictamente castrenses.

Pero extrañamente no queda clara la razón para suprimir la voz de Villa cuando expresa su pensamiento sobre las cuestiones sociales que sustentan su lucha. No es casual que estas *Memorias* comiencen justamente expresando el notable interés casi obsesivo por la educación, que tanto amigos como enemigos le han reconocido, el valor enorme que otorga a la escuela y al maestro, su dolor por la situación lastimosa de los niños de México tan carentes de oportunidades; la urgencia de poner remedio a tamaña injusticia y el proyecto de creación de colonias militares agrarias (idea que ya prefigura al Kibutz, y que se hará realidad en Israel unos cuarenta años más tarde), donde: "[...] los hombres son soldados y son agricultores, se instruyen y trabajan, sirven a la Patria y establecen sus familias [...] que han dejado de ser una pesada carga exclusivamente consumidora que gravita íntegramente sobre las recias espaldas del pueblo laborante, y se han transformado en agentes de la producción nacional".

Comparando los textos, siguiendo renglón tras renglón las *Memorias de Pancho Villa* con las originales de Bauche Alcalde que aquí se presentan, podrá advertir el lector cómo Guzmán suprime cuidadosamente todo aquello que considera inadecuado y contrario a su personal empeño de presentar al guerrillero tal cual lo desea. El siguiente es un ejemplo más de lo suprimido por Guzmán; una opinión de Villa acerca del bienamado don Porfirio:

> Era la época de la paz porfiriana, que parecía haber destruido y para siempre, el último gesto de pundonor, de dignidad, de altivez y de valor civil en nuestra raza. Dios mandaba en los cielos, Don Porfirio en la tierra; Terrazas y Creel en Chihuahua, y cada uno de los encomenderos porfirianos en las ínsulas que les había tocado en suerte exprimir en el reparto tuxtepecano. Era la época de las grandes concesiones, ruinosas para el país, pero pingües en rendimientos personales para los grandes dispensadores de mercedes: Don Porfirio, la Familia Real y los Científicos [...].

Tan sólo de este tema, Guzmán suprime siete páginas seguidas. Muchas otras faltantes encontrará el lector que siga ambos textos paralelamente.

A la vista de los documentos que aquí se presentan, el lector decidirá qué atribuir a cada quien. En todo caso, baste para concluir que en el prólogo a las *Memorias* de Luis Aguirre Benavides,[12] Martín Luis Guzmán consignó: "[…] importantísimo para la inteligencia de la Revolución Mexicana, es que Villa, tan discutido, tan difamado, tan incomprendido adrede por quienes quisieron o quisieran borrarlo de la historia de México, a la postre tenía siempre razón […]".

---

[12] Aguirre Benavides, *De Francisco Madero a Francisco Villa*, p. 7.

El general Francisco Villa

Manuel Bauche Alcalde

1914

PRÓLOGO

La personalidad del general don Francisco Villa, jefe de la División del Norte del Ejército Constitucionalista de mi patria, ha venido a imponerse, por la fuerza indiscutible de sus grandes victorias guerreras, como una de las primeras figuras nacionales de estos tiempos de grandes luchas y de grandes redenciones.

En vísperas de una de las más trascendentales campañas que registra la historia de nuestras hondas procelas, cuando limpio el estado de Chihuahua de todo enemigo civil o miliciano, la División del Norte se preparaba para la enorme jornada cuyo término habría de ser la capital de la república, de labios del mismo general en jefe de aquel poderosísimo cuerpo de ejército, recibí estas confidencias que doy a la publicidad como un documento de rara autenticidad y en el que, sin falsos escrúpulos ni detonantes elogios, veréis desfilar los rasgos más salientes y más íntimos, más dolorosos y más brillantes, de la intensa, agitada, tormentosa y triunfal vida de uno de los más admirables paladines de nuestro pueblo sufriente y suspirante.

—Sí —me dijo el victorioso general Francisco Villa, cuando le pedía yo que me otorgara el precioso caudal de sus recuerdos—, que se conozca mi historia, toda mi historia, con todos sus sufrimientos, con todas sus luchas, con todas sus miserias; con toda la sangre que me vi forzado a derramar, con todas las injusticias que me vi precisado a combatir, con todas las agresiones que me vi compelido a repeler y todas las infamias que hube de castigar.

"Que se conozca todo mi pasado, aquel pasado que mis enemigos han esgrimido contra mí, pretendiendo asfixiarme con la polvareda de mis dolorosas hazañas de otras épocas, y aturdirme con los dicterios más crueles y las punzaduras más venenosas.

"No pretendo justificarme ni defenderme; pero que se me conozca tal y como fui, para que se me aprecie tal y como soy: un hombre que nacido de la clase más ultrajada y más sufrida de nuestro pueblo, de la peonada que fecunda la tierra con su sudor y con su sangre y con sus lágrimas, supe rebelarme contra esa esclavitud brutal de nuestra sociedad egoísta y de nuestras costumbres corruptoras, y desarrollando todas mis energías, y reanimando todas mis esperanzas, y fortaleciendo todas mis aspiraciones de libertad y de justicia, he venido a ofrecerlas en toda su madurez a la causa nobilísima de mi patria y de mi Pueblo.

"De mi patria: víctima hasta hoy de una odiosa herencia ancestral, en la que se mezclan todas las desenfrenadas ambiciones de los crueles aventureros que siguieron a Hernán Cortés, con todas las indiferencias, todas las indolencias, todas las pasividades de los súbditos de Moctecuzoma Ilhuicamina.

"De mi pueblo: de ese pueblo sufrido y valeroso, abnegado y leal, que siempre ha sabido responder con todo el ardor de su sangre y el ímpetu de su raza guerrera, cuando un Miguel Hidalgo, cuando un Benito Juárez, cuando un Francisco I. Madero, le ha convocado a derrumbar las tiranías, a desbaratar los despotismos, a desenraizar los fanatismos, a reconquistar los derechos y a cimentar las libertades todas a que debemos aspirar.

"Ya es tiempo de que el pueblo sacuda, de una vez por todas, la sábana de polvo impuesta por los negreros de la conquista, a sus más diáfanas aspiraciones de vida como vida, y no como un martirio inacabable.

"Ya es tiempo de que en nuestra civilización desaparezcan las sombras del encomendero, del inquisidor, del señor feudal y del déspota que a través de un siglo de nuestra sostenida independencia, aún se prolongan, aún se proyectan en nuestro suelo, aún manchan con negras tintas el verdor de nuestros campos, cuando bajo el sol radiante de la libertad aparecen las figuras pesantes de un Luis Terrazas, de un Enrique Creel, de un Porfirio Díaz o de un Victoriano Huerta.

"Ya es tiempo de que desaparezca, y para siempre, la trágica forma del cacique en toda su abominable magnitud: desde el supremo magistrado, que gobierna sin más ley que su capricho, su ferocidad y su sed inagotable de mando y de riquezas, hasta el humilde gendarme y el ciego alguacil de la Acordada, que son elementos del pueblo para oprimir al pueblo, bajo la férula de hierro del cacique máximo.

"Ya es tiempo de que los prejuicios acaben, de que la sociedad se establezca sobre bases más sólidas, más naturales, más sabias, más justas y más nobles.

"Y si a la revolución libertaria de 1910 consagré todos mis esfuerzos y todas mis energías, en la revolución vindicadora y social de 1913 tengo cifradas todas mis esperanzas, todas mis ilusiones, de ver, ¡finalmente! redimido a nuestro pueblo y venturosa a nuestra patria.

—Sí —continuó el general Villa, mientras un rayo de suprema fiereza brotaba de sus ojos relampagueantes—, que conozca el mundo todo lo malo que hice y por qué lo hice. Pero que lo conozca íntegramente, totalmente, que nada he de ocultarle ni desnaturalizarle ni mentirle: nada más que la verdad, pero toda la verdad he de decirle.

"Y que conozca también lo bueno de mi vida. Algo bueno, quizás mucho bueno, he llevado a cabo en mi existencia, y también ha de conocerlo el mundo; para que de la serena apreciación de todos mis actos, del balance que haga de mis hechos, del valor y trascendencia que conceda a mis hazañas, a las buenas y a las malas, brote el fallo con que la historia ha de juzgar a uno de aquellos mexicanos que por la fuerza arrolladora de su bien meditada rebeldía, ha sabido conducir por un camino de triunfos bélicos, cívicos y morales a un pueblo de soldados heroicos en abierta rebeldía contra la opresión y el despotismo.

"Soldado del pueblo y caudillo de mis soldados, servidor sincero y desinteresado de mi patria y de mi pueblo, leal hasta la muerte a mis jefes y a mis compañeros, el más alto sentimiento de patriotismo guía todos mis actos.

"No tengo ambición de mando ni afán de poderío. La intriga política, la farsa diplomática y el complicado engranaje administrativo, no son mi fuerte: sólo la guerra.

"La misión que me he impuesto terminará el día en que termine la guerra por la victoria de nuestras armas; y entonces regresaré a la oscuridad de mi vida, y volveré a ser el Francisco Villa de 1911, que sólo surgió nuevamente a la vida pública y a la lucha armada, cuando las traiciones de un abominable Pascual Orozco y de un espantoso Victoriano Huerta amenazaron la obra magna del pueblo redimido por el inmortal Francisco I. Madero.

"Volveré feliz a esa vida modestísima, tranquila, llena de las más íntimas satisfacciones, a que creo tener derecho, tras de tanto luchar. He allí todo mi deseo: que si una bala enemiga no me depara la muerte de los héroes sobre el campo de batalla y en holocausto de mi patria, a quien le he ofrendado mi vida, que mi futura existencia sea de calma y de reposo, de trabajo honrado y regenerador, mirando cómo la obra de la verdadera paz y del verdadero progreso —a la que consagré mis mejores años— enraiza fuertemente y para su felicidad, en las almas de los hijos de mis soldados, de mis compañeros, de mis hermanos, que siempre respondieron a mi grito de libertad y de vindicta, con su grito de adhesión y de confianza.

"Pero que todos ellos, amigos y enemigos, conozcan al Francisco Villa de verdad, al de carne y hueso, al de nervios y sangre y corazón y pensamiento, que ni es el hombre-fiera que pintan los enemigos del pueblo, atribuyéndome una insaciable sed de sangre, de pillaje y de exterminio, y acaudillando unas hordas desenfrenadas de brigantes, ni es tampoco el súper-hombre que quisieran encontrar en esta época de seres normales, de hombres como todos, los que encariñados con el forjamiento de ídolos populares, no ven que ante las aras de esos falsos ídolos se sacrifica estérilmente la sangre de los pueblos.

"¡Ni hombre-fiera, ni súper-hombre! ¡Hombre nada más! Hombre sencillo, rudo, que aprendió a leer muy tarde, que vivió la vida agreste de las montañas y las selvas, pero en cuyo corazón, que sufrió todas las amarguras y palpitó con todas las altiveces, hay un caudal inagotable de amor para mi patria y para mi pueblo.

"Patriota sincero y compañero leal: ésos son los únicos títulos que sí reclamo, porque me pertenecen, porque he sabido conquistarlos al precio de mi sangre y de mis constantes esfuerzos.

Y precisos, claros, como esculpidos en el bronce que han de respetar los siglos, brotaron los recuerdos del héroe y anegaron de claridades su tormentosa historia.

¡Tomadla! ¡Pertenece al pueblo! ¡Pertenece a la patria!

Manuel Bauche Alcalde
Chihuahua, 27 de febrero de 1914

Primera época

(Habla el general Villa)

Capítulo I

La tragedia de mi vida comienza el 22 de septiembre de 1894, cuando tenía yo dieciséis años de edad.[1]

Y si he de creer lo que me dicta la experiencia, la tragedia empezó mucho antes de aquella fecha que marcó la primera sangre derramada por mis manos: arranca del día en que nací dentro de la extrema pobreza que rodeó mi cuna.

La infancia de los hijos del campo, de los infortunados niños que nacen en la gleba, que allí se desarrollan, que ahí en los surcos y entre los matorrales reciben las primeras impresiones de la existencia, no es una alborada risueña de la vida: es ya la lucha, la lucha que se presiente, la lucha que se avecina y que fatalmente ha de coger entre los infinitos engranajes de su complicado mecanismo esos organismos mal nutridos y esos intelectos atrofiados y esos instintos mal dirigidos, que nacen y viven y mueren dentro del infierno continuo de la servidumbre y de la abulia.

La infancia de nuestros niños pobres, ya vengan a la vida en la campiña abierta a todas las inclemencias, ora nazcan en los grandes poblados, abiertos a todos los vicios, es algo pavoroso, estupendo, monstruosamente inconcebible, que sólo a nosotros los mexicanos no puede sorprendernos y aterrorizarnos a fuerza de

---

[1] Francisco Villa nació el 5 de junio de 1878 en La Coyotada, Río Grande, partido y municipio de San Juan del Río, Durango. Fue bautizado con el nombre de José Doroteo Arango Arámbula.

mirar todos los días la misma escena con los mismos niños harapientos, incultos, sucios hasta la petrificación, abandonados hasta la crueldad, huraños y tristes hasta el salvajismo, que van patentizando por dondequiera el grado de incuria y de miseria en que se ha estancado nuestra clase pobre por la obra deprimente de los conquistadores y de los esclavistas, los de antaño y los de hogaño, los que vinieron de España y los que aún quedan, después de un siglo de liberación y de progreso.

La infancia de los niños pobres —no me cansaré de insistir— no es la risueña alborada de una primavera que florece. Es una lucha, es un combate, es un duelo a muerte que se inicia contra el hambre, contra el frío, contra la desnudez, contra la indolencia perpetua de esa raza tristona y cabizbaja, huraña y hosca, que con el fardo de su vasallaje a cuestas, va rumiando sus penas, va exhibiendo sus necesidades, va proclamando el soberano refugio de sus vicios.

Mirad esa falange de niños tostados por el sol, sobre cuyas enjutas espaldas gravita la pesadumbre del huacal o de la carga y sobre cuyas frentes se aplasta la correa sudorosa que sostiene el pesado fardo.

Mirad ese ejército de niños cuyas piernecitas enclenques vacilan y se tuercen con temblores de epilepsia, mientras que los encallecidos pies se agrietan, se revientan y sangran sobre la ardorosa arena de los ríos, sobre los pedruscos de los cerros y entre las espinas y las lajas del chaparral y de la serranía.

Mirad ese turbión de adolescentes que antes aprendieron a beber que a escribir, a blasfemar que a leer, a maldecir que a razonar, a matar que a vivir.

¡Es la herencia! La triste herencia que nos impusieron como una maldición que ha ido acumulando iniquidades sobre iniquidades, injusticias sobre injusticias, los hombres de la Edad Media, los negreros de España, cuya gloria más alta estriba en haber aniquilado dos civilizaciones incomprensibles, inapreciables para su miopía moral, para su fanatismo religioso: la civilización musulmana, que aún abruma a los sabios de este siglo, y la civilización azteca, cuyo grado de adelanto casi adquiere las proporciones de un sortilegio o de una clarividencia prodigiosa.

Las breñas de la sierra, los montones de estiércol y basuras, las fangosas lagunas que deja tras sí la lluvia, el mezquite cubierto de varejones, los surcos del arado, las sombras de la milpa, el misterio de los matorrales: allí está el escenario en que se agitan los niños de la gleba, desnudos y selváticos.

La soga, la honda, el guijarro, el filoso machete o la cortante daga o la hipócrita y alevosa charrasca: ésos son los juguetes del niño de la gleba.

Y las constantes amenazas, las frecuentes azotaínas a garrotazos, las fulminantes maldiciones, y las hambres, y las faenas rudas, y el mal ejemplo, y el abandono y la incuria: allí está la escuela que ilumina el entendimiento; allí está el taller que fortalece la voluntad y la hombría de bien; allí está el gimnasio del niño de la gleba, cuya primera y última enseñanza y por instinto es la defensa propia: contra la maldad de los hombres que tan duramente le maltratan, y contra los destinos de la providencia que tan duramente le echó a padecer.

* * *

Mi pensamiento va hacia un miraje que reproduce escenas de una vida soñada y presentida: me parece ver que nuestra patria se transforma; que en incontables lugares de su suelo, cuidadosamente elegidos, sabiamente acondicionados, surgen las colonias militares agrarias del porvenir.[2]

---

[2] John Reed registra el "apasionado ensueño, la quimera" de Villa sobre las colonias militares agrarias: "Cuando se establezca la nueva república, no habrá más ejército en México [...]. Serán establecidas en toda la república colonias militares formadas por veteranos de la revolución. El Estado les dará posesión de tierras agrícolas y creará grandes empresas industriales para darles trabajo. Laborarán tres días a la semana y lo harán duro, porque el trabajo honrado es más importante que el pelear y sólo el trabajo así produce buenos ciudadanos. En los otros días recibirán instrucción militar, la que, a su vez, impartirán a todo el pueblo para enseñarlo a pelear. Entonces, cuando la patria sea invadida, únicamente con tomar el teléfono desde el Palacio Nacional en la Ciudad de México, en medio día se levantará todo el pueblo mexicano de sus campos y fábricas, bien armado, equipado y organizado para defender a sus hijos y a sus hogares. Mi ambición es vivir mi vida en una de esas colonias militares, entre mis compañeros a quienes quiero, que han sufrido tanto y tan hondo conmigo [...], yo creo ayudar a hacer de México un lugar feliz". *México insurgente*, México, Ediciones de Cultura Popular, 1973, p. 121.

Allí los hombres son soldados y son agricultores, se instruyen y trabajan, sirven a la patria y establecen a sus familias y fundan sus hogares.

Han dejado de ser una pesada carga exclusivamente consumidora, que gravita íntegramente sobre las recias espaldas del pueblo laborante, y se han transformado en agentes de la producción nacional, que se sostienen por sí propios, que aumentan la riqueza de nuestro suelo fecundado, y que al llamado de la patria sabrán responder empuñando con destreza las armas que han de sostener nuestras instituciones, la integridad de nuestro suelo y el honor de nuestra nacionalidad intocable.

Ellos, los amorosos labradores de la tierra, serán los vigorosos defensores de la tierra misma. Ya tendrán un hogar, una parcela, una familia que defender, defendiendo en todo ello a la patria.

¡Ejército de hombres libres, de hombres sanos, de hombres trabajadores y honrados! Su número podrá ascender a cientos de millares, puesto que no serán una carga, una gabela, sino los productores de la riqueza, los agentes del progreso, cuyo número ojalá se extendiera a lo infinito!...

Y miro aquel ordenado agrupamiento de las casitas en que viven nuestros soldados-labradores: limpias y blancas, rientes e higiénicas, hogar verdadero por el cual sí se lucha con denuedo y por cuya defensa sí se muere.

Veo aquellas huertas lujuriantes de frutos, aquellas hortalizas rebosantes, aquellas siembras, aquellos maizales, aquellos alfalfares en los que toda una familia siembra y recoge, cuida y cosecha, sin que sólo el amo recoja, sin que sólo el amo aproveche, y al peón y a la familia, al terciero y al mediero, les haga la merced de arrojarles el mendrugo, las sobras que ni aplacan del todo el hambre, ni cubren las desnudeces y mejoran y alegran la vida, iluminando un porvenir lleno de sombras.

Y veo que el edificio más alto del caserío rural es la escuela, y que el hombre más venerable es el maestro, y que el mozalbete más agasajado es el que más estudia y el que más sabe; y que el padre más venturoso es aquel que al hijo fuerte, al hijo sano, al hijo instruido, al hijo bueno y al hijo honrado va a dejarle su tierra, sus yuntas, su casa, para que de aquel hogar santificado por el trabajo broten nuevos hijos sanos, fuertes, instruidos, buenos, trabajadores y honrados, que dignifiquen a la patria y que ennoblezcan la raza.[3]

¡Oh, si la vida me alcanzase tan sólo para ver realizado este ensueño…! El verdadero ejército del pueblo, al que tanto he amado, esparcido por todo el territorio nacional, laborando la tierra y haciéndola respetable y respetada.

¡Quince años! ¡Veinte años, tal vez! ¡Y los hijos de mis soldados que realicen este ideal sabrán con cuánta ternura he acariciado para ellos esta ilusión de mi alma!

Y ellos no sufrirán, no tendrán la amenaza de sufrir lo que yo padecí en los más floridos años de mi vida, en los que formaron toda mi juventud y toda mi madurez.

* * *

Vivía yo en 1894 en la Hacienda de Gogojito, municipalidad de Canatlán, del estado de Durango.[4]

Era yo mediero de los poderosos señores López Negrete, cuyo feudalismo abarcaba todas las formas de la opresión agraria.[5]

---

[3] Efectivamente, Villa valoraba en mucho la educación. Prueba de ello fue que seis años después, ya instalado en Canutillo, lo primero que hizo fue solicitar al gobierno que le enviara profesores normalistas. Solía decir: "yo prefiero pagar primero a un maestro y después a un general, todo se puede hacer cuando se tiene voluntad". Sin duda su mayor orgullo fue la Escuela Felipe Ángeles, a la que asistían sus propios hijos, los de los antiguos revolucionarios, los de los campesinos de la hacienda y niños de lugares aledaños. La educación era gratuita y había clases nocturnas para los adultos que las desearan. Una entrevista en la que se habla sobre el plantel es la de Regino Hernández Llergo, "Una semana con Francisco Villa en Canutillo", *El Universal*, México, 12 de junio de 1922.

[4] Gogojito o Güegojito —conocido antiguamente como San Esteban— era un anexo de la hacienda de Santa Isabel de Berros, ubicada en el municipio de Canatlán, partido de Durango. La propiedad pertenecía a Isabel Pérez Gavilán, miembro de una de las familias más prominentes del estado, quien la subarrendaba a Agustín López Negrete. Archivo de Notarías del estado de Durango (en adelante ANED), protocolo del notario Ramiro de la Garza, 24 de febrero de 1894, inscripción 18.

[5] En 1894 Agustín López Negrete y Juan Nepomuceno Flores Manzanera —este último nieto de uno de los mayores terratenientes de Durango— formaron una sociedad agrícola con objeto de explotar la hacienda de Santa Isabel, cuyas labores eran trabajadas mediante contratos de aparcería. ANED, protocolo del notario Ramiro de la Garza, 7 de febrero de 1894, inscripción 11.

Mi hogar, cuya jefatura ejercía yo desde la muerte de mi padre, estaba formado por mi abnegada y valerosa madrecita, mis hermanas Martina y Marianita, de doce y quince años de edad, y mis hermanos Antonio e Hipólito.

Aquel 22 de septiembre había yo venido a mi casa dejando la labor donde por entonces trabajaba quitándole la hierba. Al llegar a mi casa se me presentó un cuadro que por sí sólo bastó para hacerme comprender el brutal atentado que se pretendía cometer en las personas de mi familia: mi madre, en actitud defensiva y suplicante, abrazaba a mi hermana Martina, y frente a ellas se erguía arrogante, imperioso, don Agustín López Negrete, ¡el amo!, dueño de vidas y honras de nosotros los pobres.

Con la voz angustiada, anegada en lágrimas, pero firme y resuelta, mi madre decía al amo en aquellos momentos:

—Señor, retírese usted de mi casa. ¿Por qué quiere usted llevarse a mi hija? ¡No sea usted ingrato!

Loco de furor salí de mi casa, corrí hacia la cercana habitación de mi primo hermano Reinaldo Franco, descolgué una pistola que pendía de una estaca enclavada en la pared, y volviendo apresuradamente a mi casa, disparé el arma sobre don Agustín López Negrete, causándole una herida en una pierna.

A los gritos que daba aquel hombre pidiendo auxilio, acudieron cinco mozos armados con carabinas cuyos cañones me apuntaron resueltamente.

—¡No maten a ese muchacho! —les gritó el amo—. Llévenme a mi casa...

Ellos obedecieron en silencio, y tomando al herido en silla de manos, lo condujeron al elegante carruaje que poco después se perdía rumbo a la casa grande en la Hacienda de Santa Isabel de Berros, distante como una legua de Gogojito.

Cuando en mi azoramiento me vi libre, en mi casa, sabiendo que aquel hombre iba muy mal herido, sólo pensé en huir. Monté en mi caballo y sin pensar más que en alejarme, me fui a buscar refugio entre las soledades de la Sierra de la Silla, que está frente a la Hacienda de Gogojito.

Mi conciencia me gritaba que yo había hecho bien. El amo, con cinco hombres armados, con todo el aparato de su poderío, había intentado imponer a mi hogar una contribución forzosa de la honra. No le bastaba el sudor de sus siervos; el trabajo de sus siervos, nuestras fatigas incesantes para enriquecerle a él, el amo, el dueño de las tierras que por nuestro esfuerzo eran productivas y fecundas; necesitaba también de nuestras hembras, de sus siervas, llevando su despotismo hasta la profanación de nuestros hogares, pisoteando el honor de nuestras pobrecitas mujeres, que nada significaban ante su vicioso capricho de potentado.

Aquel arrogante don Agustín era un enemigo menos, era una amenaza menos para el honor de mi pobre casa, y aunque me persiguieran, como tenía que acontecer, aunque la ¡justicia! administrada por los ricos, pagada por los ricos y sólo en provecho de los poderosos, me señalara como una nueva víctima de su atroz antropofagia; aunque tuviese yo que vivir eternamente errabundo, lejos de la sociedad de los hombres, entre las fieras, entre los peñascales de la sierra, sin más compañía que mi vindicta, viviendo al acaso, en constante defensa de mi preciosa libertad y de mi inútil vida, aunque ese fuese todo mi porvenir, como lo era mi desesperado presente, ¡qué podrían importarme tan crueles perspectivas, si era yo el hombre, el fuerte, el aguerrido quien habría de sufrir y de luchar, y no ella, la causa inocente de males tan grandes, mi hermanita, quien habría de quedar entregada a las bestialidades del amo y a las tempestades de un nuevo y pavoroso infortunio!

Nada me sorprendió cuando al siguiente día, habiendo bajado cautelosamente de la sierra, me dirigí a la casa de mi amigo Antonio Lares, y al preguntarle:

—¿Qué tienes de nuevo? ¿Qué ha pasado con los tiros que le di ayer a don Agustín?

Él me respondió:

—Dicen que está muy grave. Ya han mandado de Canatlán hombres armados para que te persigan.

—Dile a mi madrecita —agregué yo, pensando en las tremendas represalias de los ricos a que mi indefensa familia quedaba expuesta— que se vaya con mis hermanas a mi casa de Río Grande (lugar muy cercano a San Juan del Río).[6]

---

[6] Río Grande era un pequeño poblado situado en las márgenes del río del mismo nombre, perteneciente al municipio y partido de San Juan del Río.

Las persecuciones contra mí se desataron formidables, como ya lo esperaba. En todos los distritos del estado se me señaló como un criminal muy peligroso, y a todos ellos llegó la orden de que se apoderaran de mí, dondequiera que me hallasen, vivo o muerto.

El dinero y la influencia de los ricos acicateaba las pesquisas, encendía las codicias, tentaba las delaciones, y la jauría azuzada por la máquina gubernamental y policiaca no descansaba un momento en su tenaz batida.

Yo no tenía un instante de reposo. Forzado a emigrar sin descanso, me pasaba los días y las semanas y los meses cruzando de la Sierra de la Silla a la de Gamón. Comía yo lo que buenamente me deparaba la fortuna, y muchas veces, incontables veces, mi alimento era sólo de carne asada, sin sal.

El acoso no decaía un solo momento, y como yo comprendiese que por dondequiera que me llevaran mis pasos, corría yo el peligro de ser delatado y aprehendido, no me aventuraba por los lugares poblados, donde podría proveerme de lo más indispensable, al menos, para mi subsistencia.

Con la ropa hecha jirones, sin zapatos, en perpetuo insomnio, aquella espantosa vida me hacía pedazos el cuerpo y el alma, recrudeciendo mi odio formidable contra los opresores del proletario, contra los sátrapas, contra los malos gobiernos que se imponen al pueblo por la fuerza aplastante de sus bayonetas, contra los señorones feudales, sostenedores resueltos de esos malos gobiernos, que esconden bajo montañas de oro los inmensos pantanos de sus crímenes.

Un día me vi sorprendido en mi inexperiencia, por tres hombres armados a quienes no pude resistir.

Con toda clase de precauciones y todo lujo de crueldades se apoderaron de mí y me condujeron a San Juan del Río, internándome en la cárcel a las siete de la noche.

Con asombrosa festinación dieron principio las gestiones de las autoridades para juzgarme. El caso, por lo demás, era sencillo: sería yo irremisiblemente fusilado. Tal era el decreto que el gobierno de Durango había expedido en mi contra. Sólo unas cuantas formalidades de estilo habría que llenar para dar fin a mi vida, y que la sociedad, la sociedad honrada, aquella que se horrorizaba de mi crimen, quedara totalmente satisfecha y tranquila.

Yo sabía muy bien a qué atenerme, cuál sería el remate de mi prisión, y un solo pensamiento me dominaba: el de fugarme.

A eso de las diez de la mañana del día siguiente, me sacaron de mi encierro para que moliera un barril de nixtamal.

Vi llegado el momento de emprender la fuga: sin más arma que la mano del metate, me eché sobre los hombros de la guardia; cayó el centinela y yo salí de la cárcel en fuerza de carrera, trepé a escape el cerro de Los Remedios que está a espaldas de la cárcel; y cuando avisaron al jefe de la policía, ya era tarde para darme alcance…

Seguí corriendo, y al bajar al río, por el lado que queda arriba de San Juan del Río, encontré un potro rejiego que acababan de agarrar de las manadas; lo sujeté por las orejas, y sin más brida ni montura, brinqué sobre él y emprendimos vertiginosa carrera río arriba, bajo la presión de mis rodillas y el furioso acicateo de mis talones.

Ya como a dos leguas de San Juan del Río, brinqué del extenuado potro, que a duras penas podía mantenerse en pie, jadeando y sudoroso. Lo dejé que se fuera a su capricho y yo a buen paso me dirigí a mi casa, que estaba río arriba y cerca del punto llamado Río Grande.

En la noche bajé a casa de un primo hermano mío, le describí mi situación, le narré mis desventuras, y él me proporcionó caballo, montura y alimentos para irme.

Así aviado, me retiré nuevamente a mis picachos, a mis abruptas y suntuosas posesiones donde tan confortablemente me encontraba: las sierras de la Silla y de Gamón, en las que pasé hasta el año siguiente.

Capítulo II

En aquella época yo era conocido con el nombre de Doroteo Arango, y no con el de Francisco Villa. Deseo explicar a qué obedece ese cambio de nombre.

Mi señor padre, don Agustín Arango, fue hijo natural de don Jesús Villa, y por la ilegitimidad de su origen, llevaba el apellido de su señora madre, que era el de Arango, y no el que directamente le correspondía.

Mis hermanos y yo, que sí fuimos hijos legítimos y de legítimo matrimonio, hubimos de llevar el apellido de Arango, hasta que las tenaces persecuciones que yo sufriera me obligaron a ampararme en otro nombre que despistara a mis perseguidores.

Yo sabía, como jefe de mi familia, cuál era el apellido verdadero que debía haber llevado mi padre, y resolví, mejor que ocultarme bajo otro nombre cualquiera, restaurar el que realmente me correspondía, y me hice llamar, con toda justificación, Francisco Villa.[7]

---

[7] Efectivamente, el cambio de nombre tuvo como propósito despistar a sus perseguidores; sin embargo Francisco Villa es homónimo de un famoso bandido originario de Zacatecas. En los desahogos del poder judicial, publicados en el *Periódico Oficial del Gobierno del estado de Durango* en 1884, hay una noticia que dice: "se indulta al reo Francisco Villa por el tiempo que le falta para cumplir su condena". ¿Qué edad tendría este Francisco Villa y cuanto tiempo vivió? ¿Pudo Doroteo —que apenas tenía seis años—, llegada su juventud, relacionarse con él? Es probable. Un año antes de la nota periodística se habían levantado en armas los hermanos Parra; Doroteo cuenta, años después, cómo se unió a Ignacio. En el año 2000 se publicó un libro cuyo autor

La enervante monotonía de mi existencia en la sierra sólo era alterada cuando mis enemigos lograban acercarse a donde yo me hallaba.

Así fue como por los primeros días de octubre de 1895 y por denuncia de un tal Pablo Martínez, estando yo dormido en la labor de La Soledad, que está pegada a la Sierra de la Silla, siete hombres armados me hicieron prisionero.

Cuando desperté ya tenía yo siete carabinas abocadas a mi pecho y una voz tonante me intimaba rendición.

Mirándome perdido eché mano de toda mi sangre fría y con la mayor calma les dije:

—¿A qué viene tanto escándalo, amigos, si estoy rendido y ustedes tienen armas y yo estoy desarmado? Al fin todos somos del mismo rancho, vamos asando unos elotes para almorzar, y después nos retiraremos a donde ustedes quieran llevarme.

Viéndome tan sumiso, el que hacía de comandante de la partida, que era un tal Félix Sariñana, declaró convencido:

—Sí, hombre, ¡qué miedo le vamos a tener a este pobre! Vamos asando los elotes, almorzamos con él y nos lo llevamos mañana a presentarlo en San Juan del Río, que está algo retiradito.

No faltó, sin embargo, uno de los hombres de la partida, que recomendara toda clase de precauciones para conmigo arguyendo que yo era muy satírico…

De nuevo iba yo a verme indefenso frente a mis enemigos. Ya podrían regocijarse con la idea de fusilarme. Todo el encono de mis enemigos iba a verse satisfecho…

Desde el lugar en que nos hallábamos mis aprehensores y yo, no podían ver que como a cuatrocientos metros del lugar tenía yo mi caballo y mi montura ocultos entre unos recortes y los surcos. Además, ellos ignoraban que, debajo de la cobija en que yo estaba acostado, tenía mi pistola…

---

sostiene que Doroteo fue hijo ilegítimo del hacendado Luis Fermán Gurrola, de origen judío austriaco, propietario de Ciénega de Basoco, en la que trabajó como sirvienta su madre, Micaela Arámbula. De donde se infiere que Agustín Arango fue en realidad su padrastro, aunque lo registró y bautizó como hijo propio. Rubén Osorio, *La familia secreta de Pancho Villa: una historia oral*, Alpine, Texas, Center for Big Bend Studies, Sul Ross State University, 2000.

Cuando vi que dos de ellos se habían ido a cortar los elotes, otros dos a traer la leña y solamente tres quedaban allí conmigo, repentinamente saqué la pistola y me eché sobre ellos, haciéndolos rodar hasta un pequeño arroyo; corrí hacia donde estaba mi caballo, y cuando se reunieron nuevamente para darme alcance, yo ya iba a media rienda rumbo a la sierra, mientras ellos se quedaban en el plano mirando cómo me alejaba.

* * *

Como tres meses después de estos acontecimientos, sabiendo las autoridades que yo me mantenía en la Sierra de la Silla, resolvieron echarme encima la Acordada de Canatlán, para ver si podían apoderarse de mí.

La Acordada me encontró en un lugar que se llama el Corral Falso, y como mis perseguidores no conocían el terreno y aquel corral no tenía más que una entrada, les hice el hincapié de que me iba a salir por otra parte. Todos ellos se reunieron para seguirme y cogerme y, al enfilarse por la bajada, se me pusieron de blanco.

Bien parapetado en el corral les abrí fuego, matándoles tres rurales y siete caballos.

Al ver el desconcierto en que estaban y la precipitación con que acudían a sus caballos, comprendí que iban a retirarse, y antes de que pudieran evitarlo, me les salí por la única salida que tenía el corral y que ellos no conocían.

¡Resolví cambiar mi alojamiento a la Sierra de Gamón!

El cambio temporal de residencia no me ofrecía mayores atractivos que la posible seguridad en que por el pronto me hallaría.

Para proveer a mi subsistencia me llevé doce reses, me remonté a los últimos confines de una quebrada que se llama el Cañón del Infierno, allí sacrifiqué mis reses, las hice carne seca, y me establecí regiamente por unos cinco meses.

Vendí una parte de la carne seca por mediación de unos madereros que trabajaban en un lugar llamado Pánuco de Avino, y aquellos hombres, que me fueron muy fieles amigos, se encargaban de proveerme de café, tortillas y otros para mí tan suculentos como inusitados manjares.

¡Cinco meses en el Cañón del Infierno! ¡Y la Sierra de la Silla reclamándome, llamándome, enamorándome desde allá lejos!

No resistí a la tentación y volví a mi antigua morada, de donde me arrojaron los rurales de Canatlán.

Una noche, visitando la Hacienda de Santa Isabel de Berros, me encaminé a casa de un amigo mío llamado Jesús Alday.

—¿Qué tienes de nuevo por aquí? —le pregunté a aquel buen camarada.

—Muchas persecuciones para ti, hermanito. (Éramos tan sólo amigos, y me llamaba hermano fraternizando quizás conmigo en las muchas amarguras, en los muchos desencantos, en las muchas asperezas que tiene la vida para todos los hijos de la gleba.)

—Te tengo dos amigos, que te voy a presentar mañana en la noche —agregó— para que te reúnas con ellos si es que quieres, y te sea la existencia menos pesada.

Acepté su ofrecimiento y a la noche siguiente me presentaba Jesús Alday a los hoy finados Ignacio Parra y Refugio Alvarado, que en aquella época eran tan perseguidos como yo, y con quienes el destino me juntaba para sabe Dios qué tenebrosos fines.[8]

Cuando aquellos señores me conocieron, le dijeron con su ruda franqueza a Jesús Alday:

—Está muy muchacho el pollo este que nos alabas por tan bueno.

Y encarándose conmigo Ignacio, me preguntó con cierto aire paternal y de buena persona:

—¿Tiene usted voluntad en irse con nosotros, güerito?

---

[8] Ignacio Parra fue un conocido bandolero que operó básicamente en el estado de Durango. Se dice que al igual que Heraclio Bernal se levantó en armas contra el gobierno debido a las muchas arbitrariedades e injusticia de que fue víctima. Un despacho de gobernación al jefe municipal de Canatlán señalaba que: "Dispone el C. gobernador se ordene a usted proceder desde luego a embargar todos los bienes de la propiedad de los hermanos Parra, vecinos de ese municipio que se han levantado en armas como bandoleros acompañando a la gavilla de Heraclio Bernal; dicho embargo debe ser de todos los bienes, inclusas las cosechas que están por levantarse, que pertenecieron a los hermanos Agustín, Francisco, Atanasio, Cirilo, Ignacio y José Parra, que son de los que se tiene noticia que han merodeado como bandidos, y al practicarlo deberá usted levantar inventario y avalúo escrupuloso, llevando

—Sí, señor —le respondí—, si ustedes creen que pueda servirles de algo, con mucho gusto me voy.

Así quedó cerrado el pacto y aquella noche salía yo solo con ellos rumbo a la Hacienda de la Soledad.

Al día siguiente tomamos el rumbo de Tejame. Muy cerca de este lugar está la Hacienda de La Concha. Cuando la avistamos y antes de que anocheciera, me llamaron mis compañeros y me dijeron:

—Oiga, güerito, si quiere usted andar con nosotros, es necesario que haga todo lo que nosotros le mandemos. Nosotros sabemos matar y robar. Se lo advertimos para que no se asuste.

Las crudas palabras, claras y precisas como un martillazo, no me estremecían. En mis largas soledades, cuando mi pensamiento era el único ruido que turbaba mis sentidos, las duras palabras habían estallado mil veces en mis labios y habían perdido para mí su significación brutal: ¡también los hombres que se titulan pomposamente honrados matan y roban!

En nombre de una ley que aplican en beneficio y protección de los "pocos" y en amenaza y sacrificio de los "muchos", las altas autoridades del pueblo, las que debieran emanar del pueblo y para el bien del pueblo, roban y matan, con la impunidad más grande y el aplauso más caluroso de las comunidades embrutecidas.

Los ricos, que son quienes gobiernan, y las autoridades, que son los instrumentos de los ricos, matan al pobre pueblo de hambre, matan a los niños del pueblo de abandono, matan a las mujeres del pueblo de miseria, y en el campo, en las ciudades, en las cárceles, en los cuarteles y en los hospitales, hay un perpetuo derramamiento de sangre de la plebe, que ha de servir de abono a las fértiles campiñas, y de fuerza motriz a las enormes fábricas y a

---

cuenta pormenorizada de los gastos que se originen de esta medida administrativa que terminará cuando se hayan realizado en beneficio de ese municipio los bienes embargados a los bandidos". Archivo Histórico del Gobierno del Estado de Durango (en adelante AHGED), Gobernación núm. 996, 24 de noviembre de 1883. También AHGED, ramo cartas a gobernadores: "El teniente de gendarmes Laureano González al gobernador Juan Manuel Flores, dándole parte de que en la Cumbre del Oso los bandidos Bernales y Parras en número de treinta y dos, muy bien armados", se enfrentaron a la guerrilla del gobierno, 5 de noviembre de 1883.

las tenebrosas minas, de donde el rico extrae los esplendores con que se impone a sus víctimas, ensordeciéndolas con el cascabeleo argentino de sus ricas vestimentas de polichinela.

También los altos funcionarios roban; y ellos, los honorables, los excelentísimos, los serenísimos y augustos, medran y se enriquecen con el dinero del pueblo, mientras al pueblo le faltan escuelas en que educar a sus hijos, hospitales en que recuperar la salud perdida, asilos en que ir a pasar los últimos días de una vejez miserable.

También los altos dignatarios de una mentida religión que proclama la humildad y la mansedumbre roban y se enriquecen, ¡y esto es inicuo!, explotando el fanatismo, hurgando en las conciencias, exprimiendo la miseria de los pobres, para que los ilustrísimos prelados de una Iglesia que comercia con los más altos sentimientos del alma en su necesidad de tener fe, de creer en algo, de esperar en algo, habiten suntuosos palacios, regalen su glotonería con los manjares más ricos, cubran sus cuerpos viscosos, poltrones y grasientos con las telas más exquisitas y las joyas más deslumbrantes, y satisfagan su ilimitada vanidad, su irrefrenable soberbia, rodeándose de una corte de histriones y arlequines que bajo la faldamenta del ensotanado, encubren la prostitución más relajada de las monstruosidades de este siglo.

¡Roban y matan! ¡Ellos, los altísimos de las sociedades modernas!

—Yo estoy dispuesto a obedecer a ustedes en todo lo que me manden —respondí a mis compañeros de infortunio—. El gobierno me persigue cruelmente, instigado por los poderosos que esgrimen contra mí el cinismo de sus injusticias, y antes que sacrificar a ellos mi vida y mi honor varonil, prefiero defender mis derechos, mis prerrogativas de ser humano y llegar hasta el fin haciendo lo que ustedes me manden.

—¿Ve usted aquella mulada que está en ese rastrojo?

—Sí, señor.

—Nos la vamos a llevar esta noche, y usted tiene que ir a ahorcar el cencerro de la mulera y traérnosla cabresteando.

Tal y como me lo ordenaron, así lo hice, y a eso de las once de la noche entregaba yo la mulera a Ignacio, mientras él y Refugio celebraban mi hazaña a carcajadas.

Ignacio tomó la mulera del ronzal, y Refugio y yo arreamos la mulada rumbo al mineral llamado Promontorios, frente al cual llegábamos al amanecer con nuestra recua.

Emprendimos la marcha a la noche siguiente, yendo a detenernos entre la sierra, frente a un punto llamado Las Iglesias.

De allí emprendimos nuestra marcha nocturna, llegando al clarear del día, a un ranchito cerca de la Hacienda de Ramos, donde mis compañeros tenían unos amigos.

Continuamos nuestra peregrinación a la luz de las estrellas, rindiendo la jornada al amanecer en un punto llamado Urique, muy próximo a Indé. De allí, siempre de noche, nos trasladamos a Agua Zarca, donde encontramos otros amigos; yendo a amanecer al día siguiente a la Sierra Cabeza del Oso, frente a las Haciendas del Canutillo y Las Nieves. La jornada siguiente la rendimos al amanecer frente a la Sierra El Amolar, y la última junto a Hidalgo del Parral, en un potrero que se llama El Ojito, cuyo dueño, un simpático viejecito llamado don Ramón, era amigo de Ignacio y de Refugio.

Habiendo dejado la mulada en el potrero, don Ramón nos condujo a su casa, muy elegante por cierto, en donde nos alojó con toda clase de comodidades.

¡Cómo me regocijé durante aquellos ocho días que permanecí en casa de don Ramón! ¡La abundancia, las comodidades, la tranquilidad después de tantos meses pasados en la sierra!

Un día la mulada pasó a poder de unos señores, por la formal entrega que de ella hicieron Ignacio y don Ramón; y al día siguiente me llamó Ignacio, me condujo hacia unas pilas que están por el barrio de Guanajuato, bajo unos álamos, y tendiéndome un buen fajo de billetes de banco me dijo:

—Aquí le entrego a usted este dinerito que le pertenece.

¡Eran tres mil pesos! ¡Tres mil pesos míos y para mí, que nunca había tenido en mis manos cien pesos en junto!

No sé con qué cara, radiante de infinita alegría, me despedía yo de Ignacio para ir a comprar con aquel ¡capital! algo de ropa, que tanto necesitaba, cuando el recuerdo de mi casa, de mi tierra, de mi familia, de todo lo mío, se me atravesó en el pensamiento, sin que todas las persecuciones sufridas bastasen a borrarme el imperioso deseo de volver a mis terrenos; y así, pregunté a Ignacio cuándo regresaríamos.

—Pasado mañana en la noche —me contestó—, y oiga, güerito, cómprese un caballo y una montura porque los suyos no sirven.

Me encaminaba yo a comprar lo que se me ordenaba cuando, acercándome a una cantina, voy viendo en la puerta un excelente caballo oscuro con una montura nuevecita. La ocasión era única: monté tranquilamente en tan hermosa bestia, y cuando el dueño, saliendo de la taberna, me gritó todo asombrado:

—Oiga, amigo, ¿para dónde va?

Yo ya iba a buen paso en el caballo, y claro está que no me detuve a responderle.

Cuando ya hombre vine a vivir en el Distrito de Hidalgo, del estado de Chihuahua, supe que el dueño de ese caballo era don Ramón Amparán.

Escondí mi caballo en el potrero El Ojito, único lugar que yo conocía en aquellas regiones, y todo mi deleite era contemplar tan hermoso animal y traerle pastura y llevarle a tomar agua a Parral, esperando ansiosamente la hora de salir rumbo a mi tierra.

Llegó el anhelado momento. Ignacio y Refugio me preguntaron si tenía yo cabalgadura en qué irme. ¡Ya lo creo que la tenía!

Traje mi caballo, que hasta entonces había permanecido oculto, y orgullosamente lo mostré a mis compañeros, que asombrados lo contemplaban, apreciando sus magníficas condiciones. No resistieron a la tentación de preguntarme cuánto me había costado.

—Casi nada —les contesté—: el trabajo de montarme en él y rescatarlo de un borracho que lo tenía abandonado en una cantina.

Aquel rasgo me enalteció tanto a los ojos de aquellos hombres, que empezaron a tomarme cariño de hermano.

Nos fuimos directamente a nuestra tierra, y llegamos ante todo a mi casa. Mi madrecita me colmó de caricias, de todas las ternuras con que desde niño arrullaba mis sueños e iluminaba mi adolescencia y endulzaba mi triste juventud. Yo le entregué todo el dinero que Ignacio me había dado y así, como media hora después de recibirlo, me dijo que quería hablar conmigo solitos.

Llevo grabadas en el alma aquellas dulces, aquellas amorosísimas palabras.

—Hijito de mi vida, ¿de dónde traes tú este dinero?... Estos hombres que andan contigo te van a llevar a la perdición. Ustedes andan robando, y este es un crimen que yo cargo en mi conciencia si no te lo hago comprender así.

Yo sentí que toda mi voluntad flaqueaba, que un mundo extraño se desplomaba dentro de mí, y apenas pude contestarle, más entre sollozos que con palabras:

—Madrecita mía, yo soy un hombre a quien seguramente Dios echó al mundo para sufrir. Tal es el único destino que se me ofrece. No espero que el porvenir llegue alguna vez a sonreírme. Mis enemigos me persiguen, no me dejan vivir, y usted sabe bien de dónde arrancan mis sufrimientos: he querido defender el honor de mi familia y prefiero ser el primer bandido del mundo antes que ver ultrajado mi honor, ya que en la tierra no hay un tribunal, una justicia, un amparo contra los atentados de los poderosos. Déme usted su bendición, madrecita mía, y encomiéndeme a Dios, que mi Dios sabrá lo que hace conmigo.

Esa noche salimos de allí y fuimos a pasar el día cerca de Gogojito, en un cañón que le llaman Las Brujas. Al día siguiente, al acercarse la noche, emprendimos el camino rumbo a Canatlán, llegando a la cañada de Catinamáis, que es un rancho que lleva este nombre, donde vivía la familia de Ignacio Parra.

¡Vaya una forma cariñosa con que fuimos recibidos por la mamá y hermanitas de Ignacio!

Desde luego se veía que aquella gente había logrado elevarse un poco sobre la civilización dominante.

Encariñados con tan grato acogimiento, quisimos retardar por un día más nuestra permanencia en aquel hospitalario suelo; pero alguien, que seguramente no estaba muy satisfecho con nuestra tranquilidad, dio aviso a Canatlán y nos enviaron doscientos hombres para que nos apresaran.

Yo nunca olvidaré el valor y sangre fría de que dio pruebas Ignacio en aquella ocasión. Cuando una de las muchachas entró llena de susto a avisarle que allí venía la gente en persecución nuestra, Ignacio con toda calma le respondió:

—No te apures, hermanita, déjame beber mi aguamiel: con eso sirve de que se acercan más...

Poco después aquellos hombres se nos echaban encima furiosamente. El fuego se prendió como a las diez de la mañana y fuimos sosteniendo el fuego avanzando hacia los cerros de Las Cocinas. Antes de llegar a los cerros le mataron el caballo a Refugio y yo entonces, por mandato de Ignacio, lo eché en ancas. Cuando hubimos llegado a lo alto de los cerros, no hubo valeroso que hasta allá nos persiguiera.

Bajamos por el otro lado de los cerros y llegamos a la estancia de caballada Las Cocinas, nombre que toma de los cerros que la dominan, y perteneciente a la Hacienda de La Sauceda.

Allí Ignacio ordenó al caporal que arrimara la remuda para cambiar caballos, y ya con animales de refresco, salimos rumbo a la Hacienda de Los Alisos. Llegamos ya de noche a una casa, retirada de la hacienda, donde mis compañeros tenían un amigo que nos dio de comer.

Ignacio le pidió que al día siguiente nos llevara bastimento a un lugar que está contra la sierra y se llama Los Magueyitos; y habiéndonos, en efecto, llevado tres maletas con bastimento, las tomamos y atravesamos la sierra rumbo al Maguey.

Nuestros pasos nos llevaron a Pueblo Nuevo después de recorrer como unas trescientas leguas. Es Pueblo Nuevo un pintoresco ramo de costa, donde teníamos excelentes amigos, entre ellos dos muy ricos, minero uno de ellos, y que tenían desmedida afición a lo ajeno.

Con ellos teníamos cuanto queríamos, dinero, bailes, paseos; y si no agrego que borracheras, es porque sólo Refugio encontraba placer en tan detestable vicio.

Dos meses de regalo y de fiesta continua pasamos en aquella costa, y un día nos llamó Ignacio y nos dijo:

—Prepárense, que nos vamos a ir.

Era que el rico minero, de quien he hablado, le acababa de entregar a un señor ciento cincuenta mil pesos, y ya estaba de acuerdo con nosotros para que en el camino se los quitáramos.

Subimos la barranca de la costa y en una planicie de la sierra nos detuvimos dos días, sin que hasta entonces nos dijera Ignacio cuál era la empresa.

Llegado el momento oportuno, Ignacio nos advirtió:

—Por aquí va a pasar un señor arrastrando un macho. Trae dinero y hay que cogerlo: pero a ver si no lo matamos...

Efectivamente, a eso de las doce del día apareció el hombre estirando su macho. Al vernos a los tres rifle en mano, se acobardó de tal modo que no pensó en hacer uso de sus armas.

Ignacio le ordenó que se apeara y nos entregara sus armas, lo registró minuciosamente por todas partes y sólo pudo encontrarle cuatrocientos pesos en la bolsa de la chaqueta.

Le dejamos que continuara su camino, y cuando ya iba como a unos quinientos metros de nosotros, se me ocurre decirle a Ignacio:

—Oiga, señor, ¿qué no llevará el dinero dentro del aparejo del macho?

—Pues ándele güero, vaya usted y tráigamelo.

Cumpliendo órdenes tan perentorias, alcancé al regocijado sujeto y... ¡efectivamente traía los ciento cincuenta mil pesos dentro del aparejo del macho!

Ya me acababan a abrazos Ignacio y Refugio. Hicimos desde luego comida, de la cual participó con nosotros aquel señor despojado, y en sana paz y armonía le dejamos seguir su camino. Procedimos a repartir equitativamente el dinero y nos correspondieron cincuenta mil pesos a cada uno.

Ya no pensamos sino en regresar a nuestras tierras, y allá nos dirigimos.

* * *

Tal y como tuvieron lugar aquellos sucesos, así los he relatado, y con la misma verdad, sin que intente yo desnaturalizar uno solo de mis actos, ni los malos por sonrojo, ni los buenos por inmodestia, voy a decir clara y llanamente qué hice con aquel dinero: lo repartí a los pobres.

A mi madrecita le entregué cinco mil pesos; entre otros miembros de mi familia repartí desde luego cuatro mil pesos. A un viejecito llamado Antonio Retana, que estaba muy lastimado de la vista y agobiado por la pobreza y la numerosa familia, le establecí un taller de sastrería, regenteado por un empleado de confianza;

y así, buscando a quién podía yo socorrer, que lo mereciera y que lo necesitara, en el término de unos ocho a diez meses había yo reintegrado a los pobres el dinero que en formas tan variadas de latrocinio les habían arrebatado los ricos.

Capítulo III

Continué mi vida errante con Ignacio Parra y Refugio Alvarado. Al siguiente año, habiendo ido con ellos a hacer una visita a mi madre, el calor del hogar que tanto necesitábamos, nos retuvo allí durante la noche. Aquella espera en mi casa dio ocasión al juez de paz de la localidad para denunciar nuestra presencia a las autoridades de San Juan del Río.

Almorzábamos dentro de la sala de mi casa a la mañana siguiente, cuando a eso de las diez una de mis hermanas me avisó desde la puerta:

—Allí viene mucha gente armada.

En efecto, eran unos sesenta hombres los que venían a sorprendernos. Echamos mano de nuestros rifles, nos enfrentamos con ellos y nos agarramos a balazos.

Al voltear un cocedor que está junto de la cocina de mi casa, le pegué un tiro en una pierna al jefe de la partida, que era nada menos que el incorregible y testarudo Félix Sariñana, el mismo de quien ya en otra ocasión me había burlado lastimosamente.

Al ver herido a su jefe, el resto de la comisión echó a correr llena de pánico.

Tomamos nuestros caballos con toda calma, los ensillamos, y a buen paso nos dirigimos a la Sierra de Gamón.

Al día siguiente de haber amanecido en la sierra, tres venaderos que andaban por aquellos contornos nos sorprendieron dormidos a la entrada del Cañón del Infierno.

Cuando nos gritaron para despertarnos ya cada uno de los venaderos tenía elegida su víctima y nos apuntaban con sus rifles.

Violentamente hicimos uso de nuestras armas. Refugio recibió un tiro en una pierna, que le quedó seca, y quince minutos después de iniciada la refriega los tres venaderos quedaban muertos.

Yo saqué de la lucha un balazo abajo de una tetilla, y a la fecha sólo es una raya sobre la piel.

Nos trasladamos a la Sierra de la Silla, y establecidos en el Corral Falso durante tres meses, curamos la herida de Refugio con los estupendos medicamentos que nos venían a las manos y a la mente, hasta que Refugio pudo montar a caballo y seguir con nosotros.

Al salir del Corral Falso nos dirigimos a la Sierra de la Hulama, cerca de Santiago Papasquiaro. En lo alto de la sierra vivía un señor don Julio, que era amigo de mis compañeros y con quien proyectábamos poner una matanza en aquella sierra.

Al efecto subimos trescientas reses de las planicies de Santiago Papasquiaro, hicimos la matanza y cuando ya la carne estaba seca, me dijo Ignacio:

—Tú y Refugio váyanse con esas mulas a llevar la carne a Tejame, pues ya don Julio tiene arreglado quien la compre.

Emprendimos la marcha, y al bajar un cañón, antes de llegar a Tejame, se me rodó un macho con todo y la carga.

Refugio, que era un hombre de genio violento, agresivo y muy renegado, empezó a llenarme de improperios, a mezclar el nombre querido de mi madre en sus injurias, exaltándome a un grado tal que eché mano de mi rifle y lo agarré a balazos. Uno de mis tiros le pegó en la frente a la mula que montaba Refugio, y allá van jinete y cabalgadura rodando como unos doscientos metros cuesta abajo.

Viéndose Refugio perdido, sin rifle y sin acción, me gritaba desde abajo:

—¡No me tire, güero, no sea ingrato!

Resolví dejarlo con todo y carga y me fui a darle cuenta a Ignacio, a quien reconocía como jefe, de lo que me había acontecido con Refugio.

Me dejó Ignacio en el campamento, fue adonde había quedado Refugio, ignoro las palabras que se cambiarían y a los tres días regresaba Ignacio solo, sin que nos volviéramos a reunir con Refugio. Sin mayor explicación me hizo saber que ya no lo admitiríamos como compañero por no sernos conveniente. Pusimos la carne que quedaba a disposición de don Julio, nos despedimos de él y nos fuimos a Canatlán, a casa de don Pablo Valenzuela, persona de muy buena posición y de exquisito trato para todo el mundo y en cuya compañía permanecimos un mes.

De allí nos dirigimos a la ciudad de Durango, yendo a alojarnos en la casa de una señora que hacía vida marital con Ignacio. La exquisita educación de aquella señora y las atenciones y finezas de que nos rodeaba, hicieron deliciosos los quince días que pasamos en su compañía y que al fin se vieron interrumpidos por la eterna denuncia. El delator en esta ocasión fue un tal Simón Ochoa.

Saliendo a la puerta de la casa, nos vimos frente a dos gendarmes a caballo, un oficial y el inspector general de policía, que en aquella época era don Jesús Flores.

—¿Quiénes son ustedes? —nos preguntó con arrogancia el inspector Flores.

—Los caseros de esta casa —contestó socarronamente Ignacio.

—Apéese usted del caballo y escúlqueme a estos individuos —ordenó el inspector general al oficial que le acompañaba.

—¿Qué, a usted le falta valor? —preguntó cachazudamente Ignacio, mirándome al soslayo y guiñándome un ojo.

El inspector general echó mano a su pistola: a un tiempo hicimos uso nosotros de las nuestras y a poco rodaba muerto el oficial en medio de la balacera a quemarropa que se desarrollaba en la puerta misma de la casa.

El inspector y los gendarmes salieron huyendo por las calles, pidiendo auxilio. Tuvimos apenas tiempo de ensillar nuestros caballos, y cuando ya salíamos por la puerta que da a la calle, vimos venir un apretado racimo de gendarmes montados en persecución nuestra.

En plena calle y en pleno día, se abrió de nuevo el tiroteo. Llegamos haciendo fuego hasta el Cerro del Mercado. Allí Ignacio me ordenó que metiéramos los caballos a cubierto en un arroyo que estaba cercano: tomamos nuevamente nuestros rifles, y a los pocos disparos que hacíamos a nuestros perseguidores, vimos cómo aquella imponente gendarmería montada daba media vuelta y se metía corriendo a Durango.

Sin perder un minuto volvimos a montar, y caminando toda esa noche, fuimos a amanecer muy cerca de la Hacienda de Ocotán, que está próxima a la Sierra de la Silla. ¡Ya podían buscarnos por los alrededores de Durango los señores gendarmes de la montada!…

Nos remontamos a la sierra, y allá en lo alto nos encontramos a un individuo llamado Luis, que era caporal de la Estancia de Medina, perteneciente a la Hacienda de San Bartolo.

Al preguntarle qué tenía de nuevo, pues era conocido nuestro:

—Que anoche mataron a Refugio Alvarado y a Federico Arriola en los malpaíses de Ocotán —nos respondió.[9]

¡Por allí habíamos pasado el día anterior!

Nos despedimos del caporal y en la noche bajamos a la Hacienda de San Bartolo para inquirir noticias sobre la muerte de Refugio, y allí, los amigos nos aclararon que era el mismo caporal Luis quien había entregado a nuestro antiguo compañero.

Decididos a castigar a aquel mal sujeto, nos dirigimos a la Estancia de Medina, donde le habíamos dejado. Poco antes de llegar a la estancia nos lo encontramos en el llano con otros dos vaqueros; le marcamos el alto para que nos diera detalles de su comportamiento; él sacó la pistola y nos agarramos a balazos.

De la contienda, Luis sacó una herida tan peligrosa en un brazo, que si a la fecha aún vive, será seguramente sin aquel miembro herido.

Su felonía estaba castigada. Habíamos vengado la muerte de un antiguo camarada nuestro, cuyo mal carácter nos había hecho rechazarle, pero cuyo recuerdo nos era aún querido.

---

[9] Se designa con el nombre de malpaís al territorio de más de 200 000 hectáreas, cubierto por lavas basálticas, localizado en el centro del estado y que se extendiende entre los municipios de Nombre de Dios, Poanas, Pánuco de Coronado, Canatlán y Durango. La zona más abrupta es conocida como La Breña. Todas las porciones del malpaís están interrumpidas por cortas extensiones de tierras planas. Ocotán es un pueblo del municipio de Canatlán ubicado en dicha zona.

* * *

Por aquellos días, habiéndonos pasado a la Sierra de la Silla, se nos unió un individuo llamado José Solís, oriundo de un pueblecito de aquel lado de Durango. Solís era muy amigo personal de Ignacio, y yo era la primera vez que lo veía.

Sin ponerme a averiguar la solidez de la amistad que los unía, emprendimos juntos la marcha hacia Canatlán para surtirnos de parque. En el camino, frente a la Estancia de Las Cocinas, encontramos a un pobre señor que arreaba un burro cargado con dos cajones. Interrogado acerca de lo que llevaba, nos contestó que era pan. Le invitamos a que nos vendiera un poco y nos respondió que no podía hacerlo, porque era pan que llevaba a la Hacienda de Santa Isabel de Berros, para los amos.

—Nos vende usted pan o se lo quito —le intimó furioso José Solís.

—En lo mío sólo yo mando —le contestó el viejecito con entereza.

Y Solís, haciendo uso de una bárbara altanería impropia de un hombre, y menos con seres indefensos, sacó la pistola y de dos balazos dejó muerto al pobre anciano.

Poseído de verdadera indignación, llamé la atención de Ignacio hacia el inicuo proceder de nuestro acompañante, y como me contestara Ignacio que Solís había hecho bien, puesto que no quería el buen viejo vendernos el pan, yo levanté la voz y le repliqué:

—¡No, señor, de ninguna manera hizo bien! No necesitábamos haber sacrificado a un hombre para quitarle el pan, y si ése es el camino que vamos a seguir, yo me separo de ustedes.

—Retírate cuando gustes —me respondió Ignacio fríamente—, al fin sin mí no puedes vivir.

No me volví a encontrar en la vida con aquel hombre.

Me fui directamente a San Juan del Río y me oculté en la casa de Antonio Retana, el sastre a quien yo le había montado su taller.

Después de un mes de permanencia en aquella casa, me fui a la Hacienda de Santa Isabel; hablé con dos amigos para que me ayudaran a mantenerme llevándome gordas a la sierra, mientras yo, allá en la altura, hacía una pequeña matanza para vender la carne y arbitrarme fondos.

Maté veinticinco reses, sequé la carne y los cueros, hice mis pacas y dejando a uno de aquellos mis amigos de Santa Isabel encargado de mi mercancía, me dirigí a Canatlán para ofrecerla en venta a don Pablo Valenzuela, aquella excelentísima persona de quien ya he hablado.

Convinimos en el precio, le llevé la carne y los cueros a Canatlán, y sólo tomé doscientos pesos de la venta dejándole el resto en depósito, pues me constaban tanto la solvencia como la buena fe y excelente corazón de aquel don Pablo.

Me encaminé a San Juan del Río para darle una vuelta a mi madrecita, y encontré que vigilaban mucho mi casa. Pude permanecer allí sólo dos horas y me salí rumbo a la Hacienda de Menores.

Para llegar a ella, tenía yo que pasar por el Rancho de Valdés, propiedad de don Eulogio Veloz, y como en aquel rancho todos me conocían, opté por atravesar un potrero alejado de la hacienda para seguir mi camino.

Iba yo caminando dentro del potrero, cuando de pronto me sale un individuo y llenándome de insultos me dijo que aquel no era camino y que me iba a conducir a la hacienda, porque tal era la orden que tenía recibida de su amo.

—Yo no lo mortifico en nada, señor, con pasar por aquí —le dije humildemente.

Pero él, que seguramente tenía aprendida de los amos la manera de tratar a los humildes, me echó el caballo encima y me pegó dos cintarazos.

Encendido en cólera, le clavé las espuelas a mi caballo, me eché furioso sobre aquel hombre, y vaciándole mi pistola lo dejé muerto allí mismo.

Desmonté, me acerqué a aquel hombre, le quité la pistola que esgrimía en la diestra, le desfajé la cartuchera, y mirando aquel cadáver pensaba yo con infinita tristeza:

—¡Si este hombre no me hubiera maltratado, yo no lo habría matado...!

No tenía él la culpa, la tenían ¡los amos! que daban el ejemplo. Los amos que a cintarazos tratan a su peones, que con el látigo manejan a sus infelices sirvientes; que a empellones brutales y a quemantes injurias quieren gobernar a sus siervos, a todo ese nutrido ejército de pobres a quienes los amos, los ricos, sin distinción ninguna tratan como esclavos por el solo hecho de verlos pobres, mal vestidos y peor alimentados.

¡Amos y capataces! ¿Cuándo terminará por fin su fatídico reinado?

Monté nuevamente y me fui a seguir el caballo de aquel muerto: estaba parado en un cordón, nervioso, excitado; llevaba aún la silla y rifle; y como no me dejara acercármele, lo cacé y lo eché por tierra. Le quité la montura y el rifle, y seguí para la Hacienda de Menores, adonde me encaminaba.

Llegué a la Hacienda de Menores y fui a alojarme en casa de una familia, excelentes personas cuya amistad, heredada de mi abuelo, databa de la época en que yo tenía siete años. Ellos ignoraban mi manera de vivir, y en su agasajo y compañía pasé cinco días.

Había en aquella casa un individuo llamado Manuel Torres, a quien, como suele decirse, le gustaba de todo.

Espíritu aventurero y novelesco, hombre de armas y de a caballo, clara y notable inteligencia que había recibido largamente el cultivo de la escuela, hombre inquieto, fogoso y, según pude advertir, muy aficionado a lo ajeno, poco tardé en comprender a Manuel Torres y en invitarlo a que se uniera conmigo.

Yo le pinté claramente mi situación, los atroces sufrimientos a que en aquella vida quedaba uno expuesto y él, avivado en su imaginación calenturienta, no tardó en dejarse convencer y en aceptar los para él tan novedosos padecimientos en la sierra.

Juntos salimos de expedición a San Andrés de la Sierra, y en el camino me fue instruyendo Torres de la manera que debíamos conducirnos para aminorar los sufrimientos. Yo le escuchaba con positivo agrado.

Llegamos a San Andrés, y allí el gerente de la compañía, que era un buen amigo mío, me dio el detalle de un dinero que iba a salir de allí, entregado por él mismo a un tal Catarino Saldaña. Se trataba de unos diez mil pesillos.

103

Nos fuimos al camino, le quitamos a Saldaña el dinero y no solamente no cometimos la atrocidad de matarlo, sino que en buena paz y armonía caminó con nosotros dos días, muy contento al parecer, y sin que diéramos ulterior importancia al enojoso asunto del dinero.

Sólo una precaución tomábamos: en las noches, a fin de no tener que cuidarlo y para que no durmiera solo el pobrecito, le poníamos unas esposas a que le hicieran compañía y como tales esposas tenían las cadenas muy largas, bien puede afirmarse que, lejos de servirle de molestia, arrullaban amorosamente sus castísimos sueños...

Cuando ya nos aproximamos a los ranchos, comprendimos la inconveniencia de llevar con nosotros a aquel sujeto sospechoso, y una madrugada nos apretamos efusivamente la mano, y Manuel Torres y yo nos fuimos para Durango.

¡Y qué pollo de cuenta me resultó Manuel Torres! Con cinco mil pesos en la bolsa, que le tocaron del reparto, se dedicó a pasearse y enfrascarse continuamente en Durango. Bien pronto dio fin a su dinero, y como supiera que en la casa donde yo me alojaba había depositado mi dinero con la familia, que era de toda mi confianza, un día se presentó con una carta mía —tan apócrifa como que yo no sabía apenas escribir—, recogió mis fondos, ensilló los dos caballos de que disponíamos y se largó con viento fresco dejándome pie a tierra en aquellas regiones para mí tan peligrosas.

Me apresuré a comprar montura y a conseguir caballo. Un amigo que vivía en la Hacienda de la Tinaja, cerca de Durango, me llevó un caballo muy reparador. Ensillé el inquieto jamelgo y emprendí el camino rumbo a la Hacienda de Santa Isabel, dispuesto a perseguir al amigo infiel y a hacerle pagar muy cara su felonía.

Antes de llegar a San Bartolo hay un ranchito que se llama Los Cerritos. Al apearme de aquel maldito animal que iba continuamente reparando, el mal bicho de un brinco me arrancó el cabresto y con la montura y cuanto tenía encima, emprendió furiosa carrera.

No me quedó más que la pistola en la cintura, y en el alma la sospecha de si Manuel Torres me habría mal aconsejado al caballo.

Capítulo IV

En el potrero aquel donde el infiel caballo me dejara plantado, hay mucha sementera. Muy de mañanita empezaron a llegar muchos rancheros a despuntar maíces; y uno de ellos llevaba un caballo oscuro, muy bonito, tras del cual se me fueron los ojos, y con los ojos el cuerpo.

Llegó el ranchero a su sementera, desensilló el caballo y tomó por los surcos, despuntando maíz. Cuando vi que aquel hombre volteaba de allá para acá, y que desde el lugar en que se hallaba no podría mirar lo que a mi alrededor acontecía, por lo tupido de los maizales y lo extenso de las sementeras, con toda calma me puse a ensillar el caballo; y cuando el ranchero echó de menos su caballo, yo ya estaba a media legua de distancia, cabalgando muy tranquilo en el excelente animal y reflexionando que, si aquel hombre era pobre, yo lo era también, y él me llevaba la ventaja de estar en su tierra y entre amigos, mientras que yo estaba rodeado de enemigos, sin auxilios y pie a tierra.

En la Hacienda de Menóres, adonde fui a buscar a Manuel Torres porque allí era su tierra, me informaron que se había ido a San Luis de Cordero. Allá me fui en persecución de Torres, sin tomar en cuenta que de Durango, donde empecé la persecución, a San Luis de Cordero, donde pensaba terminarla, hay la friolera de cien leguas. Tuve mala suerte: Torres no estaba allí, sino en Torreón.

Salía yo de San Luis de Cordero, cuando a poco de caminar me alcanza un señor de magnífica presencia, montado en un excelente caballo, muy bien armado, y que con la mayor tranquilidad me dijo a boca de jarro:

—¡Qué buen caballo trae usted, amigo! ¡Caballos de estos sólo puede traerlos o un bandido o un rico como yo!

—¡Pues usted será muy rico, pero para decirme esas cosas, me resulta usted muy bocón!

Y echándomele encima, le puse la pistola en el pecho y le grité:

—¡Ríndase!

—¡Estoy rendido! —me respondió.

Mientras con una mano sujetaba yo su caballo y el mío, apuntándole con la pistola, con la otra le quité su pistola, su rifle y su cartuchera.

Después tomé las riendas de su caballo, y con el jinete encima, caminamos como media legua, por en medio de un arroyo. Aquel señor era el dueño de la Hacienda de Piedras.

Hicimos alto, lo bajé del caballo y le ordené que se sentara. Yo me retiré como a cincuenta pasos, desensillé los caballos, y como descubriera que aquel mi prisionero llevaba una maleta con magníficas provisiones de boca, encendí lumbre, calenté la comida y obsequié a mi huésped con el para mí tan inesperado banquete.

Ya al oscurecer hice que montara de nuevo y lo conduje hacia la Hacienda de Piedras. Cuando ya estábamos cerca le mandé desmontar y señalándole la hacienda le dije:

—Mire, allá está su casa. Puede usted irse.

Me quedé allí un rato mirando cómo se alejaba mansito y cariacontecido el arrogante dueño de la Hacienda de Piedras, y llevándome su caballo del ronzal me encaminé a los ranchos de Las Labores, que están cerca de la villa de Rodeo, y con dirección a la Yerbabuena.

***

Abajo de la Yerbabuena, en un punto llamado La Gotera, vivía mi amigo Luis Orozco. Entiendo que todavía vive.

Llegué a su casa, me recibió con todo cariño y permanecí en su casa cinco días. Luis era un hombre de posición desahogada, y sólo las estrechas ligas de amistad que nos unían pudieron hacerle que dejara sus comodidades y aceptara la invitación que le hice para que viniera a compartir conmigo mis sufrimientos.

Nos fuimos a la Sierra de la Hulama, entre Santiago Papasquiaro y Tejame, y durante tres meses le ayudamos a nuestro viejo amigo don Julio a hacer una siembra arriba de la sierra.

Yo abrigaba deseos vehementísimos de dedicarme a un trabajo honrado, tranquilo, dejando aquella espantosa vida de peregrinaciones perpetuas, siempre huyendo, siempre perseguido, forzado a arrebatar mis medios de subsistencia, no a ganarlos tranquilamente, sino a pelearlos en una guerra sin cuartel y sin tregua. Media vida habría yo dado por ser un hombre del todo desconocido, ignorado, un ente por quien nadie se preocupara, con tal de que esos últimos años me dejaran mis semejantes en paz, trabajando en el más humilde de los oficios, ganando el más miserable de los jornales, viviendo en la más insignificante de las chozas.

Animado por tales propósitos, nos resolvimos Luis y yo a tentar ese nuevo medio de subsistencia y nos dirigimos a Tejame para establecer una curtiduría.

Llenos de ilusiones dimos principio a nuestros trabajos, invirtiendo parte de nuestro dinero, que no era mucho, en hacer las pilas para la curtiduría.

Pero las autoridades de Tejame, celosas hasta el extremo por el bien comunal e incapacitadas para leer toda la buena intención de nuestro presente y futuro, pretendieron sólo atenerse a lo que de nosotros dijera el pasado, y conceptuaron que la manera más cómoda para emprender sus investigaciones era alojarnos provisionalmente en la cárcel. ¡Oh, buenas y celosas autoridades del bien comunal!

Al ir a aprehendernos matamos a dos gendarmes y salimos huyendo para lo alto de la sierra, por donde caminamos seis días para llegar a Durango.

¡Adiós ilusiones de regeneración y trabajo honesto y tranquilo! ¡Ellos, los honrados, los buenos, no nos dejaban ser ni buenos ni honrados!

* * *

Llegamos a Durango y fuimos a alojarnos en casa de un compadre de Luis Orozco, con tan buena fortuna y tino tanto, que al día siguiente salíamos corriendo en medio de una formidable balacera, pues que al compadre lo perseguían más que a nosotros y desde luego la policía pretendió echarnos la garra encima. En la refriega dejamos dos de nuestros perseguidores heridos; les matamos tres caballos, y la familia del compadre tuvo que haber quedado muy comprometida.

Regresamos a La Gotera, donde tenía Luis su casa, y al pasar por la Hacienda de Menores, que era la tierra de Manuel Torres, nos encontramos con la noticia estupenda de que el jefe de la Acordada de la hacienda era nada menos que el mismo Manuel Torres.

Teníamos en él un enemigo terrible, que había andado en aventuras con nosotros y que podía hacerles mucho daño a nuestras familias y a nosotros mismos… Nuestro plan estuvo trazado, tras una corta meditación, iríamos en busca de Manuel Torres, y donde quiera que lo encontrásemos, lo agarraríamos a balazos, una lucha desesperada a vida o a muerte, cayera quien cayese.

Dos horas habrían transcurrido desde que tomamos tal resolución, cuando lo encontramos. Nos le fuimos encima a balazos y se acobardó de tal manera que, después de haberle errado dos tiros cada uno de nosotros, Manuel empezó a suplicarnos a gritos que no lo matáramos.

Lo sujetamos y nos lo llevamos a medio trote fuera de la hacienda, y echándolo a la grupa del caballo, nos lo llevamos al desierto. Allí pretendíamos fusilarlo, pero él, acudiendo a un último esfuerzo, nos rogó que no lo fusiláramos y nos prometió bajo su palabra de honor, y firmando expresamente un documento, que dejaría la jefatura de la Acordada y que se retiraría a la vida privada sin jamás buscarnos ningún perjuicio.

Firmó allí mismo el documento y lo pusimos en libertad. Aquel hombre cumplió su palabra fielmente. Se retiró de la Acordada y no solamente no fue nuestro enemigo, sino que como estaba relacionado con las autoridades, donde quiera que nos hallásemos nos enviaba noticias de cuanto se tramaba en contra nuestra. Aún debe vivir tan apreciable sujeto...

* * *

Mirando que la vida se nos hacía cada vez más imposible en nuestro estado natal, puesto que las persecuciones aumentaban a medida que más nos defendíamos de nuestros perseguidores y sobre todo, el gran deseo de abandonar para siempre aquellas correrías imposibles en las que la fuerza de las circunstancias me había arrebatado, muy a pesar mío, un día le propuse a Luis que nos trasladásemos al estado de Chihuahua y que allí estableciésemos el trabajo honrado por el que tanto suspirábamos y que tan duramente hubimos de dejar en nuestra primera tentativa de Tejame.

Marchamos pues a Hidalgo del Parral, y como un mes después de haber llegado, Luis, cuya nostalgia venía yo observando, me dijo que él no podía estar ya lejos de su tierra y de su familia. Superior a la amistad que nos unía, y a los peligros del regreso, era la atracción que en él ejercía su hogar.

—Si tú no te vas —me dijo—, yo sí ya me voy. Ya no resisto esta ausencia.

—Yo me quedo —le respondí sintiendo en el alma separarme del buen compañero—. Ya he sufrido mucho en las sierras. Ya no quiero más correrías. Buscaré el trabajo más humilde y me sentiré dichoso si nadie se ocupa de mí y yo puedo ir viviendo tranquilamente con el producto de mi honrado trabajo.

Nos separamos y poco después yo me ponía a trabajar en una mina llamada El Verde.

Nunca había yo desempeñado tal trabajo, pero era tal mi deseo de encontrar la tranquilidad, que las faenas más duras me parecían las más llevaderas, si después del trabajo sentía yo un sueño profundo, y después de la raya podía yo contar el jornal con el cariño que inspira lo bien ganado.

No me habría de durar mucho aquella tranquilidad laboriosa. Un mes después de estar trabajando, me cayó una gran piedra en un pie; me descuidé en atenderme a tiempo, y a los quince días y a resultas del golpe, se me declaraba la gangrena.

Para atender a los gastos de mi curación fui vendiendo lo poco que tenía: primero mi caballo, luego mi montura, tras ella el rifle y por fin hube de llegar a vender mi frazada.

Un día se me agotaron todos los recursos y no tenía yo con qué pagar al caritativo médico, y ¡claro está!, el médico no se volvió a ocupar de mi curación.

Mi pobreza toca los últimos límites de lo indecible. No tenía yo siquiera donde dormir bajo techado: en las noches me encaminaba yo a unos hoyancos de donde extraían cal, y que estaban en una lomita junto al arroyo de la Cruz, y allí pasaba yo la noche. Y era tal la inmundicia de que estaban repletos aquellos hoyos, que incontables veces hube de limpiarlos, alumbrándome con cerillos, antes de poder alojarme en ellos.

Cuando los silbatos de las minas y fábricas tocaban diana a las seis de la mañana, yo salía de mi guarida, y arrastrando mi pie gangrenado y haciendo un infinito esfuerzo, me encaminaba yo al mercado, a aquel emporio de comida, en donde veía yo con hambre y con desesperación tantas viandas, tantas verduras, y donde esperaba yo que la caridad me deparase algunos alimentos, que tanto necesitaba y que sólo en esa forma podría yo conseguir.

¡Yo, que a los pobres había regalado los pesos a millares, estaba atenido a la limosna, no siempre pronta, de los mismos pobres!

Una de aquellas mañanas de hambre y de tristeza se me acercó un simpático sujeto:

—¿Quiere usted trabajar? —me preguntó.

—Sí, señor —le respondí sin vacilar y olvidando que si yo no trabajaba era porque estaba físicamente incapacitado para moverme.

—¿No ha almorzado usted? —me interrogó, leyéndome en la cara el hambre que me corroía las entrañas.

Yo no estaba acostumbrado a exhibir mi necesidad extrema. Callé, por un sentimiento de rubor que me quemaba el alma, y el silencio de mi respuesta habló por mí: no, no había yo almorzado, ni tenía un solo centavo para hacerlo.

Aquel buen hombre me dijo amablemente:

—Tome usted esta peseta para que almuerce, y cuando lo haya hecho, véngase aquí a la subida de la estación, que es donde está la obra en que va usted a trabajar.

Aquel hombre era Santos Vega, albañil que en aquel entonces estaba en su apogeo y tenía mucho trabajo.

Con aquella inesperada peseta que él me dio, compré una taza de atole y una pieza de pan, que casi no podía yo comer al pensar que aquella peseta me había sido anticipada a cuenta de un trabajo que yo no podría yo desempeñar, dada la inutilidad en que me tenía mi pie lastimado.

Me encaminé a la obra cojeando, y conforme el maestro Santos Vega me vio llegar, se acercó solícito a mí y me preguntó:

—¿Está usted malo de ese pie?

—Sí, señor, ¿quiere usted tener la bondad de ver cómo lo tengo?

Se acercó, me desató los hilachos con que cubría yo la carne gangrenada y me dijo:

—¡Pobrecito de usted! ¿No tiene usted aquí familia?

—No, señor.

—¿No tiene usted nadie que se duela de usted?

—Nadie, señor.

—Siéntese usted aquí, y así sentado, póngase usted a quebrar ladrillos con este martillo, para hacer rajuelas. Voy a pagarle a usted un peso diario por su trabajo.

Al pie de aquella obra vivían unas viejecitas solas, cuya gran bondad comprendí desde luego. Les hice conocer mi situación de enfermo y de necesitado, y ellas se ofrecieron gustosas a atenderme. Yo les daba diariamente el peso que ganaba en la obra, y ellas me proporcionaban alimentos y hospedaje.

El maestro Santos Vega, por su parte, me trataba con las mayores consideraciones, y desde luego hizo venir un médico para que se encargara de mi curación.

Yo sentía el alma henchida de gratitud hacia aquellas personas que tan noble, tan desinteresadamente, haciendo la caridad y el bien por el bien mismo, iluminaban mi oscuro camino de redención con las ternuras de sus almas buenas y compasivas.

El médico declaró enfáticamente, que era necesario amputarme la pierna.

A una voz protestamos las viejecitas y yo. Y ellas, con la mayor firmeza, le increparon:

—No, señor, de ninguna manera dejamos que le corte usted la pierna. Puede usted retirarse y no vuelva usted a curarlo, que nosotras lo curaremos.

Y ellas, con su ciencia primitiva, efectivamente me curaron: mandaron traer hierba mora, y poniéndola a hervir, me aplicaban defensivos calientes con aquella infusión. Poco después empezaron a desaparecer las listas de la gangrena y yo mejoraba visiblemente.

Siguió con éxito la curación, y cuando pude dar los primeros pasos en firme, comprendí que era de mi deber iniciar una transformación en mi vida. Me sentía yo avergonzado, humillado de ver las condiciones en que estaba mi ropa; y como ya podía yo caminar, aunque con dificultades, me iba yo cada ocho días río arriba de Parral, y en un punto que se llama Los Carrizos, bien provisto de un bote y jabón, yo mismo hervía mi ropa y la lavaba. Mientras tanto, ni un solo día había yo faltado a mi trabajo, y cumplía yo escrupulosamente mi encargo de hacer rajuelas.

Aquella asiduidad, a pesar de mis sufrimientos físicos, me granjeó el cariño del maestro Santos Vega.

Mirándome ya aliviado y que podía yo subir adobes como los demás peones, una tarde le dije al maestro:

—Oiga usted, señor, yo puedo ayudarle a usted con la cuchara, como albañil, y como le estoy a usted tan agradecido, no quiero sueldo como los demás.

—Si es usted albañil como los otros, ganará usted lo que los otros ganan. ¿Cuánto necesita usted para la herramienta?

—Lo necesario para comprar una cuchara, un martillo, dos picaderas, hilo y una plomada.

El maestro, como perito en la materia, hizo su presupuesto y me entregó veinte pesos para que fuera yo a comprar aquellas herramientas.

Al siguiente día empecé mi trabajo como albañil, y tuve la satisfacción de ver que mis esfuerzos, la dedicación que ponía yo en mi trabajo, mi estricto cumplimiento, eran apreciados por el maestro, quien una tarde, tres meses después de haber empezado esa faena de cuchara, me llamó aparte y me dio esta noticia que me llenó de gozo:

—Voy a asociarlo a usted en los dos contratos de albañilería que tengo. Deberá usted vigilar el buen trabajo de los operarios y el puntual cumplimiento de los contratos.

Al verificar semanariamente nuestras cuentas, nos quedaba una utilidad de trescientos a cuatrocientos pesos, que nos repartíamos por mitad.

Aquella bonanza no podía durar. La persecución de mis enemigos tenía que alcanzarme hasta donde yo me encontrase, aunque ya fuera otro, aunque entre el Doroteo Arango de las correrías en las sierras de Durango y el albañil Francisco Villa, de Parral, que tan honrada y laboriosamente se ganaba la vida, mediase el abismo interpuesto por mi voluntad y por mi inclinación indubitable hacia el lado honesto y tranquilo de la existencia.

Un día llegó el comandante de la policía y habló a solas con el maestro Vega.

Don Santos me llamó, una vez que el polizonte se había retirado, y me dijo:

—Desea saber el comandante de la policía quién es usted y si es usted de Durango; porque han llegado unos exhortos pidiendo la aprehensión de usted. Si no la ha efectuado desde luego, es por las consideraciones que dice guardarme. Vea usted qué hay en este asunto, para que pueda usted responder sin ir a perjudicarse.

La vida me obligaba nuevamente al disimulo y a la defensa.

—Debe ser algún equívoco de la policía —contesté fríamente—. Puede usted indicarles que procedan como mejor les convenga.

—Está muy bien —me dijo el buen maestro don Santos Vega, y apretándonos la mano, nos despedimos tranquilamente.

A la mayor brevedad ensillé mi caballo, tomé mi rifle, una buena cantidad de parque y cuanto pudiese yo necesitar, y como en otras épocas, que yo creía terminadas, tomé el camino que me conducía a las sierras, a mis viejos sufrimientos, a mis angustiosas soledades, adonde me arrojaban implacablemente mis semejantes, azuzados por los ricos, por los poderosos, por los burgueses omnipotentes, que no son, ¡que no pueden ser jamás, prójimos de nosotros los pobres, los desvalidos, los incultos, los malos!

Lleno de tristeza y desencanto, abrumado por la maldición que sobre mí pesaba, me dirigí a mi tierra, pensando en el dulce consuelo de las caricias de mi madre, soñando con sus ternuras, que eran mi único alivio en aquella desesperación de mi alma. ¡Un momento de ver a mi madrecita, de estar cerca de ella, de sentir la bendición de sus besos, me compensaba de tantas y tantas amarguras!

Al pasar por la Hacienda de Guadalupe de la Rueda, me encontré a mi compadre Eleuterio Soto, que era todo un hombre de armas, de a caballo, y de un valor que no igualan cuantos hombres valerosos he conocido.

Le platiqué mi salida de Parral, todas mis ilusiones desbaratadas, y él con toda resolución me dijo:

—Yo también me voy con usted, compadre, para el estado de Durango.

Aquella inesperada compañía me devolvió todas mis energías quebrantadas, y juntos emprendimos alegremente la marcha rumbo a Río Grande, donde estaba mi madrecita.

Al llegar a la Hacienda de Santa Isabel de Berros, tuve la gratísima sorpresa de encontrar a uno de mis hermanos, sorpresa que bien pronto se transformó en inquietud desesperante.

—Nuestra madre está muy grave —me dijo—; yo vine a la hacienda para llevar a Martina.

—Llévate pues a Martina —le respondí—, y mañana en la noche allá nos veremos.

¡Qué desesperación la mía al no poder correr desde luego al lado de mi madrecita enferma! ¡Tener que esperar, tener que hacer el viaje a hurtadillas, dando rodeos, tomando precauciones, rodeándome de un cuidado extremo para no denunciar mi presencia a mis constantes perseguidores!

Cuando cerró la noche me encaminé ansiosamente a mi hogar. Me detuve en una casita poco antes de llegar a la mía, y allí recibí la dolorosísima, la tremendamente dolorosa noticia: ¡En mi casa se velaba el cadáver de mi madre!

Y desde lejos veía yo las luces en mi casa, miraba yo con los ojos del alma el helado cuerpo de mi idolatrada muerta, y no podía yo llegar hasta ella, y besarla con mis últimos besos y cerrar aquellos ojos queridos que tanto habían llorado por mí.

La gente que llenaba mi casa, que velaba el cadáver de mi madre, se habría sorprendido y escandalizado con mi presencia. Era yo un proscrito de mi hogar, del lecho mortuorio de mi madre idolatrada.

Arrendé mi caballo hacia el estado de Chihuahua, y mientras aquel acompasado tranco me conducía a sabe Dios qué nuevas desventuras, yo me iba bebiendo las lágrimas más amargas de mi vida...

Capítulo V

Mi compadre Eleuterio Soto y yo nos dirigimos a la Hacienda de San Bartolo a remudar caballos, pues los que traíamos estaban muy agotados.

Gregorio Pineida, juez de la Acordada de la hacienda, tenía dos magníficos caballos, por los que sentía un afecto casi paternal… Entré a la casa, tomé los dos caballos por el ronzal, los ensillamos y los pusimos en camino de hacer un paseíto, con nosotros a cuestas, por el estado de Chihuahua.

Tal parece que el primer cuidado de Pineida al despertar, fue el ir a dar los buenos días a sus famosos caballos, y como descubriera su inusitada ausencia, por la huella que iban dejando los preciosos animales nos siguió la pista.

Amanecimos frente a la Hacienda de las Lajas, como a dos leguas de San Bartolo, y entrándonos en un arroyo, nos acostamos a dormir.

Haría unos veinte minutos que había yo despertado, cuando a las doce del día llegaba Pineida con su Acordada a la Hacienda de Las Lajas, y como allí el terreno forma una planicie, con los anteojos de campo veía yo perfectamente a Pineida y su gente.

Ensillamos nuestros caballos y nos dirigimos al mineral de Coneto, pero quiso el mal terreno por donde caminábamos hacer que antes que nosotros llegara Pineida a Coneto. Allí a la falda de la sierra tenía yo un amigo llamado Paulino Villa, pariente mío muy lejano. A él llegué y preguntándole:

—¿Qué tienes de nuevo?

—Que viene Pineida —me contestó— siguiéndote por los caballos en que vienen ustedes. Acabo de regresar de Coneto y vi que llegó con la Acordada.

—Bueno —le dije con calma—, no te preocupes. Tráeme dos juegos de herraduras para los caballos, a fin de que podamos seguir nuestro camino.

Nos trajo los herrajes y los clavos, calzamos nuestros caballos, terminando la faena al oscurecer, montamos unos caballos de mi propiedad que me cuidaba Paulino Villa, y llevando del cabresto los otros dos caballos, nos dirigimos mi compadre Soto y yo a Las Iglesias. Llegamos a eso de las cuatro de la mañana a un ranchito que está abajo de Las Iglesias, como a unas tres leguas del lugar. Nos acostamos a dormir, y cuando ya el sol brillaba en el horizonte, despertamos, almorzamos, y sintiéndome algo flojo, le dije a mi compadre:

—Yo voy a echar otro sueñecito, ¿qué le parece?

—Está bien —me respondió—, yo me voy a aquellos peñasquitos para vigilar.

Nada difícil le era a Pineida seguirnos la pista: estaba muy mojado el terreno y claras las huellas de los caballos; y así, como entre diez y media y once de la mañana, oí la voz de mi compadre, que estaba a unos doscientos metros de donde yo me hallaba, despertándome y advirtiéndome:

—No se salga del encino, compadre, que allá viene mucha gente armada y ya está muy cerca.

Sonó el primer tiro de mi compadre, y uno de los hombres de Pineida rodaba sin vida.

Se rompió el fuego, y mientras yo, parapetado en la corpulenta encina, hacía un blanco certero sobre hombres y caballos, mi compadre, desde detrás de unas piedras, no erraba un tiro.

La fuerza de Pineida se componía de 25 rurales y diez auxiliares. No eran muchos, 35 individuos contra nosotros dos. Por otra parte, teníamos suficientes municiones para sostenernos, pues nuestra dotación no bajaba de quinientos cartuchos cada uno.

Cuando les hubimos matado nueve hombres y catorce caballos, trastumbaron el cordón y se retiraron a la carrera. Al ver esto mi compadre, me gritó gozoso:

—¡Saque los caballos del arroyo y póngase a ensillarlos!

Escogí, naturalmente, los caballos de Pineida, que eran los mejores; los ensillé; montamos y nos fuimos a lo alto del cordón de donde habían corrido nuestros perseguidores, para ver qué había sucedido con ellos.

Allí estaban, en el cordón siguiente, reuniéndose, pues en su fuga en dispersión, unos habían salido por un lado y los otros por donde menos lo habrían imaginado.

Mi compadre echó pie a tierra, levantó toda el alza del rifle, y al disparar y matarles otro caballo, los aguerridos hombres de Pineida, con su heroico jefe a la cabeza, emprendieron precipitada fuga.

Libres ya de aquellos sabuesos, montamos nuevamente a caballo y nos dirigimos rumbo a la Hacienda de Ramos; y después de caminar todo el resto de ese día y la noche, vinimos a amanecer en un punto llamado Tres Vados, sobre el Río de Sestín y como a unas cincuenta leguas del lugar donde Pineida y su gente se cubrieran de gloria.

Fuimos a detenernos en casa de unos señores Prieto, les compramos alimentos, y dueños de una tranquilidad envidiable nos dirigimos a Indé, llegando al siguiente día. Nos pasamos como unas tres leguas de este pueblo; dejamos que descansaran los caballos; preparamos comida, restaurando con ella las fuerzas gastadas, y atravesando la Sierra Cabeza del Oso, nos encaminamos a la Hacienda de Guadalupe de Rueda, adonde llegamos a la noche siguiente.

¡Y vaya un caudal de novedades que encontramos en la hacienda, que era donde estaba la casa de Eleuterio Soto!

La desaparición de mi compadre había dado margen a que se desatara contra él una persecución furiosa, basada en cargos tan inexactos como infamemente urdidos: otros habían cometido los delitos, y quien los reportaba era el ausente. Entre los cargos figuraba la desaparición de una buena parte de la mulada de la hacienda, cuyos propietarios eran don Aurelio del Valle, hombre perverso, astuto, sin escrúpulos, el más peligroso y redomado tipo del patrón negrero y cruel, y sus hermanos Julio y Jesús del Valle, cuyas figuras destacaban siniestramente junto a la del jefe del cacicazgo.

Mi compadre no podía creer en tanta maldad como encierra el alma de nuestros señores feudales, y libre, como en su conciencia estaba, de los crímenes que le imputaban, resolvió afrontar serenamente la acusación y contestar los cargos, con la seguridad de que nada podría probársele.

Mi compadre se fiaba de una serena justicia que hasta entonces nunca había existido entre nosotros, y menos cuando ha sido el rico quien ha ido contra el pobre: don Aurelio del Valle ejerció la decisiva influencia de su dinero para con el jefe de la Acordada de Indé; este sumiso sicario aprehendió a Eleuterio Soto, y con la mayor tranquilidad resolvió, como medio más expeditivo para satisfacer su noción sudanesca de justicia, fusilarlo.

Fue necesario que pesaran en el ánimo del patrón y del sicario los grandes servicios prestados en aquella región del río por mi compadre, y el firme prestigio de que gozaba en toda la vecindad, para que aquellos victimarios se humanizaran y, sintiendo una benignidad abominable, se conformaran con consignar a mi compadre al servicio de las armas, medio muy socorrido en aquel entonces para que el patrón pudiese deshacerse de los hombres que le estorbaban, ya fuese porque constituían un reproche perenne de sus injusticias y un remordimiento viviente de sus crueldades, ya porque la esposa, la hermana o la querida de la víctima fuese la presa codiciada del patrón, que deseaba gozarla con toda tranquilidad.

Mi compadre fue consignado a filas, arreado a cintarazos al cuartel, y un buen día se encontró en la Ciudad de México, vestido de pelón y tratado como bestia.

Aquella iniquidad vino a hacer que se desbordara mi odio profundo hacia los eternos inquisidores del pueblo. Me hice cargo inmediatamente de la familia de mi compadre, procurando que nada le faltase, y a él le mandé dos mil pesos a México, cierto de que con ese dinero conseguiría en el acto su libertad.

Así fue: no solamente pudo mi compadre pagar un reemplazo, sino que aún tuvo bastante para el pasaje, y un día tuve el gusto enorme de verlo que venía a buscarme.

—Compadre, yo me voy a la Hacienda de la Rueda —fueron sus primeras palabras—; lo que don Aurelio del Valle hizo conmigo es una gran injusticia. Él será hombre de dinero, pero yo necesito castigarlo. Antes de dos días he de matarlo.

Y mi compadre fue resuelto a cumplir su amenaza y satisfacer su vindicta. Dos días después de nuestra conversación, corría en Parral (donde yo me encontraba entonces) el rumor de que habían matado a don Aurelio del Valle. De la capital del estado salió un tren especial conduciendo a un médico. En ese tren trajeron a don Aurelio, quien se valió de no sé qué diabólicas artes para sanar de las tres mortales heridas que le infirió mi compadre. El hecho es que don Aurelio vive hasta el día de hoy en Chihuahua. A la noche siguiente al día en que el asalto a don Aurelio conmovió a la sociedad parralense, se me presentó nuevamente en Parral mi compadre y me dijo:

—Ahora sí, compadre, ya maté a ese hombre causa de todos mis padecimientos sin que llegue yo a saber por qué. Vengo a unirme a usted, para que juntos corramos la misma suerte hasta que usted o yo muramos.

* * *

Como los dos carecíamos de elementos de vida, y no nos era dable buscar un trabajo, por las persecuciones a que vivíamos sujetos, resolvimos irnos a la Sierra de Matalotes, donde hicimos una matanza de trescientas reses, cuya carne ya teníamos contratada en Parral para su venta. Así fue como, tan pronto como hicimos la entrega de la carne, recaudamos el producto de la operación.

Dueños ya de aquel dinero, encaminamos nuestros pasos a la ciudad de Chihuahua. Era mi propósito —que llevamos a cabo— establecer un expendio de carne; y eran mis esperanzas que no fuéramos reconocidos para poder trabajar en paz, y que mi compadre pudiera traer a su familia a la capital del estado.

Fue Eleuterio Soto a traer a su familia, y yo me dediqué a cuidar el expendio de carne durante un año, al cabo del cual…

Era la época abyecta de la paz porfiriana, que parecía haber destruido y para siempre el último resto de pundonor, de dignidad, de altivez y de valor civil en nuestra raza.[10]

Dios mandaba en los cielos, don Porfirio en la tierra; Terrazas y Creel en Chihuahua; y cada uno de los encomenderos porfirianos en las ínsulas que les había tocado en suerte exprimir en el reparto tuxtepecano.

Era la época de las grandes concesiones, ruinosas para el país, pero pingües en rendimientos personales para los grandes dispensadores de mercedes: don Porfirio, la familia real y los "científicos".

Era la época en que el gobierno de las ínsulas se remataba al mejor postor en las antesalas de Romero Rubio y Compañía, Sucesores.

Era la época en que el bandolerismo de sangre azul, frac satinado de exóticos perfumes y blancos guantes que ocultaban las uñas rapaces, alcanzó en nuestra pobre patria el mayor auge y la impunidad más completa, gracias a la innegable pericia del supremo inventor y director insustituible de la prodigiosa maquinaria esquilmadora del país, que por una puerta insaciablemente tragaba energías, vidas, entendimientos, voluntades, aspiraciones y derechos del pueblo, y por otra arrojaba la lluvia diluviana de monedas contantes y sonantes, que iba llenando hasta los bordes las inclusas sin fondo y sin término, los aguajes, los cenotes, las presas, los océanos de los mercaderes del poder y de los venturosos gozadores de la gracia oficial.

Era la época en que Creel y Terrazas en Chihuahua; Pedro L. Rodríguez en Hidalgo; Luis Torres en Sonora; Mucio P. Martínez en Puebla; Teodoro Dehesa en Veracruz; Fernando González en México; Pablo Escandón en Morelos; Aristeo Mercado en Michoacán; Landa y Escandón en el Distrito Federal; Olegario Molina y Muñoz Aréstigui en Yucatán, y tantos y tantos antecesores y

---

[10] Como puede advertirse, a partir de este párrafo y durante las siguientes siete páginas, es otro el tono del lenguaje, lo que supone una larga reflexión de Bauche al momento histórico referido por Villa.

sucesores de la brigandería científico-tuxtepecana, desplegaban ante el pueblo embrutecido, alcoholizado, atónito, anestesiado y muerto de hambre, el lujo inacabable de sus atentados palaciegos, de sus rapiñas cortesanas, de sus asesinatos y de sus escandalosos asaltos al derecho a la vida, a la honra y a los bienes de los indefensos, de los resignados, de los silentes.

Era la época en que el fatídico Monsieur Limantour entregaba el usufructo de nuestro crédito interior, virgen de toda mácula, libre de toda explotación, a unos cuantos usureros ramplones, de criterio raquítico, de horizonte menguado, que lejos de hacer una grande obra, dando impulso efectivo y vida fructífera a ese crédito que se les ponía incondicionalmente en las manos, se contentaban con las ratonerías de una usura judaizante, ejercitada sobre la clase más pobre y más ignorante de nuestro pueblo agricultor. ¡Y Monsieur Limantour se hacía llamar por las rotativas del gobierno el primer hacendista del mundo, y aspiraba a la suprema magistratura de este pueblo, que consideraba ya un feudo!

Las combinaciones de Monsieur Limantour no tendían a liquidar nuestra deuda exterior. Deliraba sólo con convertirla. Y aquella operación, tan elemental y naturalmente indicada, asumió las proporciones del prodigio, visto a través de las retinas imparcialísticas de un Carlos Díaz Dufoo, cantor bien retribuido de las paparruchas bursátiles de Monsieur Limantour.

Limantour hacendista mereció los honores de ser consignado en un libro, mereciendo haberlo sido a un presidio. Limantour hacendista, para los no versados en las bellas sutilezas de las finanzas, de la economía política, doméstica o rural, aparecía como un dios olímpico acabando de realizar una de las obras gigantescas que habrían de admirar los siglos; y la escuálida figura del hijo de un pirata, la esquelética arquitectura del macrocéfalo ministro de la Hacienda Pública, aparecía tras la brillante jornada que ensalzaban sus panegiristas, jadeante y chorreando un sudor de talento tan portentoso, que ahí donde se posaban los charolados botines del prócer, y caía el maná de su abundante transpiración talentosa, allí... no volvía a crecer la hierba.

Limantour inventó nuestros tostones de a diez centavos oro y convirtió nuestra deuda. ¡Claro está que la convirtió! ¡En algo pesante, abrumador, asfixiante, que algún día pagaremos por dignidad nacional y sin que dejen de figurar honrosamente en la liquidación de la deuda, los cuantiosos bienes de todos los Limantoures y Pimenteles y Fagoagas, Macedos y demás próceres del cientificismo, cuyas grutas de Alí Babá ya ha abierto la revolución del pueblo al "sésamo, ábrete" de la vindicación nacional!

Era la época en que el bandolerismo más cruel, más refinado y más tenebroso, encendía la inicua guerra del Yaqui; aquella hecatombe, aquella carnicería estupenda, aquel salvajismo que sólo sirvió para que tres bribones, Luis Torres, Rafael Izábal y Ramón Corral amontonaran los millones de pesos que iban amasados con sangre de los yaquis; con lágrimas de las mujeres de los yaquis; con vísceras y sanguinolentas piltrafas de los niños de los yaquis; mientras ellos, los omnipotentes, los sultanes de Sonora, desde sus harenes de Hermosillo contaban a paletadas el dinero y por manadas las concubinas, contemplando beatíficamente cómo el pueblo se moría de hambre y la agricultura, el pequeño comercio y las modestas industrias eran miserablemente entregadas a la voracidad de los chinos, que como una lepra corroen el organismo social y económico de aquel pueblo indolente.

Pero…

Era la época en que Porfirio Díaz, para apuntalar su ya vacilante fama de probo, de honrado, necesitaba valerse de los Chatos Elízaga, de los Manuel Cuesta Gallardo, de los Llamedo y de los Landa y Escandón para sus trapacerías desde "la concha", para sus hurtos desde los bastidores de su opulenta farándula imperialesca; y así surgió a la vida de la ilimitada influencia y del poderío excepcional la figura más repugnante, la más odiosa, la más purulenta y nauseabunda de cuantos gachupines ha arrojado al suelo patrio, la marejada española en que sobrenadan todos los vicios, todas las corrupciones y todas las miserias.

Íñigo Noriega —que parece el engendro de Íñigo de Loyola y de Torquemada, en un bestial acoplamiento de la aberración sexual— surge a la vida de los grandes latrocinios y los grandes asaltos en despoblado, esgrimiendo los máuseres del Batallón de Xico, que en medio del aplauso oficial y los convulsionantes pataleos de la prensa asalariada, roba a mano armada por el gobierno los terrenos de los pobres indios de Texcoco y de Chalco, para engrosar con el despojo uno de los tantos feudos del Héroe de Icamole.

Era la época en que Pierson and Son trasladaban sus oficinas a las antesalas ministeriales, y allí compraban y vendían concesiones de las más onerosas, obras presupuestadas al quíntuplo de su valor, ferrocarriles, grandes fajas del territorio nacional, zonas petrolíferas de incalculable riqueza, cuanto pudiera ser explotado, hipotecado y exprimido; mientras los coruscantes chorros de las libras esterlinas iban, en calidad de propinas, comisiones, gajes o limosnas, llenando los bolsillos sin fondo de nuestros más preclaros estadistas.

Era la época en que las huelgas de Río Blanco, Santa Rosa, Velardeña y Cananea, eran sofocadas a balazos, y a las justas quejas del obrero, a su derecho indiscutible de protesta, respondían los eternos explotadores del pueblo con las matanzas más brutales y las represalias más siniestras. En Río Blanco, el selvático juchiteco Rosalino Martínez hace una carnicería espantosa entre obreros y vecinos pacíficos, huelguistas y "no combatientes", y luego se embriaga con champaña y sacia su gula de antropófago entre los charcos de sangre de sus víctimas, entre los retazos carnales que dejaron regados sus balas fratricidas.

Y en Cananea, el traidor Rafael Izábal sobrepuja las indignidades de Martínez, haciéndose escoltar por los rangers de Arizona, para que las balas norteamericanas vayan a rasgar las carnes de nuestros compatriotas, y que de hecho y contra todo derecho, los soldados extranjeros pisoteen nuestra soberanía, mancillen nuestro decoro, violen nuestro territorio y respondan con el fuego de sus armas al clamoreo justiciero de los obreros mexicanos de Cananea.

Era la época en que Olegario Molina, cacique máximo de la península de Yucatán, supremo esclavista de las ardorosas llanuras henequeneras y ministro de Fomento en el gabinete de Limantour se denunciaba ante sí mismo, como terrenos baldíos, pueblos enteros con municipalidad reconocida, propiedades definidas y tituladas, comunidades y comarcas registradas y ¡naturalmente!, se las adjudicaba a sí mismo, previas unas cuantas formalidades ministeriales de su incumbencia, sin que tras del hurto escandaloso y cínico un solo gesto de rubor, de vergüenza o de remordimiento, turbase la insultante fijeza de su ojo sano y la inconmovible socarronería de su ojo muerto.

Era la época en que Guillermo de Landa y Escandón, gobernador del Distrito Federal, mandaba cerrar a las diez de la noche los expendios de bebidas embriagantes, figones, fonduchas y piqueras: quizá en desagravio de su conciencia, que le consentía fundar en México el *trust* del pulque y explotar en grande escala la viciosa abyección de nuestro pueblo. Así quedaba organizada la C.E. de P., que los ricos hacendados coasociados de Landa y Escandón titulaban la Compañía Explotadora de Pulques, y que el público, menos cauteloso en encubrir los íntimos misterios de aquella agrupación siniestra, llamaba, y con justicia, la Compañía Envenenadora del Pueblo.

Era la época en que Justo Sierra, ministro de Instrucción Pública y Bellas Artes, avivaba su ingenio de burgués bien cebado y entraba a pasos majestuosos al retozo inocente del saqueo general. Escribir libros de texto, imponerlos a las escuelas y realizar la venta al precio que se le antojaba y en las cantidades que le convenían, era un entretenimiento tan pueril, tan intrascendente, que bien podía cederlo a Ezequiel A. Chávez y a los demás "maestritos". Había que hacer algo original, algo artístico, algo que revelase talento, erudición, espíritu dilecto y refinado, entrando a la vez de lleno en las altas finanzas. Las generosas subvenciones a empresas teatrales de poca monta, a medias con el empresario y a medias con la reventa, adquiría ya cierto tinte de diletantismo lisonjero. Y así, mientras Francisco Fuentes y Toñito Arévalo patentizaban el buen gusto y la atinada generosidad del ministro, el "Chícharo", ese incansable y popular revendedor de la Metrópoli, fungía de socio del maestro Sierra, en sus altas especulaciones teatrales. La crónica de bastidores apunta al genial poeta y exuberante escritor Luis Urbina como medianero, sabidor y consejero de tales chicoleos.

Había que hacer también algo científicamente "gordo", y como entre gordos andaba el cuento, allí tenéis a Justo Sierra y a Leopoldo Batres, el imponderable arqueólogo, desenterrando las pirámides de San Juan Teotihuacán, dotándolas de chalets estilo náhuatl, restituyéndoles sus antiguas vías Decauville y primitivo esplendor y enterrando algunos millones de pesos en la obra estupenda, que de utilidad tan grande resultaba para el pueblo carente de escuelas donde aprender a apreciar los laudables esfuerzos de Batres y de Sierra.

Era la época en que Francisco Bulnes, el cínico, se refocilaba en el lodo y cubierto de inmundicias se exhibía, grotesco y enlacayado, en las páginas abominables de *El verdadero Juárez*, mientras la clerigalla aullaba de alegría y don Porfirio ronroneaba su satisfacción de gato consentido.

Era la época en que Manuel Mondragón inventaba cañones de desecho y fusiles-ametralladoras de deslumbrante inutilidad, y estafaba al gobierno algunos millones de pesos del dinero del pueblo.

Era la época en que frailes y monjas, sacristanes y curas, tomaban un asiento en el banqueteo oficial y entraban a saco en las cajas paupérrimas del pueblo laborante. Y brotaban conventos por todas partes, las casas de lenocinio alternaban con las casas de oración, patrocinadas por el mismo elemento plutócrata, y la viscosa figura del jesuita arrastraba su tenebrosa hipocresía, y se colaba a las callandas por los salones presidenciales, por las alcobas presidenciales y las conciencias presidenciales, soplando al oído del viejo y desdentado león del liberalismo las tartufescas doctrinas de la conciliación, de la condescendencia y de la ilimitada tolerancia, cuyo brote menos humillante para la patria y para nuestras instituciones liberales, es la flamante "Capilla de la Expiación" en el histórico e inconmovible "Cerro de las Campanas"...

Era la época de la paz porfiriana; de la abyecta paz sin derechos, sin justicia, sin decoro nacional, sin vergüenza, ya no pidamos cívica, pero ni humana ni racional.

Sumad cuántas infamias registra esa época, las que subieron a flor de agua y las que quedaron entre el légamo profundo del pantano social. Sumad cuántos latrocinios registra la crónica negra de esos tiempos; acumulad cuántas mayores degradaciones y atentados de todo orden pueda forjar la imaginación más calenturienta; echad a volar vuestra fantasía por los reinados más espeluznantes del crimen en sus más monstruosas variaciones; y formando con todos esos elementos una montaña que se pierda de vista entre los cielos, arrojadla de golpe sobre las conciencias de Luis Terrazas, el viejo, y de Enrique C. Creel el jesuita. ¡Veréis cómo sonríen al golpe, porque tanta pesadumbre les viene floja para la formidable elasticidad de sus conciencias!

¡El manoseado símil del pulpo gigantesco chupando ávidamente la sangre de su víctima por los millones de insaciables bocas de sus tentáculos, también les viene flojo!

¿Un pulpo gigantesco? ¡No! Un ejército de millones de pulpos gigantescos y ayunos; una manada inacabable de lobos hidrófobos y de chacales famélicos y de hienas insaciables se aproximaría quizás un poco, si sois aficionados a las semblanzas, a las figuras con que habría de simbolizarse la obra de Enrique Creel y de Luis Terrazas en el estado de Chihuahua, con la intrincada ramazón de hijos, hermanos, yernos, nueras, tíos, sobrinos, cuñados, concuños, primos en todos los grados, nietos, biznietos y tataranietos, naturales los más, y artificiales los otros; gobernantes, secretarios públicos y privados, jueces de todas jerarquías, jefes políticos, presidentes municipales, curas, gendarmes, rurales, diputados, sacristanes, magistrados, síndicos, agentes de sanidad, interventores de empeño, inspectores del mercado, banqueros, escribientes, forrajistas, matanceros, agrónomos, tinterillos, lecheros, jugadores, cantineros, comadronas, contrabandistas, toda una interminable fauna de parásitos, toda una incatalogable flora de plantas venenosas emponzoñando el ambiente e intoxicando la vida y ensombreciendo el porvenir y repartiendo el contagio.

Y todo eso, todo eso movido a impulsos de la codicia irrefrenable, de la ambición ilimitada de aquellos dos pontífices de la usura, de aquellos emperadores del hurto; de la estafa, del abigeato, del contrabando, del asesinato y del poder en el estado agonizante de Chihuahua.

* * *

A mí, como a todo habitante de Chihuahua, me tocó también el honor de regalar mi trabajo a los poderosos caciques de este pueblo. Estaban resueltos a hacer la competencia a todo, a monopolizarlo todo, a vivir sólo ellos, y claro está que no podían permitirle a un modestísimo vendedor de carne realizar una venta y obtener una ganancia, por insignificante que fuese, sin que se creyesen en el deber de arrebatarle la ganancia, sin perjuicio de que el despojado siguiera desempeñando el trabajo.

Nominalmente, durante un año estuve matando ganado honradamente en el rastro de la ciudad y luego vendiendo la carne en mi expendio. Eso fue nominalmente, porque en realidad, me acontecía que, al ir a sacrificar una res o dos, tenía yo que pasar por las horcas caudinas de un empleado del rastro apellidado Terrazas, ¡tenía que ser!, quien en combinación con un tal Juan Osollo, allí estaba para representar los intereses de la magna familia y exprimir hasta la última gota del sudor del pobre.

Yo me presentaba en el rastro con todos mis certificados en regla, pero invariablemente acontecía que el allí especificado no era el fierro de las reses, que las señas no coincidían, que algún detalle faltaba, o cualquiera de los incontables pretextos de que se echaba mano para que yo no matara en el rastro, ¡y efectivamente, no mataba!

Entonces se me acercaba melosamente Juan Osollo, y con maneras y actitudes copiadas de don Enrique Creel, me decía con la mayor finura:

—No esté triste, Panchito: si necesita carne, aquí tiene a su amigo.

Y me ofrecía la carne que ya tenía sacrificada por cuenta de los amos, y yo, si no quería cerrar mi carnicería, tenía que aceptar aquella mercancía y ver cómo hoy la llevaban a mi expendio, en calidad de favor, y mañana pasaban a mi despacho a recoger el importe íntegro de la venta.

Yo sentía una indignación profunda al ver cómo era miserable e irremediablemente explotado mi trabajo honrado; y como me diera cuenta de que el inicuo procedimiento no era exclusivamente ejercitado en mi contra, sino que abarcaba a todos los trabajadores de Chihuahua, cualquiera que fuese su condición y ramo, resolví retirarme del rastro y aun abandonar la ciudad, entregando mi expendio a un señor Nicolás Saldívar para que lo explotara, si podía.

Me fui al mineral de Santa Eulalia y allí me dediqué a trabajar como minero en la Mina Vieja, a las órdenes de un tal Willy, que era el gerente.

Al cabo de año y medio de trabajo duro y mal retribuido, mis incansables perseguidores de Durango descubrieron mi pista, y antes de darles la satisfacción de que me agarraran en Santa Eulalia, me salí del mineral y anduve errante por las montañas, tan pobre y tan desvalido, que no tenía yo ni caballo, ni pistola ni rifle.

Con un amigo mío conseguí una pistola y me encaminé a Chihuahua, dirigiéndome desde luego a la casa de Nicolás Saldívar, aquel a quien le había yo cedido mi carnicería.

—Amigo, súrtame con un caballo ensillado —le dije.

Y él, sonriendo burlescamente, se vuelve y me responde:

—¿Pues no me decían que es usted un gallo muy grande? ¿Cómo es que no puede conseguir un caballo? Yo le diré dónde hay.

—Muy bien, señor, dígame dónde hay.

—En el rastro hay muchos caballos buenos, bonitos y gordos. Váyase a montar en uno de ellos, si es que no le falta corazón. El mejor es uno oscuro rabicano.

—¿A qué horas están los caballos en el rastro?

—Si conoce las horas vaya entre dos y cuatro de la tarde. Hasta esa hora estamos allá.

—Muy bien, señor, adiós.

A las tres de la tarde estaba yo en el rastro, y en presencia de todos agarré el caballo rabicano, me monté en él y me salí al galopito.

Todos a gritos me quisieron detener, pero como no lo lograran, montaron inmediatamente para salir a perseguirme. Yo tomé rumbo al Cerro Grande, pero como les llevaba yo unos mil metros de ventaja, di la vuelta por un cerrito prieto que está frente al Cerro Grande, metí el caballo en un arroyo, desmonté y me puse a aflojarle las cinchas. Los que me venían siguiendo se pasaron de frente sin verme, a todo galope de sus caballos.

Cuando los vi perderse de vista, me monté en mi caballo, y tranquilamente me dirigí al Rancho de la Boquilla, condoliéndome sinceramente de la inútil y furiosa carrera que aquellos hombres imponían a sus caballos, persiguiéndome hasta matarlos por donde menos me podían hallar.

Por el rumbo de Satevó me encaminé a Parral, y allí me dediqué al difícil arte de vivir oculto en calidad de morrongo en casa de Miguel Baca y Valles, donde me dispensaban todo género de consideraciones.

Pero empezó a correr el rumor de mi vuelta; no sé de dónde partió el primer trueno, anuncio de una posible tempestad; y tuve que emprender nuevamente el camino.

Capítulo VI

En compañía de mi compadre Eleuterio Soto y de José Sánchez, peregrinaba yo constantemente de Chihuahua a San Andrés, de allí a Ciénega de Ortiz, y luego San Andrés y nuevamente Chihuahua, siempre oculto, siempre perseguido, temiendo a cada instante una emboscada, desconfiando de todo el mundo.

Por aquella época me había yo permitido el lujo de tener casa habitación en la ciudad de Chihuahua: en la calle Décima, número quinientos. Un amplio solar en el que había edificadas tres piezas de adobe, encaladas, una minúscula cocinita y un extenso machero para mis caballos. Yo mismo levanté las bardas del corralón y construí las caballerizas y doté a mis bestias de un suntuoso abrevadero y pesebre.

Esa casa, que es hoy de mi propiedad, que he mandado reedificar modestamente, y en la que celebré mis primeras entrevistas con el noble mártir de la democracia, don Abraham González, no la cambiaría yo por el más suntuoso palacio. Allí resonó la voz del apóstol invitándome a vindicar por medio de la revolución los derechos del pueblo ultrajado por la tiranía. Allí sentí por primera vez que mi latente rebeldía contra toda opresión y toda forma de vasallaje cobraba forma definida y orientación determinada. Allí vine a comprender, por primera vez, que todas las amarguras, todos los odios, todas las rebeldías acumuladas en mi alma en tanto año de sufrir y de luchar, me daban una convicción, una fortaleza, una energía y una voluntad tan clara, que debería yo ofrecérselas a mi patria, a mi patria que me reclamaba el tributo de mi esfuerzo, de mi sangre y de mi vida, si necesario fuese, para librarla de tantas víboras que, enredadas en su cuerpo, le devoraban impetuosamente las entrañas. Allí escuché por primera vez el nombre venerado de Francisco I. Madero. Allí aprendí a amarlo y a reverenciarlo, porque venía con su luminoso Plan de San Luis Potosí, con su fe inquebrantable y con su esfuerzo titánico a luchar por nosotros los pobres, los oprimidos, los despojados, enfrentándose no sólo al tirano y a su potente máquina de opresión y destrucción y aniquilamiento, sino desafiando la indolencia del pueblo, la pereza de los amodorrados, la indiferencia de los avenidos, la burla cruel y la agresión ardiente de los contaminados.

* * *

Y sucedió que viniendo un día a conferenciar con don Abraham González en mi casa de la calle Décima, y estando reunido con Eleuterio Soto y José Sánchez, nos vimos sitiados por una fuerza de veinticinco rurales, al mando de Claro Reza.

Este individuo, cuyo trágico fin se justifica por su traición y felonía, había sido mi amigo y compañero, y me debía incontables favores de consideraciones y dinero. Un día lo metieron a la cárcel por el robo de unos burros, y Reza consideró que el medio más expedito para salir de la prisión era dirigir una carta a don Juan Creel, diciéndole que se comprometía a entregar en manos de las autoridades a Pancho Villa, el famoso criminal de Durango que tantos daños estaba causando al estado, siempre que a él, a Reza, se le pusiera en libertad y se le hiciera ingresar al cuerpo de rurales.

Siempre he tenido amigos en el campo y en los poblados; y en esta ocasión no me faltó un rural llamado José y cuyo apellido no recuerdo, que me comunicara inmediatamente el buen éxito que Reza había tenido en sus miserables gestiones.

Así fue como Soto, Sánchez y yo nos vimos sitiados en la casa de la calle Décima por la fuerza que mandaba aquel redomado pícaro.

No era solamente el peligro que corríamos al ser perseguidos por un hombre que conocía todos nuestros pasos, sino la indignación que nos causaba ver cómo correspondía a los servicios que le había yo prestado, lo que encendía nuestra cólera contra aquel canalla que nos sitiaba.

Toda la noche estuvimos a la defensiva, y cuando ya a eso de las cuatro de la mañana nos disponíamos a combatir, jugando el todo por el todo, vimos con sorpresa que nuestros sitiadores se retiraban, callada y tranquilamente, dejándonos en paz.

—Así nos paga este traidor lo que con él y por él hemos sufrido —exclamó mi compadre Eleuterio Soto, dando paso franco a todo su enojo—. Yo quiero que nos conceda usted ir a buscarlo y matarlo.

—Sí —le respondí, comprendiendo la justa rabia de mis compañeros de infortunio—. Sí, iremos a buscarlo, pero ha de ser con la condición de que lo hemos de matar donde quiera que lo encontremos, aunque sea en el palacio de gobierno o en cualquiera otra parte.

Resuelto el punto, nos fuimos a amanecer en la presa de Chuvíscar, y perfectamente montados, armados y municionados, como siempre andábamos, nos dimos nada más que a buscar a Claro Reza, empezando nuestra exploración por la Avenida Zarco.

Y fue allí precisamente, en un expendio de carne que está frente a "Las Quince Letras", donde como encontrar a cualquiera que nos fuese indiferente, fuimos viendo nada menos que a Claro Reza.

¡No fue menuda la lluvia de balas que le cayó en el cuerpo!

A las detonaciones, en pleno día, en un lugar nada solitario, empezó a acudir la gente y a arremolinarse para ver el cadáver. Nosotros estábamos de temple para acabar con quien se nos pusiese delante; y paso a paso, saliendo por entre el gentío que aumentaba constantemente, nos alejamos del lugar sin que nadie se atreviera a seguirnos.

Cuando ya íbamos bastante retirados, sin haber cambiado un solo momento la tranquilidad de nuestra marcha, alguien tuvo la humorada de mandar unos soldados en persecución nuestra, pero estoy cierto de que aquellos pobres juanes iban rogando a Dios no darnos alcance, pues tampoco llegaron a alterar un solo momento la rítmica parsimonia de su desganada caminata.

* * *

Subimos a la Sierra Azul y, en un punto que se llama la Estacada, empezamos a reclutar a nuestra gente para la revolución maderista, reuniendo desde luego quince hombres de lo más selecto y escogido.

Una tarde me llamó Feliciano Domínguez, que figuraba entre los conjurados, y me dijo:

—Oiga usted, jefe, mi tío Pedro Domínguez acaba de irse a Chihuahua a obtener una autorización para recibirse de juez de la Acordada. Dice que nos va a perseguir sin descanso, y me parece muy peligroso que se reciba de juez. Yo lo siento mucho porque es mi tío, muy buena persona y muy valiente; pero creo que por el bien de nuestra causa, hay que matarlo.

—Está usted en lo justo —le respondí—. Ése es el único remedio para acabar con esos hombres obcecados que, sin oír la voz del pueblo y de su conciencia, sostienen la tiranía y son los causantes de los muchos sufrimientos de los pobres. Vamos a tomar ocho hombres, y nos vamos al Rancho del Encino, donde vive su tío, para quitarle todas esas ideas.

Así lo hicimos, dejando el resto de la gente en la Estacada; y cuando Pedro Domínguez nos vio bajar en dirección al rancho, inmediatamente cogió su rifle y sus cartucheras, y se preparó para la defensa.

Caímos directamente sobre la casa. Pedro se parapetó detrás de un cercado, y como era un excelente tirador, pronto nos mató dos caballos. Al salir uno de los nuestros de la cocina, le pegó un tiro debajo de un ojo, dejándolo muerto en el acto. Entonces mi compadre Eleuterio Soto y yo nos echamos sobre el parapeto, y uno de los muchos tiros que nos disparaba le pegó en la copa del sombrero a mi compadre, en el momento en que yo a Pedro le colocaba una bala en la caja del cuerpo.

Al sentirse herido, salió del cercado, y en la carrera le pegamos dos tiros más. Tuvo alientos para brincar otro cercado, tras del cual cayó. Me acerqué a quitarle el rifle que ya no tenía fuerzas para palanquear, y era de tanta ley aquel hombre, que se me prendió a las mordidas. Llegó mi compadre y lo remató con un tiro de pistola en la cabeza.

En aquellos momentos salió un viejecito de la casa de la familia, y al gritarnos ¡Bandidos!, uno de nuestros muchachos levantó el rifle y lo dejó muerto.

Libres ya de la amenaza que para nuestros planes revolucionarios constituía aquel hombre, nos dirigimos a la Estacada para reunirnos a nuestros compañeros.

* * *

Cuando estuve perfectamente convencido de la inmejorable calidad de los quince hombres que había yo escogido y que iban a seguirme en mi empresa revolucionaria, me dirigí con ellos a Chihuahua, deteniéndonos en el rancho de Montecillo, como a tres leguas de la capital.

En la noche entré en la ciudad para ultimar con don Abraham González todo lo relativo al ya próximo levantamiento.

—Quiero —me dijo don Abraham— que se venga usted a ocultar en alguna casa de la ciudad para que me cuiden, pues la policía me vigila mucho y desconfío que cualquier día los enemigos me metan a la cárcel.

—Así lo haré, señor —le respondí—. Voy a traer mi gente a la casa de la calle Décima, y siempre lo custodiarán a usted dos de mis hombres, y todos estaremos listos para que, si desgraciadamente cae usted en garras de la policía, yo lo saco a usted de donde se encuentre y me lo llevo a la sierra.

Al día siguiente, 4 de octubre de 1910, nos instalábamos en la casa número quinientos de la calle Décima los siguientes revolucionarios maderistas:

Francisco Villa
Eleuterio Soto
José Sánchez
Feliciano Domínguez
Tomás Urbina
Pánfilo Solís
Lucio Escárcega
Antonio Sotelo

José Chavarría
Leónides Corral
Eustaquio Flores
Genaro Chavarría
Andrés Rivera
Bárbaro Carrillo
Cesáreo Solís
Ceferino Pérez

Todos estábamos perfectamente armados y montados, yo les cubría sus haberes de mi propio peculio, y día y noche custodiábamos a don Abraham González, prontos para cualquier emergencia.

El día 17 de noviembre de 1910, fue don Abraham González a cenar con nosotros a la casa de la calle Décima, acompañado de Cástulo Herrera.[11] Yo había sido presentado a don Abraham González y a virtud de su llamado, por mi compadre Victoriano Ávila, persona de toda mi confianza. En el poco tiempo que don Abraham llevaba de tratarme, no era posible que se diera cuenta cabal de que podía yo hacer por mí mismo la campaña. No me sorprendió pues, sino a medias, saber que no era yo el designado como jefe de mi fuerza, cuando al final de la cena me dijo don Abraham, profundamente emocionado:

—Ha llegado el momento de emprender la campaña. Yo me voy al norte del estado, a Ojinaga, y usted al sur. Saldrá usted, pues, para San Andrés a organizar las fuerzas y reconocerán ustedes como jefe a Cástulo Herrera, que está aquí presente. Espero que obedecerán ustedes sus órdenes, y sabrán cumplir con su deber hasta morir o triunfar en la noble causa que perseguimos.

---

[11] Cástulo Herrera, nativo de Chuvíscar, Chihuahua, nació en 1878. Se levantó en armas el 16 de noviembre de 1910 encabezando una partida de rebeldes del distrito de Iturbide. Abraham González dijo de él: "fue un fiel correligionario en la campaña política hasta verificarse las elecciones de presidente y vice-presidente de la república, no estando conforme él, como todos los antirreeleccionistas sinceros, por el fraude cometido por las autoridades constituidas, fue uno de los propagandistas para la revolución armada en el estado". El 30 de mayo de 1911 fue nombrado coronel del ejército libertador. Murió el 23 de enero de 1957. AHSDN, ramo cancelados, exp. XI/III/4-3129.

—Será usted puntualmente obedecido —le respondí—, y puede usted estar cierto que seremos leales a nuestra causa y lucharemos por ella hasta el último instante de nuestra vida.

Don Abraham González nos abrazó cariñosamente uno a uno y con la convicción de triunfo de nuestra empresa y un amor infinito por nuestra patria, que anhelábamos ver redimida, aquella misma memorable noche del 17 de noviembre de 1910 emprendíamos la marcha hacia la Sierra Azul, azul como nuestras ilusiones, azul como el cielo de la patria, azul como el alma de sus redentores Madero y Abraham González.

Segunda época

1910-1911
La revolución maderista

Durante el injusto cautiverio que sufrió el señor general don Francisco Villa en la prisión militar de Santiago Tlatelolco, en México, se dedicó a ejercitarse en la mecanografía, sin otro maestro que su firme deseo de aprender.

Producto de aquellas horas que no fueron para él de ociosidad es un cuaderno escrito en máquina donde el general Villa fue consignando todas las impresiones que recibió de las diferentes funciones de armas en que tomó parte durante la revolución maderista.

Como el autor oyera decir al señor general Villa, en repetidas ocasiones, que nunca asistió a la escuela, un solo día siquiera, no pudo resistir a la tentación, quizás un tanto impertinente, de preguntarle dónde había aprendido a leer y a escribir.

—A leer, en cuanto papel escrito caía en mis manos y que yo guardaba cuidadosamente para que alguien más venturoso que yo me los descifrara; y a escribir, en la arena, en la tierra, en donde quiera que veía yo una oportunidad de ejercitar mi inquieta caligrafía. Tenía yo en aquella época veintisiete años de edad, y uno de mis goces más intensos lo experimenté el día en que enlazando letras, vi que aquellos signos me hablaban. Siempre llevaba yo conmigo un rimero de papeles escritos, de cualquiera naturaleza que fuesen, y de ellos sacaba yo mis modelos ortográficos. Cuando estuve preso en México aprendí, además de la mecanografía, teneduría de libros, por si alguna vez volvía yo a ser comerciante.

El autor reproducirá fielmente las impresiones del señor general Villa, durante la gloriosa revolución de 1910-1911, sin que se pretenda, un solo momento, hacer historia. En cambio se descubrirán muchas intimidades que la historia no se detiene a recoger, y que aclaran, empero, muchos puntos que la labor reporteril o la voz de la calle se han encargado de desnaturalizar, cuando no los ha mistificado intencionadamente la voz llamada oficial, y que se hace sentir en los partes rendidos a la Secretaría de Guerra y Marina por los jefes y oficiales del ex-Ejército Federal.

Capítulo I

La Sierra Azul, como ya he dicho, fue el lugar elegido para hacer nuestro primer reclutamiento de revolucionarios maderistas. En cinco días que permanecimos allí, alimentándonos únicamente con carne y tortillas, logramos reunir una fuerza de 375 hombres procedentes de los pueblos de San Andrés, Santa Isabel y Ciénega de Ortiz. Por una parte, yo era muy conocido por aquellas gentes a quienes invitaba a la revolución y, por otra, era tan noble nuestra causa, había sufrido tanto el pueblo durante la tiranía porfiriana, que ninguna dificultad me costaba ir seleccionando, de entre los muchos partidarios que gustosamente se presentaban a engrosar nuestras filas, aquellos que viniesen bien montados, armados y municionados, de su propio peculio.

Cuando estuvo perfectamente organizada nuestra fuerza de 375 hombres, dio la orden Cástulo Herrera de que marchásemos sobre el pueblo de San Andrés, cuya guarnición de veinticinco rurales huyó tan pronto como supo nuestra aproximación. La luz del día nos sorprendió sitiando el pueblo, y como no encontráramos resistencia, entramos en él tranquilamente, procediendo desde luego a nombrar autoridades.

Serían las ocho de la mañana cuando toda nuestra fuerza estaba reunida en la plaza del pueblo. La facilidad de aquella victoria había enardecido los ánimos de la tropa, que llena de regocijo empezó a disparar sus armas al viento.

Viendo yo que Cástulo Herrera no tomaba disposición alguna para contener aquel gasto inútil de parque, me adelanté a los muchachos y les grité:

—Nadie vuelva a disparar un solo tiro, que buena falta nos van a hacer cuando estemos frente al enemigo. Aún no hemos comenzado la lucha. No se hagan ilusiones, muchachos.

Cesó la cohetería, ordené que se acuartelara la gente, y como a las nueve y media del día me ordenó Cástulo Herrera que con una escolta fuese yo a ver qué traía el tren de pasajeros que, procedente de Chihuahua, iba a pasar por allí a las diez de la mañana.

Escogí a mis quince hombres, que habían salido conmigo de Chihuahua, y me encaminé a la estación. Llegábamos a ese lugar cuando se oyó el silbato de la locomotora. Tuve apenas tiempo para darles colocación en parapetos improvisados cuando llegó el tren, nada menos que con una numerosa fuerza del 12º Batallón Federal, al mando del teniente coronel Pablo M. Yépez.

Mis quince hombres y yo abrimos el fuego sobre el enemigo, y uno de los primeros en caer muerto fue el teniente coronel Yépez. Cuando el capitán primero Manuel Sánchez Pasos, que quedó al mando de la fuerza, vio que sus soldados empezaban a caer, obligó al maquinista a continuar la marcha, con tanta mayor razón cuanto que ya nuestros hombres, que habían quedado en San Andrés, se aproximaban a prestarme auxilio del que tan necesitado estaba al verme atacado furiosamente por un número tan considerable de enemigos.

Partió el tren rumbo a la Hacienda de Bustillos llevándose sus muertos y heridos. Yo regresé con mi gente al pueblo de San Andrés, ordenando inmediatamente la colocación de avanzadas, por si pretendían los del 12º Batallón regresar a batirnos; lo que no sucedió.

Versión federal

En el parte rendido por el capitán primero Manuel Sánchez Pasos, figuran estos hechos: la fuerza al mando del teniente coronel Yépez estaba formada por dos compañías del 12º Batallón, y la integraban cuatro oficiales y 170 de tropa, destinados a reforzar la guarnición de Ciudad Guerrero, que en aquellos momentos era atacada por los revolucionarios. El fuego duró veinte minutos y fue contestado vigorosamente por la tropa, no obstante lo inesperado del ataque. Consigna la muerte del teniente coronel Yépez y tres soldados, y gravemente heridos, un cabo y ocho soldados. Dice que no pudo apreciar las bajas del enemigo, porque el convoy continuó su marcha, y no vacila, inconsecuentemente, en afirmar que esa marcha se emprendió cuando los sublevados emprendían la retirada hacia los cerros. Dice, además, que la fuerza que lo atacó en San Andrés, según informes que recogió en Bustillos, se componía de seiscientos hombres que procedentes de Ciudad Guerrero, marchaban sobre Chihuahua.[1]

Ya hemos visto que no eran seiscientos hombres, sino quince, que, de haber sido seiscientos, no rinde el parte, sino el alma, el capitán Sánchez Pasos con toda su gente.

El tiroteo sostenido por el entonces coronel Villa en San Andrés dio este resultado: que las dos compañías del 12º Batallón nunca llegasen a reforzar la guarnición de Ciudad Guerrero, pues habiendo desembarcado en Bustillos para continuar la marcha pie a tierra, el 27 de noviembre fueron batidos y dispersados en Pedernales, presentándose al cuartel general de Chihuahua, el día 3 de diciembre, el capitán segundo Joaquín Castillo, el teniente Leobardo Manzano, el subteniente Jesús F. González y veintiocho individuos de tropa: total, 31 individuos de 175 que habían salido a comerse crudos a los sublevados.

* * *

Después de permanecer dos días en San Andrés, emprendí mi marcha hacia Santa Isabel, establecí el cerco durante la noche, al amanecer cerré el sitio, y sin ninguna resistencia tomé posesión del pueblo. Instalé nuevas autoridades revolucionarias, y entre ese día y el siguiente pude aumentar los efectivos de mis fuerzas a quinientos hombres, que como los anteriores, iban montados por su cuenta y llevaban armas y municiones de su propiedad, de diversos sistemas y calibres. ¡Qué más se les podía pedir!

---

[1] Parte que rinde el capitán primero del 12º Batallón Manuel Sánchez Pasos, relativo al combate librado en San Andrés en contra de los rebeldes el 21 de noviembre de 1910. Archivo Histórico de la Secretaría de la Defensa Nacional (en adelante AHSDN), Chihuahua, exp. XI/481.5/60, f. 12.

Al verme con este número de gente —que prácticamente yo comandaba, pues Cástulo Herrera nunca se distinguió por su don de mando—, emprendí mi marcha rumbo a Chihuahua. Ese mismo día llegamos al Rancho de los Escuderos, que dista cuatro leguas de la capital; establecimos nuestras avanzadas, pernoctamos allí, y al día siguiente ordené que una avanzada de veinte hombres a las órdenes de Guadalupe Gardea y Antonio Orozco, que fungían de capitanes primero y segundo respectivamente, hiciera una exploración por el rumbo del cerro Grande. Yo a mi vez escogí veintitrés hombres para hacer un reconocimiento por los ranchos llamados Los Rajones. [Anotación al margen que dice: Carrejón de Arriba y Carrejón de Abajo.]

Pasamos de dichos ranchos hasta acercarnos a media legua de la capital, cuando al estar explorando la población con mis anteojos de campaña, desde unos cerros que dominaban perfectamente el caserío, se me acercó Feliciano Domínguez, que fungía de capitán ayudante y me dijo:

—Mi coronel, se oyen tiros por El Tecolote.

Este punto distaba como tres cuartos de legua del lugar donde nos encontrábamos: mandé montar inmediatamente a mi escolta y me dirigí al bajío del Tecolote. Al llegar frente al Rancho de Las Escobas, se me acercó Eleuterio Soto, que fungía de teniente coronel y segundo jefe de las fuerzas que yo comandaba, y me dijo:

—Haga usted alto, mi coronel, y vea usted como está el bajío del Tecolote.

Allá a lo lejos se distinguía la columna que mandaba el general brigadier Juan J. Navarro. Pude darme cuenta de la magnitud de tal columna, que según he podido saber más tarde, estaba formada por 653 plazas, de Infantería y Caballería, mandada esta última por el entonces coronel Fernando Trucy Aubert.

Mis ningunos conocimientos en el arte de la guerra, la sangre impetuosa de mis muchachos, un loco deseo de afrontar desde luego los mayores peligros, mi ignorancia y mi inexperiencia, en suma, me hicieron cometer la temeridad de presentar combate con mis veintitrés hombres a aquella columna que nos superaba treinta veces en número, en armamento y en pericia militar.

Tomé posesión del cercado norte del bajío, y bien parapetados abrimos el fuego sobre el enemigo. El 20° Batallón empezó a avanzar sobre nosotros. El número abrumador de nuestros enemigos casi nos arrollaba. Llegamos a verlos a diez pasos de nosotros. La infantería y la caballería nos acorralaban por todas partes. Cuando vi que nueve de mis hombres estaban muertos y que no nos quedaba ni un caballo, comprendí la inutilidad de que todos nosotros muriéramos allí sin provecho alguno, y reuniendo a la gente que me quedaba, me eché con ella furiosamente para romper el cerco por el lado norte. Todos logramos escapar con vida, gracias a la incalificable conducta del general Navarro, que no ordenó la persecución con su caballería. A no haber sido esta torpeza, ni uno de nosotros queda con vida. Yo, por mi parte, llevaba la pierna izquierda perforada por un balazo y José J. Fuentes llevaba también un balazo en el brazo.

De mis hombres hube de lamentar la muerte de mis valerosos y queridos compañeros Eleuterio Soto —mi compadre, que me había jurado morir a mi lado desde años atrás—, José Sánchez y Leonides Corral, que conmigo habían salido de Chihuahua a la conquista de la Libertad.

Versión federal

El día 27 de noviembre de 1910 salió de Chihuahua, en persecución de los revoltosos, una columna constituida por: el 20° Batallón, compuesto de 2 jefes, un mayor médico, dieciséis oficiales, 418 de tropa, dos ambulantes; dos escuadrones del 13° Regimiento con once oficiales y 203 hombres montados. La columna iba mandada por el general brigadier Juan J. Navarro y la caballería en particular, por el coronel Fernando Trucy Aubert.[2]

La columna se puso en marcha a las seis de la mañana rumbo a San Andrés, y como a dieciséis kilómetros de su punto de partida, el general ordenó que cien hombres del 13° Regimiento, a las órdenes de Trucy Aubert, regresaran a Chihuahua en cumplimiento de instrucciones anteriores del

---

[2] Parte que rinde el coronel Fernando Trucy Aubert del combate sostenido con los sediciosos en el cerro del Tecolote el 27 de diciembre de 1910. AHSDN, Chihuahua, exp. XI/481.5/59, f. 57.

jefe de la Zona (órdenes bien curiosas por cierto: marchen dieciséis kilómetros y devuélvame cien dragones!) (¿!? ¿!).

La fuerza que regresaba fue tiroteada por los revoltosos al pasar por el cerro del Tecolote, los rechazó de sus ventajosas posiciones y se sostuvo contra ellos hasta la llegada del grueso de la columna, a cuyo jefe mandó avisar el coronel Trucy de la presencia del enemigo. La columna regresó violentamente; una sección del 20º Batallón empezó el fuego, se la reforzó con otra y se prolongó la línea a la derecha por una compañía a las órdenes del teniente coronel Víctor Morón y una sección a las órdenes del general Navarro en persona, apoyando esos movimientos por la izquierda el coronel Trucy con un escuadrón. El otro escuadrón y el resto de la infantería quedaron como reserva y como escolta de la impedimenta.

Después de hora y media de combate, que se verificó casi en su totalidad en el Rancho del Rejón, el enemigo fue dispersado, dejando quince muertos (nos parecen muchos), *tres prisioneros* (¡infortunados!), *diecisiete monturas* (nos parecen pocas), *tres pistolas, un fusil, doce carabinas; 1 040 cartuchos y los exánimes y yertos cadáveres de siete caballos muertos completamente...* Confiesan los federales siete heridos: un capitán segundo y seis de tropa; y termina el documento oficial con estas palabras: *"La columna regresó a Chihuahua para atender a los heridos y para dar de comer a la tropa"*; el parte no hace mención de que se efectuara persecución alguna.

Sigue una larga lista de jefes y oficiales que tomaron parte en el combate,[3] y surgen los siguientes comentarios:

El general Navarro no menciona siquiera el número de revoltosos a quienes desbarató en El Tecolote. ¿Por qué tal secreto, cuando los federales acostumbraban echar centenas y millares de enemigos despedazados?

El general Navarro iba rumbo a San Andrés. ¿Por qué regresó a Chihuahua? Nos parece algo pueril la razón de que para atender a los heridos y dar de comer a la tropa, por más que esa práctica de retroceder después de la victoria sea muy federal.

---

[3] Relación que presenta el mayor Adolfo Aguilar con los nombres de los jefes y oficiales que concurrieron al combate sostenido en terrenos del Rejón el 27 de noviembre de 1910. AHSDN, Chihuahua, exp. XI/481.5/59, f. 58.

* * *

Cuando ya estuve fuera de peligro, tuve la fortuna de encontrar uno de los muchachos de mis fuerzas. Me echó a la grupa de su caballo y fuimos a unirnos al resto de mis tropas, que había dejado en el Rancho de Los Escuderos. Ordené que nos retiráramos a las alturas de la Sierra Azul, en donde fuimos a pasar la noche.

La necesidad de proveer a mi gente de municiones de boca se imponía imperativamente. Al segundo día de estar en la sierra resolví ir personalmente a Chihuahua para llevar los alimentos que tanto se necesitaban. Me hice acompañar de Feliciano Domínguez y Eustaquio Flores, que eran de toda mi confianza, y una noche penetrábamos los tres en la capital del estado, muy cautelosamente y sin que fuera motivo bastante para detenerme el estado de la herida de mi pierna, que ya me había yo curado con zacate seco, tierrita y unas hilachas. Tres días después del combate entraba yo en la ciudad guardada por mis enemigos, y salía yo con dos mulas cargadas de azúcar, café y lo más indispensable para entretener el hambre. ¡Grande fue mi alegría al regresar al campamento y poder regalar a mis muchachos con tan suculentos bocados!

Al día siguiente, muy temprano, formé a la gente y en el mejor orden, sin que el recuerdo del fatídico "Tecolote" nos acarreara el menor mal rato, emprendimos la marcha a San Andrés, donde llegamos a las tres de la tarde, siendo recibidos con las mayores manifestaciones de simpatía y respeto.

Aquel pueblo entusiasta y maderista, que me había dado el mejor contingente para mis filas, nos proporcionó alojamiento a mis tropas, a mis oficiales y a mí; nos dio alimentos a todos y forrajes para la caballada, sin que acontecimiento alguno viniera a turbar el reposo de que disfrutábamos.

Un día recibí un telegrama procedente de Ciudad Guerrero y firmado por Pascual Orozco hijo, en el que me decía:

"Acabo de tomar esta plaza. Véngase para ver en qué le puedo ayudar de municiones".[4]

---

[4] Comunicado dirigido al general Juan J. Navarro, relativo a los revoltosos que se hallaron en el distrito de Guerrero, 11 de diciembre de 1910. AHSDN, Chihuahua, exp. XI/481.5/60, f. 192.

Resolví marchar a Ciudad Guerrero, y tres días después de un viaje sin incidentes, entrábamos en aquella población y éramos recibidos con más grandes agasajos que en San Andrés, tanto por las fuerzas de Pascual como por todos los entusiastas vecinos.

Ciudad Guerrero llevó su galantería para con nosotros hasta el punto de que numerosas familias dejaban sus casas para que nos sirvieran de cuarteles, saliendo ellas a vivaquear en tiendas de campaña. No podíamos consentir los jefes y oficiales en imponerles tan espontáneo sacrificio, y resolvimos, de común acuerdo, que una parte de nuestras fuerzas acampara fuera de la población y que las familias regresaran a sus hogares.

Las incontables atenciones de los vecinos, sus muestras de simpatía y confianza, hacían que nuestra hidalguía se esmerase en demostrarles que la parte principal de aquella Revolución era un movimiento seriamente organizado, cuyos jefes prestaban toda clase de garantías, imponiendo el orden y respetando la propiedad.

Cuando ya tuve acampada una parte de mi gente y acantonada la otra me significó Pascual Orozco hijo, que deseaba tener esa noche una conferencia con los principales jefes que militaban a mis órdenes, para tratar asuntos de trascendencia, encaminados a lograr el triunfo de la causa que con tanto entusiasmo sosteníamos.

Con todo gusto accedí a esa conferencia a la que asistieron los jefes maderistas

Pascual Orozco, hijo,
Francisco Salido,
Cástulo Herrera,
José de la Luz Blanco y
Francisco Villa.

Tuvo lugar la junta a las nueve de la noche, y en ella se discutió el plan de ataque contra la columna del general Juan J. Navarro, la que, según noticias que nos habían traído los correos que teníamos apostados por diferentes rumbos, había pernoctado la noche anterior en San Nicolás de Carretas.

Quedamos todos de acuerdo en que, a la madrugada siguiente, 11 de diciembre de 1910, moveríamos nuestras fuerzas marchando todos de acuerdo en la misma dirección, a distancias escalonadas y cada jefe al frente de sus fuerzas, sin perder el contacto.

Marchamos formando la vanguardia de la columna Francisco Salido y yo. Durante la marcha íbamos recibiendo correos que sucesivamente nos anunciaban la proximidad del enemigo.

Serían las ocho de la mañana cuando Salido y yo descubrimos que la columna del general Navarro iba a entrar en el pueblo de Cerro Prieto. Dimos órdenes violentamente a nuestras fuerzas para que se posesionaran del cerro que queda al suroeste de la población y desde el cual se domina perfectamente el caserío, y apenas habíamos tomado aquellas posiciones, cuando se rompió el fuego trabándose un combate formal entre la vanguardia de Navarro y nosotros, que éramos la vanguardia de nuestra columna.

Según he podido saber después, las fuerzas de Navarro estaban compuestas por cerca de un mil hombres en esta forma: 20º Batallón, 2 escuadrones del 13er Regimiento y una sección de Artillería de Montaña de setenta milímetros —setecientos hombres más o menos—. Además, 210 entre oficiales y tropa de los batallones 3º y 9º, y 106 entre oficiales y tropa del 3er Regimiento.

El total de nuestra columna ascendía a un mil quinientos hombres, más o menos, y carecíamos de artillería, como es natural suponer.

La artillería federal abrió su fuego sobre nuestras posiciones, mientras la infantería iba ascendiendo el cerro, haciéndonos un fuego nutridísimo que nos causaba innumerables bajas.

Tres horas y media duró el combate que sostuvimos contra los federales Francisco Salido y yo, y cuando ya nos encontrábamos en situación verdaderamente crítica, con nuestra gente toda desconcertada, al grado de que no solamente nos veíamos amenazados de una derrota, sino de una completa dispersión, aparecieron por el llano las caballerías de Pascual Orozco hijo, sembrando la alarma entre las filas federales, en las que se oyó tocar "reunión", siendo ese toque obedecido en el acto.

Al oír Francisco Salido el toque de "reunión" y ver que nuestros asaltantes retrocedían, lleno de entusiasmo salió de un peñasco (detrás del cual había estado haciendo fuego) para reanimar a su gente. En aquel instante una granada de la artillería federal le destrozaba el pecho, dejándolo sin vida.

Mientras tanto, en el llano se entablaba una lucha formidable, cuerpo a cuerpo, entre las caballerías del coronel Trucy Aubert y las de Pascual Orozco, que allí perdió su caballo. Ese combate duró como otras tres horas y media sin que yo, que era el único jefe que había quedado en el cerro, pudiese bajar a prestarle auxilio a Orozco, porque, por una parte, mi caballada había quedado en el lado sur del cerro, y por la otra, tenía yo que realizar el doble esfuerzo de sostener el fuego de la artillería e infantería federales, que habían reanudado vigorosamente su ataque, y organizar y contener a mi gente, que seguramente se hubiera desbandado a no ser por la llegada de Orozco.

Por fin, después de que Orozco sufrió muchas bajas, tuvo que retirarse en dispersión a la falda de la Sierra de Picachos. Yo aproveché una tregua que me daba el enemigo para recoger a mis heridos y las armas de mis muertos, y batirme en retirada, con relativo orden y amparado por la oscuridad de la noche.

Las luminarias encendidas por mis compañeros en la sierra guiaron nuestra retirada, y quedó el campo sembrado de cadáveres, en poder de los federales. La derrota nos abrumaba. Nuestro fracaso había sido enorme.[5]

---

[5] Telegrama del general Juan J. Navarro al secretario de Guerra y Marina, dando parte del encuentro con rebeldes en Cerro Prieto, 12 de diciembre de 1910. AHSDN, Chihuahua, exp. XI/481.5/60, f. 216.

Capítulo II

Encontré a Pascual Orozco en un rancho llamado La Capilla que está a la falda de la sierra. Nuestro saludo fue fraternalmente cariñoso. La muerte de tantos de nuestros soldados y la derrota sufrida nos tenían muy tristes.

Tan pronto como di órdenes para que desensillaran la caballada de mi gente, volví al lado de Orozco para discutir la manera de continuar nuestra campaña. Serían entonces las doce de la noche.

En aquellos momentos fue llevado a presencia de Orozco un correo que, procedente del pueblo de Santa Isabel, le llevaba una carta en la que le comunicaban a Pascual que de Chihuahua había salido una escolta de cincuenta hombres de caballería, custodiando diez mulas cargadas con parque y destinadas al campamento del general Navarro.

Después de reflexionar qué sería lo más acertado para evitar que ese parque le llegara a Navarro, resolvimos de común acuerdo que Orozco permaneciera haciendo la campaña por aquellas regiones, donde día a día se verían engrosadas sus filas por centenares de voluntarios que simpatizaban ardientemente con nuestra causa; y que yo marcharía en el acto a evitar, por cualquier medio, que el parque llegara a su destino.

Salí inmediatamente del alojamiento de Orozco; llamé a los capitanes de mis fuerzas y les ordené que mandaran ensillar, desde luego.

Dejé el campamento de La Capilla como a las doce de la mañana, y tomando los caminos que más acortaban la distancia hasta el lugar en que según nuestros cálculos debería encontrarse la escolta del parque, llegamos cerca del pueblo de Santa Isabel donde recibí la noticia de que en el pueblo mismo se encontraba la escolta, pero que el parque que custodiaba no iba destinado al general Navarro, sino que era para defender el pueblo de Santa Isabel y sus anexos.

La veracidad de este informe he podido verificarla más tarde; pues en efecto, según constancias oficiales, el día 15 de diciembre fueron destacados cincuenta hombres del 3er Regimiento a Santa Isabel, para conservar el orden y proteger las comunicaciones de las tropas enviadas hacia Pedernales.

Visto así el caso, no me pareció necesario hacer sufrir al pueblo las contingencias de un combate dentro de su recinto, y resolví marchar al pueblo de San Andrés, donde acuartelé a mi gente.

En realidad, sólo quedaron acuarteladas la caballada y las monturas, pues como la mayor parte de mis soldados eran del mismo pueblo, y los que no eran de allí tenían en él sus amistades, tan pronto como llegamos me pidieron permiso que no creí necesario negarles para ir a visitar a sus familias y amigos. No me quedó, pues, más fuerza disponible que la guardia del cuartel.

Y sucedió que ese mismo día recibía yo un papel firmado por Julia R., viuda de Santos Estrada —cuyo esposo murió en el combate sostenido con las fuerzas de Navarro en El Tecolote—, advirtiéndome que estuviera yo listo, porque sabía que marchaban fuerzas federales contra San Andrés.

Como yo no tenía noticias de la proximidad de otra fuerza que no fuera la escolta de cincuenta hombres que había yo dejado en Santa Isabel, creí que a esa escolta se refería la buena mujer, y me llenó de alegría pensar que tendría yo la oportunidad de batirla fuera del poblado, y la seguridad de quitarle el parque que custodiaba.

En esta ocasión me equivoqué lamentablemente. De la manera más intempestiva, desembocando por un arroyo que baja de la sierra, entrando al pueblo sin que nadie se percatara de ello, sino cuando ya estaban bien adentro, allí tenemos de pronto a la

Federación, guiada hábilmente por José Licona, vecino de San Andrés mismo, y que había sido recaudador de rentas en la época porfiriana.

Al verme sorprendido sólo traté de salvar a mi reducida guardia del cuartel, pues habría sido una temeridad haberles hecho resistencia a los enemigos. Monté en mi caballo y emprendí la retirada por el rumbo de la estación, en donde me sostuve toda la tarde con mi reducida guardia, protegiendo a mis soldados, que al oír algunos disparos por ese rumbo, abandonaban sus hogares y se iban a unir conmigo.

Cuando el capitán primero de mis fuerzas José Chavarría emprendía su retirada por las calles del pueblo, se vio perseguido por un pelotón que al mando de un sargento primero le hacía nutrido fuego. Al llegar Chavarría a un alambrado, se rodó por debajo del alambre, y volviéndose rápidamente hacia sus perseguidores, hizo fuego sobre ellos, dejando sin vida al sargento que los mandaba. Los soldados dieron media vuelta, y a paso algo más que veloz fueron a unirse con el grueso de sus fuerzas. Así logró salvarse Chavarría y llegar ileso a la estación donde, como ya he dicho, me encontraba yo con la guardia y algunos soldados que se habían ido incorporando.[6]

Allí nos estuvimos hasta que oscureció y, amparados por la noche, emprendimos nuestra retirada por el sur del pueblo al Rancho de la Olla, al cual llegamos sin más novedad que la carencia absoluta de monturas y equipo. Allí nos proporcionaron algunos alimentos y continuamos nuestra marcha rumbo a la sierra, adonde llegamos bien entrada la noche y en condiciones verdaderamente críticas: mis tropas iban todas a pie y sin frazadas, con aquel frío de diciembre en la sierra. Caballos, monturas y equipos habían quedado todos en el cuartel de San Andrés y en poder del enemigo; y si las armas y el parque se salvaron de correr la misma suerte, fue porque al conceder a mis soldados que salieran francos, les hice llevar consigo su armamento y dotación: precau-

---

[6] Minuta dirigida al general Porfirio Díaz sobre persecución de rebeldes en San Andrés, capitaneados por Antonio Villa, hermano de Francisco, 15 de diciembre de 1910. AHSDN, Chihuahua, exp. XI/481.5/60, f. 315.

ción que nos libraba en caso de una sorpresa, como la sufrida, de quedar por algún tiempo desarmados y sin poder reorganizar nuestros trabajos.

Aquella sorpresa sufrida en San Andrés tuvo para mí una compensación de valor inapreciable: pude ver hasta dónde llegaba la lealtad de mis soldados, puestos a tremenda prueba, y hasta qué punto eran fieles a su juramento de morir por la salvación de la patria, luchando heroicamente contra todas las vicisitudes que el destino les deparase en su magna obra. Poco a poco fueron llegando a reunírseme todos mis valientes soldados, sin que me faltara uno solo, y sin que los detuviera la crudeza extrema del tiempo. No tenían cobijas que les resguardasen de la candelilla que caía, pero tenían una palabra, un juramento que cumplir, y lo cumplían.

¡Hombres abnegados, valerosos, que en el triunfo y en la derrota son siempre los mismos, dispuestos al sacrificio, sonrientes ante la muerte, estoicos y sufridos, patriotas con toda el alma! ¡Hombres a quienes no arredran ni el enemigo, ni las hambres ni el frío, ni la sed, ni todas las privaciones cuando la Patria los llama al cumplimiento del deber más alto!

Soldados del pueblo y pueblo de soldados, ¿cómo no han de vencer si llevan en el alma las virtudes y en la carne la sangre de los héroes?

* * *

Transidos de frío, pero fieles a nuestros principios libertarios, pasamos aquella noche en la sierra; y a la madrugada me dirigí al Rancho de la Estacada y pedí al dueño del rancho, Remedios Paz, que me proporcionara dos caballos ensillados, en los que mandé montar al capitán José de Jesús Fuentes y al soldado Lucio Jáquez, dándoles instrucciones de que marcharan a la Hacienda de Corral de Piedra, propiedad de los adinerados chihuahuenses señores Cuilty, y me trajeran toda la caballada que esos señores tuvieran para sus remudas, cuyos agostaderos le eran perfectamente conocidos al capitán.

Yo regresé a un punto llamado Las Playas, que está en lo más alto de la sierra, y adonde había yo trasladado a mi gente, tanto

por ser un lugar inaccesible a los federales y a cubierto de una sorpresa, cuanto porque allí teníamos agua permanente y reses con que mantenernos.

En Las Playas permanecimos seis días, sin otro alimento que carne asada sin sal, hasta que llegó el capitán Fuentes con más de cuatrocientos caballos.

La algarabía que hicieron mis muchachos al ver la caballada no es para ser descrita. Se apresuraron a escoger sus caballos, unos valiéndose de cabrestos que habían conseguido en los ranchos cercanos; otros, de soguillas que habían formado con palma tejida, y la mayor parte con sogas del cuero de las mismas reses que habíamos estado sacrificando para nuestra manutención.

Quedó así formada toda una chinaca en pelo, y de esa manera emprendimos el descenso de la sierra rumbo a la Ciénega de Ortiz.

En el trayecto encontramos el Río Huahuanoyahua, cuyas márgenes están pobladas de ranchos, de los que fui sacando ya dos, ora cinco o diez monturas, según las que había, de manera que cuando salimos de los ranchos, poca gente me quedaba en pelo.

Las monturas faltantes las vine a suplir en el pueblo de Satevó, donde sorprendí un destacamento de cincuenta rurales del estado, a quienes quité sus armas, monturas y caballos, engrosando con algunos de ellos mis filas y enviando otros con recado expreso al reino de Lucifer.

Ocho días permanecimos en Satevó, surtiéndonos de víveres para la tropa. Puse a caminar un molino, y de allí obtuvimos harina para la tropa y forraje para la caballada.

De allí salimos para la Hacienda del Saúz, distante como unas diecisiete leguas de Satevó.

Pernoctamos en la hacienda y pedí al dueño de ella víveres para la tropa, forrajes para la caballada y mil quinientos pesos para haberes de mi gente.

Nuestras nuevas jornadas se iniciaban bajo mejores auspicios, pues cuando al día siguiente llegamos al rancho llamado Ojo del Obispo, fueron tales las manifestaciones de cariño y simpatía con que nos recibieron, y tales las atenciones que nos prodigaron, que hube de permanecer en aquel rancho dos días, a instancias de los habitantes, que nos llenaban de agasajos.

En medio de grandes ovaciones salimos rumbo a la Hacienda de Santa Gertrudis, que dista como dieciocho leguas del rancho anterior, llegando a eso del mediodía siguiente.

Las atenciones que se nos prodigaron en Santa Gertrudis superaron a la calurosa recepción que nos hicieran en Ojo del Obispo.

El administrador de la hacienda mandó poner a nuestra disposición todas las trojes, en las que encerraba grandes cantidades de maíz, que abastecieron copiosamente de forraje a nuestra caballada; ordenó a los vaqueros de la finca que nos trajeran las mejores reses para surtir de carne a la tropa, hizo que en todas las casas de la cuadrilla de la hacienda se pusiera nixtamal y que las mujeres confeccionaran tortillas en abundancia; y por último me suplicó que diera yo orden a mi oficialidad de que aceptaran un lugar en su mesa, pues quería tener el gusto de obsequiarlos personalmente.

Sin que un solo momento decayeran las finísimas atenciones del administrador, permanecimos tres días en la Hacienda de Santa Gertrudis, al cabo de los cuales emprendimos nuestra marcha al mineral de Naica, distante diecisiete leguas de la hacienda y al cual llegamos a las once de la mañana del día siguiente.

La acogida que se nos dispensó en Naica fue igualmente cariñosa. Todos los mineros salieron a recibirnos con grandes demostraciones de simpatía para nuestra causa y de admiración y afecto para la tropa.

El gerente general de la negociación, sin que yo se lo hubiese solicitado, puso a nuestra disposición dos mil quinientos pesos, de los cuales le supliqué me diese un mil quinientos pesos en ropa para mis soldados. Así equipé una parte de mi gente, sin que me alcanzara para surtir a toda la demás.

Los que no alcanzaron ropa se pusieron, mientras tanto, a tender forraje para la caballada; y mientras las bestias tomaban su pienso, comió la tropa y mandé ensillar desde luego, pues quería yo salir del mineral sin pérdida de tiempo y caer sobre Ciudad Camargo al amanecer del día siguiente y antes de que llegara a esa ciudad el refuerzo que, procedente de Chihuahua, le mandaba el gobierno para que nos persiguiera.

Al amanecer del día siguiente, tal y como me lo había yo propuesto, estábamos a las puertas de Ciudad Camargo. Distribuí mis fuerzas para el ataque a la ciudad y mandé un correo al jefe de las armas y a los principales comerciantes de la localidad, pidiéndoles que me entregaran la plaza y concediéndoles hora y media para que resolvieran si me la entregaban pacíficamente o si habría yo de entrar a tomarla por la fuerza, haciéndolos responsables en este último caso de la sangre que fuese a ser derramada.

Me contestaron con arrogancia que pasara yo a tomar la plaza si tenía valor y elementos para ello; y como mi gente estaba enteramente lista para el ataque, en el acto mandé romper el fuego y se inició el asalto con todo valor y energía.

Este hecho de armas tenía lugar el 7 de febrero de 1911, y a las doce del día ya había yo logrado, no sin grandes dificultades, posesionarme de la mayor parte de la ciudad y de los cuarteles, quedándole uno solamente al enemigo, en el cual se había concentrado y continuaba defendiéndose.

Como a las cinco de la tarde recibí aviso de que se aproximaba la tropa de refuerzo que venía de Chihuahua, y que consistía en el 16º Regimiento y 87 hombres de los regimientos 2º y 3º, a las órdenes del teniente coronel Agustín Martínez.

Como mis hombres estaban agotados por el combate de todo el día, sin haber comido y después de pasar la noche caminando, comprendí que de permanecer en la plaza corríamos el riesgo de caer indefensos en poder del enemigo. Así pues, resolví retirarme en orden, llevándonos setenta rifles y algo de parque que le habíamos quitado al enemigo al ir desalojándolo de sus posiciones de defensa.

Yo había tenido muy pocas bajas en mis filas; reuní a mis muchachos, y saliendo de la población caminamos tres leguas río arriba, hasta donde nos sorprendió la noche.

Mandé hacer alto a mi fuerza, que estaba muy fatigada y con la caballada rendida; y aunque comprendiera muy bien que el enemigo no habría de salir a perseguirnos, establecí el servicio de seguridad y mandé dar forraje a la caballada.

Las bestias sí tenían qué comer; y en cambio mis muchachos, que todo el día habían peleado como leones, no tenían con qué alimentarse y reparar las fuerzas gastadas. Como haberlos dejado sin comer habría sido una inhumanidad abominable, ordené a un extranjero que allí cerca tenía un magnífico establo de vacas muy finas, que sin demora alguna mandara buscar a los ordeñadores y pusiera a disposición de mi tropa cuanta leche produjera su ganado.

Y aquellos muchachos valerosos y hambrientos que habrían sido capaces de cenarse todas las vacas con todo y dueño y ordeñadores, tuvieron que conformarse, tras la ruda jornada, con un régimen lácteo, que sólo la carencia de otro más sustancioso justificaba.

Pagué al dueño de la ordeña la ridícula suma de treinta y cinco pesos que me pidió por la frugal cena de mis tropas, y más reanimados por el sueño que por la opípara cocina, a la madrugada siguiente emprendimos la marcha rumbo a La Boquilla.

* * *

Era La Boquilla un lugar donde se construía un presón, en el que trabajaban más de tres mil operarios, que habían formado, por cuenta de la empresa constructora, un pueblecito con su buen mercado y muy regulares tiendas de ropa. Había además una guarnición de veinticinco hombres y el comandante, pagados por la misma compañía.

Como yo les caí de sorpresa y me apoderé en el acto de sus armas, no pudo la pequeña guarnición hacerme resistencia.

Desde luego ordenó el gerente de la negociación que se tendiera forraje para la caballada, y que los oficiales y la tropa fueran bien atendidos en los hoteles pertenecientes a la compañía. Algunos oficiales y yo fuimos invitados a comer en la misma casa del gerente, donde se nos colmó de atenciones.

Dio orden el mismo alto empleado que me fuera proporcionada ropa por valor de cuatro mil pesos, con la que dejé totalmente equipada a la fuerza que aún me faltaba de acondicionar, y además de los veinticinco rifles que le había yo quitado a la guarnición, logré reunir algunas otras armas que espontáneamente me proporcionaron algunos empleados y vecinos de la localidad.

Permanecimos allí tres días, y al emprender de nuevo la marcha pregunté al gerente a cuánto ascendía el gasto que habíamos originado en aquel lugar, para extenderle un pagaré que cobraría al triunfo de nuestra revolución. Él, con afabilidad y cortesía, me contestó que todos los gastos los cubría gustosamente la compañía por él representada, y que en aquella forma contribuía al sostenimiento de una causa que tan noble y honradamente defendíamos. Le di las gracias en nombre de la revolución, de mis compañeros y mío, y despidiéndonos con la alegría de ver que a nuestro paso encontrábamos grandes amigos de la causa nobilísima del pueblo, emprendimos el camino rumbo al Valle de Zaragoza, que dista unas veinte leguas de La Boquilla.

Llegamos al Valle de Zaragoza a las doce del día; pero como yo supiera que la guarnición del pueblo era muy numerosa y estaba perfectamente bien fortificada, no quise exponer a mi gente a un sacrificio inútil ni a los vecinos a las contingencias de una batalla. Mandé invitar a los defensores de la plaza a que salieran a batirse conmigo a campo raso; pero como no aceptaron, opté por dirigirme a la Hacienda de La Jabonera, distante de allí unas tres leguas y en donde pernocté, procurando a mi fuerza forraje y todo lo necesario.

A la madrugada emprendimos el camino rumbo al pueblo de Santa Cruz del Padre Herrera, distante como unas veinte leguas, y al cual llegamos a eso de las dos de la tarde del día siguiente.

Sabía yo que en esa población había una guarnición pequeña formada por vecinos de la localidad; y deseando evitar el derramamiento de sangre, no entré desde luego al pueblo, sino que mandé intimarles rendición.

Tuvieron esas pobres gentes la osadía de contestarme que si no me faltaba valor entrara yo a tomar la plaza; dispuse yo a mi gente para que, a una señal convenida, entráramos todos al pueblo y nos apoderáramos de la iglesia, que por ser el edificio dominante del lugar habían elegido los defensores para hacernos desesperada resistencia.

Di la señal de ataque; nos precipitamos sobre el pueblo y pocos momentos después estaba rodeada la iglesia de asaltantes.

Comprendieron los arrogantes defensores que su decantada resistencia iba a ser imposible, y haciendo a un lado su fanfarronería, tocaron a parlamento y me rindieron las armas y el parque.

Ya en mi poder el pueblo, procedí en el acto a nombrar nuevas autoridades, siendo Gilbertón el jefe municipal. Abastecí de provisiones de boca a mis fuerzas y emprendí la marcha rumbo a la Sierra del Durazno, que distaba seis leguas del pueblo, y allí establecí mi campamento.

Capítulo III

Desde algunos días atrás, abrigaba yo el proyecto de dejar mis fuerzas acampadas, por algunos días, a las órdenes de mi segundo, y marchar yo en persona, con dos de mis capitanes, a Parral, para hacer un minucioso reconocimiento, por mí mismo, de las condiciones estratégicas que reunían los cuarteles, cuáles eran las fortificaciones que pudieran tener y, en suma, todas las obras de defensa con que contaba aquella importante plaza.

Reuní a todos mis oficiales y, en la junta cordialísima que con ellos tuve, les hice conocer el tan delicado y peligroso paso que proyectaba yo dar. En todo estuvieron conformes, menos en que yo personalmente llevase a cabo el reconocimiento. Me argumentaban, y no sin razón, que bien podía yo caer en una emboscada o ser descubierto, y que con seguridad sería yo fusilado. Ellos entonces, sin jefe que los guiase, tendrían que disolverse y nuestra causa perdería algunos elementos de acción bien definida.

Aun cuando yo comprendiera que mis oficiales estaban en lo justo, no me resolvía a encomendar a nadie aquel reconocimiento, pues sabía yo que nadie podría poner el esmero que yo mismo en explorar el terreno y preparar y dirigir el ataque a Parral, buscando las mayores seguridades del éxito; y puesto que yo asumía las responsabilidades del ataque, justo era que tomara por mi cuenta todos los riesgos de la empresa.

Así lo manifesté a mis oficiales, con la firme resolución de marchar esa misma noche acompañado por los capitanes Albino

Frías y Encarnación Márquez. Mandé ensillar los tres caballos y después de recomendar tanto a los oficiales como a la tropa que permanecieran en el campamento de la Sierra del Durazno sin moverse a parte alguna hasta que recibiesen orden mía, y encarecerles toda clase de precauciones, marché con los dos mencionados capitanes al Rancho del Taráis, atravesando la Sierra de las Cuchillas.

El Taráis está como a 35 leguas del lugar donde dejé acampada mi gente. Llegué como a las seis de la mañana del día siguiente y fui a detenerme en casa de mi amigo don Juan Ramírez, propietario del rancho, en cuya compañía pasé el resto del día.

Le supliqué que nos guardara nuestros caballos, para que no por su buena calidad fueran a llamar la atención de las tropas federales, y que en caballos flacos nos llevara al pardear la tarde a Parral, donde entraríamos sin rifles y únicamente con las pistolas, quedando convenido con el mismo don Juan Ramírez, que al día siguiente un hijo suyo llevaría unos burros cargados de carbón, y en el centro de cada costal uno de nuestros rifles; yendo a descargar a la casa de mi comadre doña Librada Chávez, que era donde nos alojaríamos. A los cuatro días habría de volver don Juan Ramírez con los mismos caballos para recogernos.

Todo nuestro programa se llevó puntualmente a cabo, con excepción de la última y tan interesante parte.

Sucedió que, estando Ramírez en las afueras de la población, esperándonos con los caballos el día y hora convenidos, se le acercó una escolta, y llamándole la atención que Ramírez estuviera en aquel lugar con caballos de mano, lo condujo a la Comandancia Militar para que explicara su actitud.

Al ser interrogado Ramírez sobre el objeto para el cual llevaba aquellos caballos, manifestó que iba a Parral a recoger a una hija suya que estaba enferma; y de tal manera se las compuso el muy taimado, que el jefe de la plaza le creyó en cuanto quiso afirmar y lo puso en libertad; pero como Ramírez temiera que al ser dado libre se le fuera a espiar, se dirigió a la casa de una hija que efectivamente tenía en aquella población.

Mientras tanto, nosotros habíamos llegado al lugar convenido, y no encontrando a nadie, supusimos que Ramírez no había podido venir por nosotros con los caballos, y nos internamos nuevamente en la población, dirigiéndonos a la casa de mi comadre Librada Chávez, en donde al día siguiente nos explicaba Ramírez lo sucedido.

Como yo tenía ya todos los datos que necesitaba, y sabía bien que en el interior de la población había tres cuarteles: uno junto a la estación, otro en el rastro y el tercero en el Mesón de Jesús; y que en la cumbre del cerro donde está la Mina Prieta había un destacamento al mando del capitán Alberto Díaz; como todos los datos que yo necesitaba, repito, obraban en mi poder, ningún objeto tenía ya mi permanencia en Parral; y no habiendo podido salir la noche anterior, ni sernos ahora posible hacerlo a caballo, resolvimos emprender nuestra marcha a pie tan luego como empezase a pardear la tarde.

Así lo hicimos, tomando el rumbo de la Piedra Bola, por toda la falda del cerro, hasta tomar el camino arriba de la Huerta.

Íbamos rumbo al Rancho de Taráis, donde nos esperaban nuestros buenos caballos, cuando al tomar el camino de las huertas, encontramos un individuo a caballo, a quien yo no conocí.

Posteriormente supe que aquel individuo se llamaba Jesús José Bailón, y que al encontrarse con nosotros había ido a denunciarnos ante [el] jefe de las armas de Parral, diciéndole que en el Rancho del Taráis había visto tres magníficos caballos que en su concepto pertenecían a jefes revolucionarios de alta graduación; y que entre aquellos caballos le parecía reconocer el perteneciente a Francisco Villa, que operaba por aquella región.

Como se ve, no andaba muy descarriado el danzarín sujeto, a quien oyó atentamente el jefe militar, dando orden de que inmediatamente salieran 150 hombres del 7º Regimiento para aprehendernos.

Estábamos Albino Frías y yo en el interior de la casa de Ramírez, que era una sola pieza de piedra sin otra salida que una puerta de entrada, y se hallaba el capitán Encarnación Márquez bastante retirado de la casa, dándoles forraje a los caballos, cuando oímos los tiros que nos hacían para amedrentarnos y obligarnos a la rendición, y vimos el cerco que nos formaban los soldados del 7º Regimiento.

Encarnación Márquez pudo escapar desde luego, aprovechando la ventajosa posición en que se hallaba. Albino Frías y yo, que nos vimos casi perdidos, resolvimos romper el cerco y vender caras nuestras vidas. Con el revólver en la mano derecha y la carabina en la izquierda, nos echamos fuera de la casa, y haciendo fuego logramos romper el cerco y huir en medio de una granizada de balas que nos lanzaban los federales, muchos de esos tiros casi a quemarropa.

Logré escapar sin sufrir más lesión que un rozón de bala sobre la ceja derecha, y me interné en la Sierra de Minas Nuevas, a cuyo pie se encontraba el Rancho del Taráis.[7]

Toda aquella madrugada caminé a pie sobre la sierra, no obstante la furiosa nevada que caía.[8]

Cuando salió el sol y me encontré solo, sin saber la suerte que habían corrido mis compañeros, tuve que esconderme en unas peñas y pasar allí todo el día, sin probar alimento, esperando que llegara la noche para regresar a Parral, conseguir un caballo y volver lo más pronto que me fuera posible al campamento.

Tan pronto como empezó a entrar la noche me dirigí a Parral. Llegué a las lomitas que están cerca de la estación como a las dos de la mañana. Permanecí ahí hasta las cinco, en que entré a Parral por el Barrio de la Viborilla, dirigiéndome desde luego a la casa de don Santos Vega, muy conocido en la localidad y que había sido mi jefe y asociado en años anteriores.

Don Santos me abrió cariñosamente las puertas de su casa y me hizo permanecer todo aquel día escondido en una capilla de su misma casa, donde se venera la imagen de la Virgen de Guadalupe. Amparado por la oscuridad me dirigí a la casa de Jesús Herrera, quien me proporcionó un caballo en pelo, sobre el cual emprendí mi fuga rumbo al Rancho de los Obligados, que dista nueve leguas y que era propiedad de Jesús José Orozco.

---

[7] Parte del coronel Joaquín Téllez, jefe del 7° regimiento, informando haber sitiado Los Sauces, El Granizo y El Taráis, donde se hallaban siete sediciosos, los que hicieron resistencia con las armas dentro de las casas, siendo batidos por la fuerza. Pudieron huir Albino Frías, Mercedes Arroyo y Francisco Villa. Parral, 13 de enero de 1911. AHSDN, Chihuahua, exp. XI/481.5/61, f. 1762.
[8] El mismo parte informó que entre los bienes incautados a los rebeldes estaba el caballo de Villa.

A las dos de la mañana llegaba yo a la casa de Orozco, donde recibí cariñoso alojamiento durante dos días, y atenciones para el rozón que llevaba yo en la frente.

Cuando me disponía yo a marchar, me dio Orozco un magnífico caballo ensillado y enfrenado, y me puso en la mano cincuenta pesos en efectivo para los gastos que hubiese yo de hacer mientras me unía con mi gente.

Al oscurecer me separé de aquel buen camarada, y al tomar la dirección a mi campamento procuré pasar por el Rancho del Taráis para informarme de la suerte que cupo a Ramírez y a mis compañeros. Supe allá que Ramírez y su hijo habían sido aprehendidos por los soldados del 7º Regimiento y conducidos a Parral, sin que se supiera aún su paradero; y en cuanto a mis capitanes, nada pude averiguar de ellos, por lo que deduje que se habían salvado y que quizás en aquellos momentos se encontraban al frente de sus fuerzas.[9]

* * *

Algo entristecido por la prisión de mi buen amigo Ramírez, emprendí el ascenso de la sierra tomando por vericuetos que perfectamente conocía, a fin de acortar la gran distancia que me separaba del lugar donde había yo dejado a mis tropas.

Cerca ya de que despuntara el día, me encontraba muy cerca de Santa Cruz del Padre Herrera, muy próximo a Las Cuchillas, y ansiosamente habría yo llegado, a no ser por lo sumamente destroncado que estaba mi caballo tras la penosa caminata que le había yo impuesto. Resolví darle un poco de descanso, le quité la silla, me metí en un arroyo, amarré el caballo a que echara un pienso de zacate, y con la seguridad de que nadie me habría de ir a sorprender en aquel remoto paraje, me acosté a dormir algunas horas, que bien se merecía mi trajinado cuerpo.

Desperté a eso de las doce del día, ensillé mi caballo, y lleno de alegría me dirigí a mi campamento, donde llegué a las siete de la noche.

---

[9] El parte militar señaló que fueron aprehendidos Juan Quiñones, Juan y su hijo Arcadio Ramírez y Darío Irigoyen.

Es decir, llegué al lugar donde yo había dejado a mi gente, pues lo que es el campamento, había desaparecido.

Nunca pude imaginarme la terrible sorpresa que me iba a causar aquel lugar desierto. ¿Dónde estaban mis hombres? ¿Qué había sucedido? ¿Dónde encontrarlos?

Llamé repetidas veces a gritos a cada uno de mis oficiales, por si alguno se había quedado para explicarme el enigma e informarme del rumbo que habían tomado mis tropas, y como nadie me contestara, empecé una busca por aquella extensión, encontrando únicamente los despojos de las reses que mis hombres habían destazado.

Entonces amarré al caballo, le tumbé la silla y poniéndomela de cabecera, me acosté filosóficamente a dormir, resuelto a no pensar más en aquel asunto hasta el día siguiente, en que seguramente hallaría la clave de todo aquel misterio...

"Las del alba serían" cuando ensillé mi caballo y me dirigí al pueblo de San José, distante como unas nueve leguas. De aquel pueblo era mi capitán Natividad García, a cuya puerta llamaba yo a las doce de la mañana.

Allí estaba Natividad, y cuando alguien fue a anunciarle mi visita, salió corriendo de la casa con cuatro soldados, y antes de que yo pudiese desmontar, me tomaban en brazos y triunfalmente, lanzando vivas exclamaciones de alegría, me llevaban a la sala de la casa.

Cuando se hubo calmado el alboroto que armaron aquellos locos por mi llegada, pude oír la explicación de cómo y por qué habían abandonado el lugar donde yo los dejé.

Al escapar Albino Frías y llegar al campamento, les contó con los colores más vívidos que halló en su febricitante lengua, el terrible choque que habíamos tenido en el Rancho del Taráis con los soldados del 7º Regimiento; choque en el cual yo seguramente había perdido la vida, como lo corroboraba mi prolongada ausencia. Entonces, en junta de oficiales, resolvieron todos ellos abandonar la campaña y retirarse a sus pueblos y rancherías con su gente, siendo esto la causa única por la que habían abandonado el campamento, y tomado cada uno por rumbo diferente.

Cuando hube escuchado con emoción aquel relato, que en cierto modo halagaba mi vanidad de jefe querido por sus tropas, pregunté a Natividad si aún estaba dispuesto a continuar la campaña bajo mis órdenes, a lo que él, levantándose de su asiento en actitud de hombre a quien aquella pregunta hubiera ofendido, me respondió mirándome de frente a los ojos, en donde en aquellos momentos tenía yo puesta el alma:

—Mi coronel, con usted yo y los míos iremos gustosos a la muerte. Si nos hemos separado es porque lo creíamos muerto; pero puesto que venturosamente usted vive, aquí nos tiene usted. No tiene usted más que ordenar y será usted obedecido en el acto y como siempre.

—No podía yo esperar otra cosa de ti, Natividad —le dije levantándome de mi asiento y abrazándolo con toda la gratitud de mi alma—. Reúne a toda tu gente a la mayor brevedad posible, porque marchamos a la madrugada de mañana.

Salió en el acto Natividad a cumplimentar mi orden, y en menos de dos horas ya teníamos reunido todo el personal, pues al saber los muchachos mi aparición, acudían llenos de entusiasmo a saludarme y a protestarme una vez más su obediencia y su lealtad.

* * *

A la madrugada emprendimos una jornada de veinticinco leguas, rumbo a Satevó, donde fuimos a esperar a mi compadre Fidel Ávila, que era otro de mis capitanes, pues al pasar por el Rancho de los Zancones, que era donde vivía, le dejé un recado diciéndole que el muerto había resucitado, que su compadre Francisco Villa lo esperaba en Satevó con sus hombres. Y allá llegó mi compadre Fidel Ávila al día siguiente, llevando todas sus fuerzas, siempre fieles a su capitán y a su jefe.

Instalé mi cuartel general en Satevó, y de allí envié correos con comunicaciones para el capitán Javier Hernández, que estaba en Ciénega de Ortiz; el capitán Feliciano Domínguez, en Santa Isabel; los capitanes Encarnación Márquez, Lucilo Escárcega, José Chavarría y otros, en San Andrés.

Procedí inmediatamente a poner en marcha el molino de harina, para que a la llegada de todos estos capitanes con sus fuerzas, tuviesen con que abastecer a sus tropas. Abrigaba yo la seguridad de que bien poco tardarían en reunir a su gente, y menos aún en tenerlos a mi lado una vez que reunieran sus elementos.

Como yo lo esperaba, sucedió: cada uno de ellos, al recibir mi comunicación y convencerse de que yo no había muerto, procedió a la rápida reorganización de su gente, marchando en el acto al cuartel general a felicitarme, a protestarme su adhesión y a recibir órdenes.

Tan pronto como hube reunido el grueso de mis tropas, setecientos hombres, ordené la salida rumbo a San Andrés, llevando cuatrocientos costales de harina.

Capítulo IV

Rendimos la primera jornada en San Juan de la Santa Veracruz, y como a las dos de la tarde del siguiente día, estando aún en el lugar donde habíamos pernoctado, recibí un correo anunciándome que por el camino de Chihuahua venían los federales a batirme.

Resolví salir al encuentro del enemigo, y organizando violentamente mis fuerzas, di frente a los federales, que eran 150 hombres al mando de un teniente, en un lugar llamado La Piedra, como a una legua de San Juan de la Santa Veracruz.

Tres horas duró el combate, que desde luego se inició con toda formalidad. El teniente que mandaba las fuerzas murió en la refriega, con gran número de sus subordinados, y el resto, que era menor de cincuenta hombres, se dispersó por el rumbo del Terrero.

Al levantar el campo vi que habían quedado en mi poder numerosos caballos, armas y pertrechos. Veintitrés de mis hombres habían muerto y catorce estaban heridos. Ordené que enterraran tanto a los federales muertos como a los míos y regresé a Ciénega de Ortiz para atender a mis heridos. Permanecí en ese punto cuatro días, e hice trasladar tanto a mis heridos como a los federales a un rancho llamado El Almagre, que está en el centro de la Sierra de la Silla, y de donde tenía yo la seguridad que no habrían de ser sacados los lesionados.

Nuevamente emprendimos el camino rumbo a San Andrés, y la primera jornada, que fue de doce leguas, vinimos a rendirla a

Santa Isabel, donde fuimos recibidos con grandes demostraciones de cariño y entusiastas vivas para el señor Madero y para el ejército libertador.

Estas mismas demostraciones de simpatía recibimos al llegar a San Andrés, que fue donde rendimos la siguiente jornada de nueve leguas como a la una de la tarde.

El pueblo salió a recibirnos hasta las afueras de la población, y fuimos siendo aclamados hasta llegar a los cuarteles, que ya nos tenían preparados, y en los que nos proporcionaron abundantes alimentos para la tropa y forrajes para la caballada.

Ocho días llevaba yo en San Andrés, cuando recibí un propio, procedente de la Hacienda de Bustillos, y que me lo enviaba el señor don Francisco I. Madero, presidente provisional de la República Mexicana, ordenándome que, con toda clase de precauciones para evitar una sorpresa de los federales, me trasladase yo sin fuerzas a la Hacienda de Bustillos, donde me esperaba.

Dos horas después me hallaba yo en la hacienda, frente al jefe supremo de nuestra causa, frente a aquel hombre genial, inmenso dentro de su diáfana sencillez, sonriente y bondadoso, como si todo él no supiese sino derrochar mercedes y sembrar gratitudes.

—¡Hombre, Pancho Villa, qué muchacho eres! —me dijo al verme—. Yo te creía un viejo. Quería yo conocerte para darte un abrazo por lo mucho que se habla de ti y lo bien que te has portado. ¿Cuánta gente tienes?

—Setecientos hombres mal armados, señor presidente.

Yo hubiera deseado que nuestra entrevista durase mucho, pero hube de acortarla, manifestándole que, dada la facilidad que tenían los federales para trasladarse de Chihuahua a San Andrés en una noche, quería yo estar al frente de mis fuerzas para evitar una sorpresa o para resistir al enemigo, si llegaba a presentarse.

—Está muy bien —me contestó—, vete y mañana entre diez y doce del día iré en un tren a San Andrés para hacerte una visita.

El señor Madero me despidió con un fuerte abrazo, y yo regresé a San Andrés aquella misma tarde, convocando para en la noche junta de oficiales, en la que recibieron órdenes especiales para arreglar la formación con que al siguiente día habríamos de recibir al señor Madero, tendiendo toda la gente a caballo, desde la estación hasta el centro del pueblo.

No sabría yo delinear el delirante entusiasmo que se apoderó de mis soldados y del pueblo todo, cuando descendió el señor presidente del tren, siendo recibido en el andén por las principales autoridades de San Andrés y por mí.

Los gritos de ¡Viva Madero! ¡Viva el caudillo de la democracia! ¡Viva la libertad! ¡Abajo la dictadura! poblaban los aires, y en más de cuatro de mis valientes soldados, de mis esforzados guerrilleros, de mis temerarios luchadores, vi que la divina nublazón de las lágrimas llenaba sus ojos fieros, ardientes, habituados a mirar el peligro de frente.

El señor Madero saludaba cariñosamente a la multitud delirante, y yo veía que una ola inmensa de gratitud llenaba aquel pecho en el que ha latido uno de los corazones más nobles, sinceros y buenos de nuestra patria.

En un *buggy* y por en medio de la valla formada por mis soldados, conduje al señor presidente al centro del pueblo. Iba el señor Madero observando el estado de mis tropas y contestando a los delirantes vítores de la multitud. Así llegamos al palacio municipal y de allí al kiosco que está en el centro de la plaza; y en aquella improvisada tribuna, el señor Madero, el apóstol de nuestro credo libertario, dirigió al pueblo su palabra limpia, diáfana, que nos llegaba hasta muy adentro del alma, porque aquella palabra del libertador venía a cristalizar nuestros más altos anhelos de redención y de justicia, nuestras más altas aspiraciones de libertad y de civismo, aquello que todos habíamos soñado, que todos habíamos sentido, que todos habíamos deseado y previsto, dentro de todas las angustias y todas las afrentas a que nos tenía cruelmente sujetos el egoísmo irrefrenable de un déspota y la jauría interminable de sus caciques, de sus lictores y de sus pretorianos.

Y cuando las palabras del apóstol se perdieron y un clamoreo enorme de las multitudes se alzó aclamando al valeroso guía de nuestros más nobles ensueños, yo comprendí cómo aquel grito de combate, aquel ¡Viva Madero!, que resonaba de uno a otro confín de la república, tendría que ser el llamado inmortal a cuyo conjuro habrían de agruparse siempre, para defender los derechos del pueblo y las aspiraciones de la raza, todos aquellos mexicanos que a partir de 1910 y mientras la patria sea patria, sientan las ambiciones más nobles, los deseos más firmes y más hondos de ver que en nuestro suelo reinan la igualdad, la libertad y la justicia.

* * *

En una humilde casita, junto a la estación, el señor presidente compartió con nosotros la comida de la campaña, mientras mis tropas, a pie firme, custodiaban la persona de nuestro libertador. Las manifestaciones de cariño y adhesión al señor Madero no cesaron un momento mientras estuvo en San Andrés, y ya para despedirse, me dio esta orden:

—Te espero mañana a las diez en Bustillos. Lleva únicamente una pequeña escolta contigo.

Partió el tren con nuestro caudillo y, cuando al día siguiente me presenté en Bustillos, en cumplimiento de la orden recibida, me dijo:

—Pancho, te he citado para que tengamos una conferencia Orozco, tú y yo.

La entrevista se efectuó desde luego, y en ella discutimos si sería conveniente atacar la ciudad de Chihuahua, a lo que me opuse fundando así mi opinión en contra:

—Señor presidente —le dije—, en mi concepto, no debemos intentar la toma de Chihuahua, porque carecemos de suficientes municiones para sostenernos. Usted ha visto que gente nos sobra y toda ella es valiente, pero la carencia de municiones nos expondría a un fracaso. Mi humilde opinión es que sigamos haciendo la campaña por el sistema de guerrillas, procurando acercarnos siempre a la frontera, en donde nos abasteceremos de cuantas armas y parque nos sean necesarios. Entonces creo que no habrá obstáculo alguno para intentar lo que hoy se discute.

—Ése ha sido mi parecer, Pancho —dijo el señor presidente—; creo firmemente que, con esa táctica, el triunfo de nuestra causa será completo. ¿Qué opina usted, don Pascual? —agregó el señor Madero dirigiéndose a Orozco.

—Me parece lo más acertado, señor presidente —respondió Orozco.

Estando los tres en perfecto acuerdo respecto al sistema de campaña que habríamos de seguir y el objetivo inmediato de nuestros movimientos, que era la frontera, nos manifestó el señor Madero que, para obrar con mayor rapidez, haríamos uso del ferrocarril; y así me ordenó que regresara yo inmediatamente a San Andrés para alistar a mi gente y que al día siguiente se embarcase en dos trenes que al efecto nos serían enviados.

Marché en el acto a dar cumplimiento a esta orden y, al día siguiente, embarcadas mi gente y caballada en los dos trenes, nos pusimos en camino para Bustillos, a reunirnos con las demás tropas, que ya estaban embarcadas.

Era nuestra intención llegar a San Pedro, pero la potencia de las locomotoras no fue suficiente para remolcar todo aquel pesado convoy, y sólo a costa de grandes dificultades logramos amanecer en San Antonio de los Arenales, a cinco leguas de Bustillos.

Como todo el camino era de subida hasta Pedernales, se resolvió que las locomotoras remolcaran por fracciones el convoy hasta la citada estación, y una vez que todos estuviésemos reunidos en Pedernales, como todo el restante camino era de bajada hasta Temosáchic, no se nos presentarían las dificultades de la noche anterior, pues quedaba recorrida la parte más pesada del camino.

Además, ya se había telegrafiado a Temosáchic para que allí nos esperaran, enteramente listas, cuatro locomotoras que habrían de agregarse a nuestros trenes.

Todo se llevó a cabo como queda dicho, y de Temosáchic seguimos nuestro viaje hasta Las Varas, donde desembarcamos para dar un día de descanso a la tropa y a la caballada.

A la madrugada siguiente emprendimos la marcha por tierra hasta Pearson, donde nos esperaban nuevos trenes. Únicamente mis fuerzas y yo seguimos la marcha por ferrocarril hasta la Estación Guzmán, donde tenía yo orden de desembarcar y esperar el grueso de la columna, que llegó a los tres días de estar yo en Guzmán.

Estando reunidas todas nuestras fuerzas, un día me mandó llamar el señor presidente a su alojamiento, que era el edificio de la estación, y tomándome del brazo, salimos juntos por la vía del ferrocarril hasta fuera de la línea de las tropas. Cuando estuvimos solos y seguros de que nadie nos escuchaba, el señor Madero me habló en estos términos:

—Pancho, verdaderamente yo no sé qué hacer. Ya ni como ni duermo tranquilo. Los jefes Salazar, García y Alaniz me mandan cartas muy pesadas, tratando de desconocerme, y hacen propaganda entre la tropa para conseguir su objeto. Yo he ordenado ya dos veces a Orozco que desarme a esa gente, y siempre me contesta que al verificarlo tendría que verterse mucha sangre. ¿Tú qué opinas de eso, Pancho?

—Yo hago lo que usted me ordene, señor presidente —le contesté—. Si usted me ordena que desarme a esos jefes, los desarmo, asegurándole a usted que no pasan de ocho a diez muertos, a lo sumo, los que de allí resulten.

El señor Madero meditó un momento, y luego con entereza me ordenó:

—¡No hay más remedio que lo hagas!

Lo acompañé a su alojamiento, lo dejé en él y sin perder un momento me dirigí a mi campamento, mandé formar quinientos hombres de los mejores, y puse un capitán primero y un segundo al frente de cada cien hombres. Cuando estaban formados les hablé así:

—Señores, el C. presidente me ordena el desarme de las fuerzas de Salazar, Luis García y Alaniz. Creo contar con ustedes para el cumplimiento de tan delicada comisión, y espero que tanto los deseos del señor presidente quedarán satisfechos, como puntualmente cumplidas las órdenes que yo dé a ustedes.

—Se hará lo que usted ordene. Desarmaremos a esas fuerzas —me contestaron todos mis animosos y obedientes muchachos.

Mandé formar a mis hombres de dos en fondo, y yendo yo a la cabeza de mi gente, cerqué el campamento de los mencionados jefes, y penetrando en él pistola en mano, grité a mis soldados con energía:

—¡Muchachos: a lo que venimos, venimos! —que era la contraseña convenida.

A la voz de mando, el cerco formado se abalanzó sobre las fuerzas de los jefes insubordinados, quitándoles todas sus armas y parque, y en menos de cuatro minutos todo estaba en poder de mi gente sin que hubiera habido un solo muerto y sí uno que otro golpeado, de los que trataban de oponer resistencia.

Consumado el desarme hice llevar a presencia del señor presidente a los jefes prisioneros, dándole cuenta de que su orden estaba cumplida, que todo el armamento y el parque estaban en nuestro poder, y que no había habido efusión de sangre ni muertos, sino alguno que otro golpeado sin consecuencias.

El señor presidente Madero me ordenó que entregara a Orozco el armamento y el parque, como lo hice, retirándome con mis fuerzas a mi campamento.

* * *

Al día siguiente al desarme de Salazar, García y Alaniz, dispuso el señor Madero que saliera José Orozco por ferrocarril con ciento cincuenta hombres a la Estación Bauche.

Allí desembarcó Orozco y desde luego trabó combate con los federales que de Ciudad Juárez habían mandado a batirlo. Duró ese combate toda la tarde, y como viera Orozco que el caso se le ponía comprometido, envió unos correos al señor Madero pidiéndole refuerzos.

Fui yo el designado para ir a prestar la ayuda solicitada, y procedí en el acto a embarcar toda mi gente y cien de los mejores caballos, para llegar a la Estación Bauche por la misma línea del ferrocarril. El resto de mi caballada lo mandé a Casas Grandes al cuidado de diez hombres.

Logré llegar a Bauche a las doce de la mañana, en los precisos momentos en que se iniciaba el segundo combate, del cual participé desde luego, pues conforme desembarcaban mis tropas, las iba yo destacando en columnas para que entraran desde luego a combatir, en combinación con el ataque que ya había empezado José Orozco.

A la una de la tarde se cerraba el fuego de una manera formal por parte de ambos combatientes, habiéndose dado ocasiones en que se luchaba encarnizadamente cuerpo a cuerpo.

A las cinco de la tarde habíamos logrado desorganizar de tal manera a los federales, que hubieron de retirarse a la desbandada rumbo a Ciudad Juárez, donde pensaban reunirse otra vez. Como la noche se venía encima, no pudimos levantar el campo, reduciéndonos a recoger las armas y municiones que en su precipitada fuga no habían podido levantar los federales. Ignorábamos por el momento las bajas que había habido por una y otra parte; pero teníamos en nuestro poder cinco prisioneros de tropa y éramos dueños de las mejores posiciones, donde permanecimos toda aquella noche.

Serían las diez de la noche cuando vimos que procedente del norte se aproximaba un tren. Supusimos que sería una fuerte columna federal que, procedente de Ciudad Juárez, venía a auxiliar a los que nosotros habíamos derrotado. Resolvimos José Orozco y yo permanecer en nuestras posiciones y esperar que amaneciera para combatir con ellos.

¡Cuál no sería nuestra sorpresa y desesperación, cuando a las primeras luces del día vamos descubriendo que lo que nosotros creíamos una fuerte columna, era solamente una escolta de cincuenta hombres conduciendo dos morteros y una sección de ametralladoras!

Al ver los federales el triste aspecto que presentaba el desolado campo, a la indecisa luz del alba, se pusieron en precipitada fuga rumbo a Ciudad Juárez, escapando de nuestras garras, que seguramente les habrían caído encima de haber nosotros sospechado que tan cerca teníamos tan rico botín y tan asedera presa.

Tan luego como acabó de amanecer procedimos a levantar el campo dando sepultura a 49 federales y nueve de los nuestros. Teníamos por nuestra parte veintitantos heridos.

En ese combate, desarrollado el 15 y 16 de abril de 1911, tomó participio Raúl Madero, hermano del señor presidente, portándose con mucho valor.

* * *

Estábamos levantando el campo, cuando vimos aproximarse una avanzada federal; por lo que suspendimos nuestra operación, dejando algunos cadáveres insepultos que seguramente fueron pasto de los coyotes.

Ese día se nos incorporó el grueso de las fuerzas y emprendimos nuestra marcha por tierra rumbo al Rancho de Flores, que está muy cerca de Ciudad Juárez, y situado a la orilla del río Bravo.

Fuimos recibidos cariñosamente por las familias que habitaban ese rancho, al cual llegó el señor Madero al siguiente día al amanecer, pues como caminaba a pie entre las fuerzas y al igual de la tropa, cubierto por un sarape pinto que le hacía confundirse con los demás soldados, las jornadas que hacía la parte de nuestras tropas que le servía de escolta, eran más cortas para hacerle menos penosa la travesía al señor presidente.

Nadie hubiera creído que bajo aquel sarape pinto que se mezclaba entre los demás elementos de nuestras fuerzas, se abrigaba nada menos que el señor presidente provisional de la república, aquel a quien seguían millares de soldados y por cuyo triunfo hacían votos fervientes millones de mexicanos.

Ese día descansó el señor Madero con el resto de la columna en el Rancho de Flores, y cuando en la noche nos presentamos a él los jefes para rendirle parte de las novedades ocurridas durante el día, todos le hicimos saber que el agua contenida en un pequeño presón del rancho y que era el único aguaje de que podía disponerse, había sido agotada por las tropas y por los cien caballos que yo traía. Esta circunstancia nos ponía en condiciones de no poder permanecer en el Rancho de Flores, por lo que, a indicación del señor Madero y con aprobación de todos los jefes, se acordó que al día siguiente emprenderíamos la marcha, yendo a acampar a orillas del río Bravo.

La translación de las fuerzas se hizo como a las doce del día, y las últimas en llegar fueron las mías, porque estaban esperando que regresara yo de una exploración que se me había encomendado después de haber resuelto el traslado de la columna.

Fui, pues, el último en llegar al frente de mis hombres y en correcta formación, a aquel pintoresco campamento que ya se había instalado, y al presentarme desde luego al señor presidente para que se me designara el lugar donde debería yo acampar, recibí orden de hacerlo por la parte norte de Ciudad Juárez, río abajo del lugar donde quedaba el grueso de la columna.

Vinimos así a quedar acampados casi en las goteras de la ciudad. Establecí mi servicio de seguridad tomando todas las precauciones para evitar una sorpresa del enemigo, que tan cerca lo teníamos, y cada dos horas rendía yo parte al cuartel general de las novedades ocurridas.

¡Por fin ya estábamos frente a Estados Unidos, a un paso de aquel emporio de armas y municiones que tanto necesitábamos; y en vísperas de atacar una plaza que sería la firme base de una triunfal jornada que, partiendo del alto septentrión, habría de llegar arrolladora hasta la capital de la república! ¡Por fin íbamos a dejar de ser guerrilleros, para transformarnos fuertemente en el ejército libertador!

¡Ciudad Juárez, con sus fusiles, cañones, bayonetas y ametralladoras, parecía sonreírnos con risa prometedora y no con amenaza de perro enfurecido que enseña unas mandíbulas atroces!...

Capítulo V

Nuestro campamento, cercano a Ciudad Juárez, quedó establecido el 20 de abril de 1911, y hago constar expresamente que, a no haber sido por los cien caballos que yo llevaba, nuestra columna se habría visto precisada a cambiar de campamento y desistir de tomar aquella plaza, por la absoluta carencia de víveres de todo género que padecíamos.

Nada absolutamente, ni lo más indispensable para la subsistencia, se nos permitía pasar del lado americano. La vigilancia era estrecha, y como no veía yo otro medio para abastecer a las tropas de los artículos de primera necesidad al menos, propuse al señor presidente y a Pascual Orozco formar cuatro fracciones de a 25 caballos cada una, para que esos grupos, en viajes sucesivos y dando un rodeo de diez leguas por Estación Bauche para no ser sorprendidos por alguna avanzada federal, nos fueran trayendo harina, azúcar, café, maíz y aun ganado.

Mi plan fue aceptado y puesto en práctica, y así, aunque con grandes dificultades y privaciones, pudimos repartir elementos de boca a toda nuestra columna, hasta que empezaron las negociaciones de paz, pues ya desde aquel momento pudimos importar toda clase de provisiones de El Paso, Texas.

* * *

En uno de aquellos días de campamento, y antes de que se iniciaran esas negociaciones de paz, tuve un disgusto con el filibustero italiano Giusseppe Garibaldi,[10] que traía cien hombres, todos filibusteros italianos y norteamericanos.

Sucedió que, estando un día descansando bajo mi tienda de campaña, se me presentó uno de mis soldados pidiendo autorización para hablar conmigo.

—Mi coronel —me manifestó—: al pasar por el campamento del coronel Garibaldi, éste me mandó desarmar oponiéndose a devolverme mi rifle y el parque.

Como aquella conducta me extrañara, interrogué al soldado sobre los motivos que hubiera podido tener Garibaldi para tomar la resolución de desarmar a uno de mis soldados; y como mi hombre insistiera en que el único delito que cometiera consistía sencillamente en haber pasado por el campamento del filibustero, tomé un papel y de mi puño y letra le dirigí el siguiente recado:

> Señor Garibaldi: tenga usted la bondad de entregar a mi soldado su rifle y parque; y si tiene usted alguna queja contra él, pase a exponerla, pues yo no me meto con su tropa, para que usted no se meta con la mía.
>
> Francisco Villa

Este papel lo llevó el mismo soldado quejoso a Garibaldi, quien en el reverso del mismo papel me contestó:

---

[10] Giuseppe Garibaldi nació en Melbourne, Australia en 1879. Era nieto del héroe del mismo nombre que luchó por la unidad italiana. Llevado por su espíritu aventurero, peleó en apoyo de diversas causas, entre ellas la revolución maderista, incorporándose al Estado mayor de Francisco I. Madero en febrero de 1911. Obtuvo el grado de general y participó en los combates de Casas Grandes y Ciudad Juárez. En 1912 se le comisionó a Sonora para reclutar fuerzas a fin de combatir la rebelión orozquista. Durante la Primera Guerra Mundial se incorporó a las filas francesas y posteriormente pasó al ejército italiano. Se retiró de la milicia en 1919.

Señor Francisco Villa: no entrego nada de rifle. Si usted es hombre, yo también lo soy. Pase usted por él.

Giusseppe Garibaldi

Aquella contestación era un reto que me llenó de indignación, puesto que mi recado era suficientemente comedido, y en nada podía ofender a Garibaldi, quien sí demostraba a las claras en su respuesta que quería tener una reyerta conmigo.

Resuelto a castigar la fanfarronería de un filibustero, que no satisfecho con venir a inmiscuirse en nuestros asuntos, tenía el atrevimiento de pretender rebajar mi reputación de hombre valiente, mandé montar treinta hombres de los más valerosos de mi tropa y con ellos me dirigí al campamento filibustero. Como a cincuenta pasos de su campamento, encontré a Garibaldi, le marqué el alto, y echándole en cara su proceder, le dije que ni él, ni junta toda su gente implicaban nada para mí, y que para demostrárselo iba yo tan sólo con treinta hombres a recoger no sólo el rifle y las municiones de mi soldado, sino también las armas y municiones de él y de todos los intrusos aventureros que lo seguían, para probarle que yo sí era hombre y no un hablador como él.

Y como Garibaldi me contestara que también él era muy hombre, le eché el caballo y con la pistola le di un golpe en la cabeza, ordenándole que me entregara la pistola que llevaba ceñida al cinto.

La sangre belicosa de aquel legionario romano debe haber sufrido empobrecimientos notables a través de las generaciones que le precedieron, porque el terrible cachorro de aquella raza de leones, que todavía un instante antes asumía las espantables actitudes de una pantera, demasiado pronto se transformó en el bíblico cordero, y sin replicar una sola palabra a mi filípica, se quitó su pistola y me la entregó, así como su rifle y su cintilante espada.

Yo entonces le ordené que me hiciera entrega inmediata de todo su armamento, y él, para cumplimentar sumisamente mi mandato, retrocedió los pocos pasos que le separaban de su campamento, formó a sus cien hombres y les ordenó que entregaran sus armas a mis treinta soldados, que hasta entonces habían permanecido de espectadores, esperando alguna orden mía. Verificado el desarme, le dije a Garibaldi delante de sus cariacontecidos "legionarios":

—Que esto le sirva a usted de lección para que otra vez sepa usted que nosotros los mexicanos no permitimos que ningún extranjero nos ultraje, y pueda usted decir, cuando la ocasión llegare y por su propia experiencia y para orgullo de mi patria, que México sí cuenta con hombres de resolución y de carácter, que están dispuestos a sostener, al precio de su vida y ante todas las naciones, el buen nombre y el valor de nuestra raza.

El castigo que hoy le he impuesto a usted, señor Garibaldi, y que tiene que serle profundamente vergonzoso, es una lección, repito, para que de hoy en más sepa usted que a un soldado mexicano se le trata con respeto y con cautela; y que nosotros, a cuantos extranjeros pretendan humillarnos, les demostraremos, como yo a usted, que no son suficientemente hombres para el caso. Lo dejo a usted en su campamento en absoluta libertad, y agradézcame que no lo mando fusilar en el acto.

Concluido mi regaño di media vuelta y me volví a mi campamento con mi gente, que transportaba las armas de los filibusteros.

Habrían transcurrido unas dos horas de estos acontecimientos, cuando se presentó en mi tienda de campaña un ayudante del señor presidente, diciéndome que aquel respetado funcionario deseaba hablar conmigo a la mayor brevedad posible.

Inmediatamente me fui a presentar al primer magistrado, que en cuanto me vio, me llamó a solas y me dijo:

—Hombre, Pancho, ¿por qué has desarmado a Garibaldi?

Por toda contestación le mostré el papel que por un lado tenía mi recado a Garibaldi y por el otro su arrogante respuesta. El señor presidente leyó una y otra vez los dos lados del papel, y pude notar cómo de su rostro desaparecían violentamente los rasgos de todo descontento para conmigo. Quizás el filibustero Garibaldi, dando una prueba más de cobardía, había ido a inventar alguna fábula que le favoreciese ante los ojos del señor presidente, logrando rebajarme, por un momento, en la estimación del señor Madero; pero ante las pruebas escritas que yo le presentaba, comprendió que Francisco Villa una vez más había procedido en su legítimo derecho y en bien del decoro nacional; y cambiando de tono, de la manera más afable y cariñosa, dándome una palmadita en un hombro, me dijo:

—Hombre, Pancho, yo quiero que tú y Garibaldi sean buenos amigos. Tú haces todo lo que yo te mando, ¿o no es cierto?

—Sí señor —le dije con la firmeza de aquel que habiendo jurado lealtad, sabe en toda circunstancia cumplirla—. Yo hago todo lo que usted me mande.

—Está bien —agregó el señor Madero, que sabía bien en qué forma cariñosa se ganaba la sumisión y el afecto del rebelde Pancho Villa. Voy a mandar traer a Garibaldi para que se den un abrazo y después le vas a entregar sus armas.

—Todo se hará como usted lo ordena, señor presidente.

Fue llamado Garibaldi, nos dimos un abrazo y marchamos juntos a mi campamento, donde le hice entrega de sus armas y municiones.

* * *

Según la muy autorizada opinión de un señor general bóer de apellido Viljoen,[11] era imposible que ejército alguno tomara la plaza de Ciudad Juárez, por lo formidablemente fortificada que estaba.

Varias conferencias habíamos tenido los principales jefes de la revolución, presididas siempre por el señor Madero, y al discutir minuciosamente la posibilidad o impracticabilidad de tomar la plaza, el señor Madero se inclinaba a la autorizada opinión del general bóer de apellido Viljoen, y conceptuaba la empresa muy peligrosa.

Pascual Orozco y yo, que no habíamos asistido a la guerra del Transvaal, ni habíamos cursado largas academias, ni hablábamos en inglés, ni nos apellidábamos Viljoen, sino de la manera más

---

[11] El general Benajamín J. Viljoen era originario del Transvaal, Sudáfrica. Luchó por la independencia de su patria y después de que la dominaron los ingleses, decidió emigrar a México como parte de la colonia bóer que se estableció en el municipio de Julimes, Chihuahua, en 1905. Se incorporó con Madero en febrero de 1911. Al triunfo de la revolución fue comisionado a Sonora para pacificar a la tribu yaqui. En 1912 obtuvo la ciudadanía mexicana y murió a principios de 1916.

prosaica, sosteníamos con insistencia la tesis, quizá muy aventurada, pero muy mexicana, de que cuando menos por dignidad deberíamos intentar el asalto, pues nos parecía muy vergonzoso retirarnos sin haber hecho una tentativa siquiera para tomar la plaza.

El señor Madero, por su parte, siempre nos manifestó su abierta oposición a que afrontásemos aventura tan llena de riesgos.

El día en que desarmé a Garibaldi, y poco después de que le hice la devolución de sus armas, fue Pascual Orozco a buscarme a mi campamento y me dijo:

—¿Qué piensa usted, compañero, que debemos hacer respecto a la toma de Ciudad Juárez? Ya ve usted que el señor presidente opina que no debemos atacar esa plaza, sino trasladarnos a Sonora.

—Pues en mi concepto —le respondí, quemando el último de mis escrúpulos disciplinarios y sintiendo que todo el plan se me venía a la boca— debemos atacar la plaza, pues si nos retiramos sin intentarlo siquiera, después de tantos días de haber permanecido aquí con ese objeto, la gente va a tacharnos de cobardes. Creo que, por dignidad, debemos efectuar el ataque hoy mismo. Mandamos un piquete de la gente de José Orozco que vaya a torear las avanzadas federales y las obligue a tirotearse con ellas. Nosotros, al oír el tiroteo e ignorantes en lo absoluto de lo que pasa, mandamos un poco de gente a ver lo que está sucediendo, pero con instrucciones precisas de reforzar el fuego de los nuestros. Los federales, a su vez, tendrán que enviar refuerzos a los suyos, y de esta manera se va prendiendo la mecha, hasta que ya no sea posible contener a nuestra gente que, como usted bien sabe, está ardiendo de entusiasmo para echarse sobre Ciudad Juárez. Llegados los ánimos a tal punto, manifestamos al señor presidente que ya la cosa no tiene más remedio que organizar las fuerzas y entrar decididamente al asalto y toma de la población y encontrar al final la victoria o la muerte. Al ver así las cosas el señor Madero tendría necesariamente que acceder al ataque. ¿Usted qué opina, compañero?

—Que me parece bien —contestó Orozco con su inconmovible frialdad.

De esta manera quedó concertado que, al pardear la tarde y con la mayor reserva, se le ordenaría a José Orozco que al día siguiente a las diez de la mañana mandara quince hombres que, tomando la corriente del río, llegasen hasta donde pudieran para provocar a los federales, sin tratar de internarse en la población, pues, por el contrario, deberían atraerlos hacia fuera de las casas.

Y a fin de que nadie creyera que Orozco y yo éramos los autores de aquel desacato a las doctrinas de un señor general bóer que se apellidaba Viljoen, esa noche atravesamos el río por la "Smelter"[12] y nos fuimos a dormir alegremente a El Paso, Texas.

Cuando al día siguiente, 8 de mayo de 1911, a la hora convenida oímos el tiroteo que ya esperábamos, se nos ocurrió preguntar a las gentes que qué ocurría.

—Pues que ya los suyos y los federales se están agarrando.

—¡Caramba!...

Orozco por su lado y yo por el mío, tomamos un automóvil y ordenamos al *chauffeur* que a toda velocidad nos llevara a la "Smelter". Juntos llegamos, juntos descendimos de los automóviles, juntos atravesamos rápidamente el puente suspendido del ferrocarril Rock Island, y cuando juntos y llenos de la mayor extrañeza llegamos a informarnos de lo que pasaba, encontramos al señor presidente muy nervioso y diciéndonos:

—¡Qué ha de pasar, hombres! Que ya unos de nuestros muchachos se están tiroteando con los federales. Vayan ustedes y retiren esa gente ¡inmediatamente!

Orozco y yo nos retiramos, con tantas intenciones de mandar retroceder a nuestra gente, que en el acto destacamos cincuenta hombres con instrucciones precisas de que ayudaran a hacer fuego a los quince hombres que desde temprano había mandado José Orozco.

Poco después se nos presentaba aún más excitado el señor Madero, y nos preguntaba:

—¿Qué sucede con esa gente? ¿No han podido retirarla?

—Pues no, señor, nos dicen que están muy desbalagados y que no la pueden juntar por lo fuerte del tiroteo.

---

[12] Así se referían a la fundidora.

—Pues vean lo que hacen, pero que esos hombres se retiren ¡inmediatamente![13]

—Está muy bien, señor presidente —le respondimos Orozco y yo con la mayor sumisión—. Enviaremos más fuerza, a ver si consigue reunirlos...

Y en efecto, la nueva fuerza llevaba la consigna de prender más la mecha.

Ya al oscurecer se nos presentó otra vez el señor Madero, y con visibles muestras de la mayor contrariedad, nos increpó en tono duro:

—¿Qué sucede, por fin? ¿Retiran o no a esa gente?

A un mismo tiempo, casi arrebatándonos las palabras, Orozco y yo le contestamos:

—Señor presidente, lo que usted nos pide es ya un imposible. Los ánimos están muy exaltados, la gente toda quiere entrar en combate y no es posible contenerla. La única resolución que encontramos es disponer inmediata y decisivamente el ataque de la población, si no queremos dejar morir cobardemente a los muchachos que ya están peleando. Este acto de cobardía por nuestra parte, nos arrojaría encima la enemistad de todas las fuerzas, y sería quizás la ruina de la revolución que sostenemos.

—Pues si es así, ¡qué vamos a hacer! —agregó con resignación el señor Madero.

Orozco y yo, que sólo esperábamos aquella especie de orden para determinar lo conveniente, discutimos en un momento el plan de ataque, y quedó concertado que él, con quinientos hombres, entraría por el río hasta tomar la aduana; que José Orozco, con doscientos hombres más, entraría por donde ya estaban agarrados los federales y los nuestros; y por último, que yo atacaría

---

[13] Parte del general brigadier Juan J. Navarro a la Secretaría de Estado y del despacho de Guerra y Marina con motivo del asedio, defensa y rendición de Ciudad Juárez: "Mientras las avanzadas rebeldes rompieron el fuego, llegaron a la plaza los señores licenciados Toribio Esquivel Obregón y Óscar Braniff, llevando una carta de Madero para el suscrito en que manifestaba que el ataque emprendido por sus fuerzas no había sido ordenado por él, sino por el contrario, ya lo mandaba suspender y me invitaba a que hiciera otro tanto con mis tropas", 24 de junio de 1911. AHSDN, Chihuahua, exp. XI/481.5/66, ff. 1-2

por el sur de la población, es decir, por donde se encuentra la estación del Ferrocarril Central.

Una vez dadas las órdenes correspondientes, los dos jefes dispusimos nuestras tropas para seguir el derrotero que nos pareció más adecuado, emprendiendo la marcha hacia los objetivos que nos teníamos designados para emprender el ataque.

Yo hice mi trayecto por el lomerío que termina en el panteón de la ciudad. Permanecí toda la noche en un arroyo que está cerca del referido cementerio, y allí empecé a meditar la manera más conveniente para entrar en juego con el enemigo al despuntar el día.

A las cuatro de la mañana logré llegar cerca de las bodegas de la casa Ketelsen, y como se me diera el ¡quién vive! desde la escuela que está al frente de las bodegas, inmediatamente rompí el fuego, que me fue contestado por una ametralladora emplazada en la escuela y que me hizo algunas bajas.

En el lugar donde me encontraba, estaba flanqueado y comprometido: en el corralón de los *cowboys* había soldados de caballería, y tanto de allí como de la bocacalle anexa, que estaba barricada con sacos de arena y madera, se me hacían constantes descargas cerradas, que imposibilitaban mis movimientos.

Decidí replegarme hasta la estación del Central, en cuyo patio encontré numerosos hacinamientos de durmientes, que me sirvieron de trinchera, y desde donde pude dirigir mi ataque contra la escuela y los otros atrincheramientos citados, pero de preferencia a la escuela, donde no permitimos que llegara refuerzo alguno, ni de hombres, ni de municiones ni de víveres, hasta lograr que el enemigo desalojara el edificio que pocos momentos después quedaba en poder de diez de mis hombres.

Ya había caído la noche cuando mis hombres lograban apoderarse de la escuela, y desde aquel lugar empezaron a hacer certeros disparos al corralón de los *cowboys* y a la barricada de la calle anexa; y como los federales se vieran cogidos a dos fuegos, procedieron a replegarse rumbo al cuartel general, y nosotros a avanzar por entre las casas que nos iban sirviendo de defensa, y las que íbamos horadando para pasar de una a la otra.

Tal fue la jornada del día 9 de mayo de 1911, por lo que toca a las fuerzas de mi mando.

Serían las diez de la mañana del día siguiente, cuando los federales se replegaban definitivamente al cuartel general, dejándonos todos los heridos y prisioneros que me habían hecho a la madrugada del día anterior, al iniciarse el combate frente a las bodegas de Ketelsen y Degetau.

Cuando los federales se replegaron al cuartel general, y creímos nosotros que iban completamente desmoralizados, al tomar las posiciones que ellos habían abandonado, vimos que de la plaza del mercado se destacaba resueltamente en contra nuestra y tratando de romper el sitio por aquel lugar, una fuerte columna federal compuesta, según pudimos apreciar, de unos sesenta infantes, como cien dragones, dos morteros y una batería de ametralladoras. Iba al frente de la columna el jefe de las fuerzas federales, general Juan J. Navarro.

No consiguieron los federales su propósito, pues a pesar de su resuelta actitud, y de que su artillería hacía grandes estragos en las casas de que estábamos posesionados, abriéndoles enormes boquetes en las paredes, mi gente no se desmoralizó un solo instante, y al aguacero de la metralla federal respondía con la granizada de nuestras nutridas descargas.

Por otra parte, las horadaciones que, como ya he dicho, habíamos practicado en todo el caserío, nos permitían atacar al enemigo por distintos rumbos, y en muchas ocasiones, desde inesperados puntos cercanos a sus filas.

Todo esto, combinado y ejecutado con un despliegue enorme de valor y energía de parte de mis muchachos, dio lugar a que el innegablemente valiente defensor de la plaza, viendo que por allí fracasaba su intento de salida, mandara tocar "reunión" y ordenara su concentración rumbo al cuartel general.

Esto centuplicó los ánimos de mi valerosa gente, que con mayores bríos se precipitó sobre los federales. Éstos siguieron retrocediendo, pero batiéndose en retirada en todo orden. Entre las filas se veía al general Navarro arengando a sus tropas sin que llegara a amedrentarle el furioso fuego que hacíamos sobre él y los suyos.

Así lograron llegar hasta el cuartel general, en el que, viendo la imposibilidad de tener una salida y la inutilidad de toda resistencia, el general Navarro mandó tocar "parlamento" y el fuego cesó por ambas partes.

La rendición de la plaza de Ciudad Juárez tuvo lugar a las tres de la tarde del día 10 de mayo de 1911.[14] Y el primero de los jefes asaltantes que entró al cuartel general donde se encontraba el general Navarro con su oficialidad y sus tropas, fue el teniente coronel Félix Terrazas, que militaba a mis órdenes comandando una parte de mi gente.

Al entrar yo al cuartel, Félix Terrazas recibía de manos del general Navarro su espada.

Al verme llegar me preguntó:

—¿Qué hacemos, mi coronel?

—Reúna usted a toda la oficialidad rendida, poniéndole una fuerte escolta. Mande usted formar a los soldados prisioneros, y recoja las armas y municiones.

Cumplidas estas instrucciones, ordené el desfile de los prisioneros rumbo a la cárcel de la ciudad, donde quedaron a disposición del jefe de la revolución maderista.[15]

Dictadas estas disposiciones, quebré mi caballo sobre los cuartos traseros y salí a media rienda, seguido de mi asistente, a dar parte al señor presidente de la república que la plaza de Ciudad Juárez era nuestra, no obstante la autorizada y honorable opinión de un señor general bóer, que había hecho la Guerra del Transvaal, y que se apellidaba, románticamente, Viljoen...

---

[14] Parte del general brigadier Juan J. Navarro a la Secretaría de Estado y del Despacho de Guerra y Marina con motivo del asedio, defensa y rendición de Ciudad Juárez. AHSDN, Chihuahua, exp. XI/481.5/66, ff. 1-2

[15] La tropa fue confinada a la cárcel pública de Ciudad Juárez, de la que previamente habían sido liberados los presos. El general Navarro y algunos jefes y oficiales fueron conducidos prisioneros a la jefatura política, mientras que otros de igual rango quedaron presos en el mismo cuartel federal. Dos días después se les asignó a estos últimos la ciudad por cárcel y más tarde se les permitió dirigirse a El Paso, Texas, en donde fueron acogidos por el consulado mexicano.

CAPÍTULO VI

Al escuchar mis palabras el señor presidente, como que se negaba a dar crédito a lo que yo decía.

—¡¿Qué me dices, Pancho?!…

—Que nos vayamos a Ciudad Juárez, señor presidente; que la plaza es nuestra, que acabo de dejar preso al general Navarro, bajo la custodia del teniente coronel Félix Terrazas y, en una palabra, señor presidente, que el ejército libertador ha triunfado, pues con la toma de esta plaza, la situación de la república es nuestra.

Don Francisco I. Madero me abrazó fuertemente e inundado por la emoción agregó:

—En este mismo instante nos vamos. Tú dices que te vas desde luego a organizar a tu gente y harás bien. Procura que no roben ni tomen bebidas embriagantes, para evitar cualquier dificultad. Que recuerden que no estamos solamente frente a Estados Unidos, sino al mundo entero que nos contempla victoriosos.

Monté en mi caballo y a media rienda regresé a Ciudad Juárez, dando órdenes a la oficialidad para que inmediatamente reunieran las tropas y las acuartelaran. Mis órdenes fueron puntualmente ejecutadas, y a las cinco de la tarde estaba toda la gente acuartelada en la escuela y en las quintas anexas.

Mandé enseguida diez hombres al cementerio, para que abrieran un gran foso y en él fuesen sepultados los muertos que le habían sido hechos a mis fuerzas. Personalmente, y ayudado por quince hombres, me ocupé en recoger los cadáveres, ponerlos en un carro y en una carrucha, y enviarlos al panteón para su inhumación.

Cumplido este penoso deber, me dirigí a la panadería de José Muñiz y le ordené que inmediatamente pusiera a todos sus panaderos a fabricar todo el pan posible. Mi orden fue atendida en el acto y el dueño de la panadería me aseguró que a las cuatro de la mañana podía yo disponer de suficiente pan. A la hora convenida me presenté a recibirlo, guardándolo en una costalera de malva, y a las cinco de la mañana penetraba yo en la cárcel, donde repartí diez costales a los soldados federales prisioneros, y algunos barriles de agua que hice les llevaran;[16] no tenía yo de momento otro alimento que darles, y aunque comprendiera que mis fuerzas se encontraban en las mismas condiciones de hambre y de necesidad, creí de mi deber y como vencedor atender primero a los vencidos: tal fue la gratitud con que me aclamaron los vencidos al ver que les llevaba yo de comer.

De allí me encaminé a atender a mis soldados, pero como no alcanzara el pan para todos, formé varias fajinas con sus respectivos oficiales y clases para que saliesen a buscar alimentos y regresaran a sus cuarteles.

Narro detenidamente estos detalles —que son por lo demás bien modestos— para que se vea cómo desde los primeros tiempos de mi carrera de soldado del pueblo, sentía yo y practicaba el principio de que en la guerra "los últimos deben ser los primeros"; que es la tropa, esa valiente y abnegada "carne de cañón", la que conquista los grados a su comandante, la que ciñe los laureles a la frente del capitán, la que en vida o en muerte es siempre la anónima, la ignorada, la que si vive, sigue arrastrando su miseria, y si muere, va al montón que violentamente se entierra para que no apeste la comarca. Todo lo mejor para el soldado; para él los primeros alimentos, para él los primeros zapatos; para él los primeros haberes, para él los primeros cuidados y los mejores agasajos. ¡Pobrecitos! ¿Qué otra compensación tienen en la guerra

---

[16] Con motivo de la rendición de Ciudad Juárez verificada por el brigadier Juan J. Navarro, se designó al general de brigada Julián Jaramillo como juez instructor especial en la averiguación mandada instruir por la Secretaría de Guerra y Marina. El capitán primero Timoteo A. Castillo, del 20° batallón, informó que a los presos les enviaron galletas y botes con agua.

si no es el cariño y la devoción de sus jefes? General que no ama a su tropa, que no la cuida, que no se desvela por ella, que no se sacrifica, no es general ni merece serlo: por él no se dejará matar un solo hombre; por él no luchará, sino que le huirá en el primer momento en que pueda quitarse la cadena del esclavo y la pesadumbre del sacrificio forzado.

Yo, que he tenido millares de soldados bajo mi mando, he sentido que para amarlos, el corazón me daba millares de retoños: uno para cada soldado. Los amo con ternura de padre, con orgullo de generador de héroes, y cuando en el combate les llamo "hijitos", mi corazón se va tras ellos, animándolos y queriendo protegerlos, y cada hombre de los míos que cae, es una puñalada que recibo en las entrañas.

¡Pobrecitos! ¡Las guerras las provocan los réprobos, las hacemos los ignorantes y las aprovechan los gabinetes!...

* * *

Cuando ya dejé bien atendida a mi tropa, me dirigí al cuartel general donde estaban los oficiales prisioneros y el general Navarro. Todo sentimiento de rencor había desaparecido en mí para el enemigo de la víspera, y por el contrario, sólo conservaba yo admiración por el valeroso adversario, cuyo temple se había puesto a prueba en los momentos de mayor peligro.

Di un abrazo al general Navarro y le dije:

—Me voy a llevar a comer a El Paso, Texas, a nueve de sus oficiales, pues aquí estamos en la miseria.

Invité a subir en dos automóviles que había yo hecho venir al efecto, a los nueve oficiales, cuyos nombres he olvidado, y nos dirigimos al Hotel Zieger, donde comimos en la mayor fraternidad y como buenos amigos.

Como al final de la comida alguno de los oficiales intentara pagar la cuenta, yo reclamé mis derechos de anfitrión, y no consentí que hicieran gasto alguno.

Estábamos paladeando una cerveza de despedida, que en aquellas calurosas regiones se impone como artículo de primera necesidad, y al terminar dije a los oficiales:

—Mucho agradezco a ustedes, señores, que hayan aceptado mi invitación; y ahora, si no tienen inconveniente, regresamos a Ciudad Juárez.

Entonces uno de ellos, quizás con la sola intención de soltar una broma y no de sugerir una felonía, le dijo a otro de sus compañeros con intención marcada:

—¿No te gustaría quedarte hoy en El Paso, Texas?

Y antes de que yo pudiera pronunciar palabra, uno de los capitanes presentes, vibrando de cólera, exclamó:

—¡Cómo, señores! Este caballero nos ha invitado a comer, somos sus prisioneros, y al traernos ha puesto su confianza en nuestro honor. Estamos obligados a no comprometerlo y a regresar con él a Ciudad Juárez, hasta que otra cosa se determine de nosotros; y no debemos olvidar jamás la noble acción que este caballero ha tenido para con nosotros.

Al terminar de hablar el capitán, todos se pusieron en pie y, subiendo en los automóviles nos trasladamos a Ciudad Juárez, donde ya algunos de mis compañeros pronosticaban que los oficiales federales no regresarían conmigo. No poca fue, pues, su admiración, cuando vieron que aquellos oficiales, fieles a su honor y a su hidalguía latina, regresaban a su cautiverio, en vez de haber aprovechado indignamente la ocasión que yo les había dado para quedarse en territorio extranjero, de donde yo no los podría arrancar.

* * *

Aquella misma tarde, a las cinco, se presentó en mi cuartel Pascual Orozco, manifestando al oficial de guardia que deseaba hablar conmigo. El oficial me envió recado y yo salí en el acto.

—Compañero —me dijo Pascual después de saludarnos—, tengo que tratar con usted un asunto de suma delicadeza.

—Pues pase, compañero.

—No. Lo espero a usted en mi cuartel. Es muy largo el asunto y por su delicadeza hay que tratarlo a solas. ¿Lo espero a usted?

Yo le ofrecí que en el acto iría, y él, picando su caballo, se marchó.

En cuanto llegué a su cuartel, Orozco me recibió, me introdujo en sus habitaciones y una vez solos los dos, empezó de esta manera:

—Compañero, a usted y a mí nos ha fusilado el general Navarro algunos miembros de nuestras familias. Lo he citado a usted para consultarle si es de parecer que el general Navarro sea pasado por las armas; y si en caso de que el señor presidente se rehúse a la ejecución, nosotros nos opongamos a obedecer esa orden y ejecutemos a Navarro.

El recuerdo de las crueldades, de las iniquidades, de las atroces represalias ejercitadas por el general Navarro y por todos los federales, no solamente en soldados de nuestras filas, sino en personas indefensas de nuestras familias, cuyo delito único consistía en llevar la misma sangre que nosotros, los bandidos, los sublevados, los latrofacciosos, las hordas vandálicas del cosechero de Parras; el recuerdo de aquellas brutales represiones de la dictadura, sangrientas y feroces como todo lo que del "astro rojo" emanaba; el recuerdo de que para nosotros no se utilizaba el "derecho de la guerra", sino que se esgrimía sin misericordia ni justicia la "suspensión de garantías"; la firme y dolorosa experiencia de que para los federales y para los porfiristas no éramos seres sino bestias dañinas, y como a bestias se nos perseguía, y como a bestias se nos trataba cuando teníamos la desgracia de caer en aquellas garras y en aquellas fauces impietosas, ávidas de exterminio y sedientas de sangre, todos los dolores de aquella campaña, todos mis soldados enterrados la víspera, que parecían alzarse de la enorme fosa común pidiéndome el castigo del sanguinario sostenedor de la tiranía; todo lo negro, lo horrible, lo inhumano de aquella lucha en que el federal desconocía a su hermano el revolucionario y sólo procuraba aniquilarlo, destruirlo, desgarrarlo, para dejar complacido al autócrata de México, al monstruo insaciable del militarismo, que en los últimos instantes de su vida ha de seguir clamando ¡sangre!, ¡sangre!, ¡más sangre!, mientras el infinito número de sus víctimas ha clamado en vano: ¡piedad!, ¡piedad!, ¡más piedad!; todo el porfirismo, el militarismo, el creelismo, el cientificismo y el omnipotentismo lo vi cristalizarse en la persona de Juan J. Navarro, agente y coautor de infamias tantas, y sentí la necesidad de aniquilarlo, de destruirlo, para que la venenosa planta no se siguiera ramificando, para que las emanaciones del militarismo fuesen a confundirse con las emanaciones de la gusanera, allá abajo, entre la tierra, donde todo se pudre, se purifica y se transforma.

—Sí, compañero —le dije a Orozco—, estoy de acuerdo en que ejecutemos a Navarro, y mis tropas y yo secundaremos a usted para que se lleve a cabo ese acto de suprema justicia.

—¡Está bien! Para eso he querido hablar con usted a solas; y puesto que estamos de acuerdo, mañana lo llevaremos a término. A las diez de la mañana veremos al señor presidente en el cuartel general, le manifestaremos nuestro deseo, y en vista de su contestación procederemos como queda convenido.

* * *

Puntual a mi compromiso, al día siguiente a las diez de la mañana me presentaba yo en el cuartel general con cincuenta de mis hombres. Orozco ya estaba allí con toda su gente.

Después de que saludé al señor Madero, me llamó Orozco aparte y me dijo:

—Voy a pedir enseguida que nos sea entregado Navarro para fusilarlo. Si el presidente me contesta que no, usted me desarma en el acto a la guardia del señor Madero.

—Está bien.

Regresó Orozco al lado del señor presidente, y momentos después, asomándose a la puerta me gritó:

—¡Desármelos!

Comprendí por esto que el primer magistrado se negaba a entregar a Navarro, y según lo convenido, no tuve reparo alguno en cumplir mi palabra, y ordené el desarme de la guardia del señor presidente.

Acababa yo de cumplir este compromiso, cuando salió precipitadamente el señor Madero, que al ver mi actitud, me gritó dolorosamente:

—¡Cómo, Pancho! ¿Tú también estás en mi contra?

Yo no contesté, no hubiera podido contestar. Esperaba que Orozco, que era el iniciador del fusilamiento de Navarro, dictara las órdenes que yo habría acatado enseguida.

Pero tras del señor Madero vi salir a Orozco muy agitado y diciéndole:

—¡No, señor; vámonos entendiendo!

Ya no pude oír las palabras que se cruzaron por el murmullo que salía de toda la tropa, y sólo vi que terminaban dándose un abrazo.

Aquello me causó profunda sorpresa. O le había faltado a Orozco energía para llevar a cabo el fusilamiento, contra la resistencia del señor Madero, o el señor Madero había encontrado razones muy poderosas para convencer a Orozco de que Navarro no debía ser fusilado. Una u otra cosa, Orozco tendría que explicármela.[17]

Armé nuevamente a la guardia del señor presidente, y sin decir una palabra me retiré a mi cuartel. Allí esperé inútilmente que Orozco se presentara a darme una explicación de lo sucedido. Ni él se presentó jamás, ni envió a llamarme.

Fue la voz de mis amigos, fue la voz de la calle, y la voz del escándalo, quien vino a aclararme el asqueroso engaño de que yo había sido víctima, y el innoble papel que se había pretendido hacerme representar en la inmunda trama.

Pascual Orozco se había comprometido con los enviados de paz del general Díaz, y la voz pública señala a Toribio Esquivel Obregón y a Oscar J. Braniff como instigadores del complot que asesinaría al señor Madero por determinada cantidad de dinero.

Pero como a Orozco le faltara a última hora valor, o quizá sintiese algún remordimiento por su infamia, vio en mí un posible instrumento de sus designios que una vez lanzado por la pendiente, nadie habría de poder contener.

Fue así como Orozco, que quizás para el bien aparente una imbecilidad infinita, pero que para el mal tiene astucias y refinamientos que harían de él el más conspicuo de los politicastros si no fuera el más miserable de los cobardes; fue así como Orozco, repito, buscó en mí la manera de derivar la responsabilidad, sin

---

[17] Declaración de Óscar Braniff, diciendo que supo que el 13 de mayo de 1911 los rebeldes habían querido fusilar al general Navarro como consecuencia de habérseles insubordinado sus fuerzas a Madero, y que éste lo puso a salvo al pasarlo al lado americano. AHSDN, Chihuahua, exp. XI/481.5/66, f. 185.

renunciar por ello a sus negros designios y a sus pingües y asquerosas ganancias.

Fue así como, sabiendo que el señor Madero se negaba terminantemente al fusilamiento de Navarro, encendió mi cólera contra el prisionero, removiendo en el fondo de mi alma todos mis rencores y todas mis ansias de venganza.

Fue así como, a fin de azuzarme y conociendo mi carácter arrebatado, tomó el pretexto del fusilamiento de Navarro para incendiar la cólera del señor Madero, y que al ver que yo desarmaba a su guardia me creyese el único instigador del pretendido fusilamiento; y al reprocharme mi proceder acremente, yo disparase contra el señor Madero en un momento de ceguedad y de locura.

Fue así como Pascual Orozco, el Judas, el traidor, el miserable vendido desde entonces, el héroe falsificado, el guerrero de mentiras, el mercenario de la infamia, quiso que el asesinato contratado por él se efectuara por mi mano; pero como yo no iba para cometer una infamia, sino para llevar a cabo un acto que conceptuaba de suprema y necesaria justicia, al ver que Orozco no insistía en el fusilamiento del general Navarro, depuse toda exigencia en ese punto y me retiré a mi cuartel, sin sospechar la tempestad que pronto habría de surgir dentro de mi alma.

Público y notorio fue en Ciudad Juárez el complot urdido por esa trinidad de bribones que se llaman Esquivel Obregón, Braniff y Pascual Orozco, y si entonces no fui político, diplomático, prudente y cuantos adjetivos sugiera el arte de la hipocresía, el disimulo y la mentira, aclarar toda la íntegra verdad de las cosas, yo, que no necesito encubrir infamias ni quiero solapar delitos, proclamo muy alto y muy claro cómo fueron los hechos, y asumo con entereza la responsabilidad que me toque.

¡No! Rechazo en mi conciencia todo cargo que se pretendiese hacerme en el frustrado asesinato del señor don Francisco I. Madero; e invoco el recuerdo de Raúl Madero, cuando tres días después se presentaba en mi cuartel y me preguntaba:

—¿Qué ha pasado con usted? ¿Por qué no ha ido a ver a Pancho? —se refería a su hermano, el señor presidente.

—¿Cómo por qué? —le respondí—: porque soy hombre de sentimientos y de vergüenza. ¿No sabe usted, acaso, el crimen que pretendía cometer Pascual Orozco, y en el que inocentemente iba yo a tomar participación?

—Todo lo hemos aclarado ya. Todos sabemos que es usted inocente.

Y sintiendo que una pena infinita nos desgarraba el alma, Raúl y yo nos abrazamos y nos pusimos a llorar como dos criaturas.

—Vámonos para la aduana —me dijo cuando nuestros corazones habían tenido el dulce desahogo de las lágrimas—. Ahora mismo le voy a hablar a Pancho.

Nos dirigimos a la aduana, esperé a que Raúl hablara con el señor presidente, y poco después regresó a decirme que el señor Madero me esperaba.

Al entrar yo al salón donde estaba el caudillo del pueblo, se levantó el señor Madero de su asiento, vino a mi encuentro con afecto y tomándome del brazo me dijo:

—¿Tienes que hablar conmigo? Ven y hablaremos a solas.

—Señor presidente —le dije mirándole de lleno a los ojos luminosos y cándidos—, deseo entregar a usted todo lo que tengo a mi cargo, soy hombre de sentimientos y de vergüenza y creo, además, que mi misión ha terminado. Pronto se hará la paz. Yo ya cumplí con mi deber de mexicano.

—Está bien, Pancho, ¿te parece que Raúl se quede al frente de tus tropas?

—Sí, señor; pero para que mis tropas queden contentas y respeten a Raúl como jefe, será necesario que ignoren que yo me separo de ellas para siempre. Les diremos que usted me envía a una comisión, y que en mi ausencia Raúl será su jefe.

—Hazlo así, Pancho, me parece bien. Te voy a dar veinticinco mil pesos para que te pongas a trabajar.

Yo le hice comprender que no había entrado a la revolución ni defendido la causa del pueblo por dinero. Que yo había luchado por la felicidad de mis hermanos los oprimidos, y que al triunfar nuestra causa, sólo pedía para mí lo que antes obstinadamente se me había negado: garantías y justicia.

—Tendrás todas las garantías y toda la justicia a que legítimamente aspiras, y ya que no quieres aceptar los veinticinco mil pesos que te ofrezco, toma al menos diez mil para que te establezcas, para que inicies tus trabajos, para que cimientes la paz y la prosperidad de tu hogar. Voy a ordenar que te entreguen diez mil pesos.

Todavía un escrúpulo de dignidad guerrera me hizo proponerle que mejor me extendiera una carta-orden por los diez mil pesos pagaderos a los dos meses. De su puño y letra escribió la carta y llamó enseguida a Raúl:

—Ponle un tren a Pancho que quiere irse; recibe las tropas que están a su mando; haz que le entreguen diez mil pesos en efectivo y acompáñalo a la estación.

Como el señor presidente manifestara deseos de que llevase yo una escolta, indiqué que con cinco hombres me bastaría. Me despedí del jefe por quien tantas veces había arriesgado la vida, y acompañado de Raúl fui a que me entregaran el dinero y después a darlo a reconocer con mis fuerzas.

Ocultando apenas la emoción que del pecho me subía a la garganta, les dije a aquellos mis fieles y valerosos muchachos, los que un día al creerme muerto habían renunciado a la campaña y a mi primer llamado de San Andrés, de San José, de Ciénega de Ortiz, de Santa Isabel, habían acudido presurosos a henchir mis filas de héroes, que el señor presidente me encomendaba una comisión, en cuyo desempeño tardaría yo unos quince a veinte días. Que mientras yo estuviera ausente, respetaran a Raúl como su jefe.

A una voz me ofrecieron cumplirlo. Escogí los cinco hombres que deberían acompañarme, nos dirigimos a la estación llevando nuestras armas, caballos, monturas y equipados cada uno de nosotros con setecientos cartuchos; y cuando embarcados hombres y animales partió el tren rumbo a Casas Grandes, sentí claramente y con una extraña emoción indefinible, que el coronel Francisco Villa había dejado de serlo, y que allí sólo iba Pancho Villa, el redimido por la obra del pueblo libertario.

* * *

De Casas Grandes seguimos a Pierson y de allí, por tierra, a Las Varas, donde me embarqué en otro tren.

Al llegar a San Andrés y tener noticia de mi arribo, se me presentaron muchas viudas y esposas y madres y huérfanos de mis soldados, de aquellos muchachos que habían hecho conmigo toda la campaña mientras sus familias se hallaban en la mayor miseria.

¡Pobrecitas víctimas! ¡Pobrecitos héroes los que luchan con la muerte y con la ingratitud; y los que luchan con el hambre y con el desamparo, mientras les consume una espera, una espera que a veces es eterna!…

En el mismo tren que me conducía, mandé traer de la Hacienda Ojos Azules mil quinientos hectolitros de maíz y los repartí entre toda la gente de aquel pueblo.

Di cuenta de esta última operación guerrera al señor don Abraham González, gobernador del estado de Chihuahua, y entrando de golpe en la nueva vida que ansiaba yo de paz y de trabajo, me hundí de lleno en la borrosa burguesía de los negocios particulares.

TERCERA ÉPOCA

1912
La reacción Creel-terracista

Capítulo I

La revolución maderista fue demasiado benigna para con el enemigo, y demasiado propicio el "Blanco Interinato"[1] para que se convencieran los enemigos del pueblo de que aún no había concluido su reinado.

Cierto que las figuras principales de la dictadura se exhibían en los balnearios europeos a la moda y en las grandes metrópolis, luciendo la bella máscara de reyes destronados.[2] Cierto que allá lejos arrastraban una brillante vida de potentados la familia real y su corte de honor y de zánganos; pero aquí en México, en la capital y en la república entera, quedaban todas las ramazones del árbol de la tiranía, que desgajadas del trono, caían de pie, ¡claro está que de pie!, sobre un suelo propicio, y pronto enraizaban, y pronto florecían, y pronto daban frutos por cuenta propia.

Y lo que antes fue una gran tiranía, compuesta por incontables caciques de segunda fila, se transformó gracias a la benignidad de la revolución, a la amoralidad del "Blanco Interinato" y al

---

[1] Se refiere a Francisco León de la Barra, secretario de Relaciones Exteriores en el gabinete porfirista, quien a la renuncia de Díaz asumió interinamente el Ejecutivo. Al presidente "blanco", como se le dio en llamar, correspondió convocar a elecciones generales, pacificar el país y licenciar a las fuerzas revolucionarias, conservando al ejército federal, sostén del antiguo régimen. El lector podrá notar las reflexiones de Bauche, en esta página y las dos siguientes.

[2] Al igual que Porfirio Díaz, muchos mexicanos exiliados en París solían veranear en Biárritz, centro turístico de moda situado en el golfo de Gascuña o Vizcaya.

alejamiento del elemento netamente revolucionario del gobierno constitucional, en una prodigiosa reacción en la que todos los caciques de segunda fila aspiraban nada menos que al cacicazgo máximo.

Lacayos como Francisco León de la Barra; esbirros como Bernardo Reyes; degenerados como Alberto García Granados; idiotas como Félix Díaz y don Emilio Vázquez Gómez, y malvados, como Jorge Vera Estañol, Manuel Calero y Jesús Flores Magón, todos se soñaron presidenciables, en todos ellos brotó el incendio de una ambición desenfrenada, y producto de las ilimitadas complacencias del señor Madero y de los grandes vuelos que adquirían esos funestos personajes, azuzados por una prensa descaradamente libertina, fue la serie ridícula de levantamientos frustrados, revoluciones abortadas y complots y conspiraciones y asonadas, que sacudían con pataleos histéricos la hipócrita presidencia del jesuítico León de la Barra y el infortunado y flagelado y bifurcado gobierno del señor Madero, ya no emanente de la revolución del pueblo, sino confeccionado en sabe Dios qué laberintos, donde las palabras "conveniencia", "conciliación", "política", "diplomacia", "transigencia", "tolerancia", "acomodación", sonaban en labios de los vencedores como implorando una limosna de indulgencia de parte de los altísimos vencidos.

Ser "maderista" había pasado de moda, no era *chic*, y quedaba relegado al uso de porteros, aurigas y mozos de cordel, que en la desprestigiada palabra hallaban todavía un eco, todavía una esperanza, todavía un símbolo de sus ilusiones de redención despedazadas.

Ser "antimaderista" a todo trance, "porfirista" de preferencia, "vazquista", "reyista" o "cualquierista" en último recurso, era algo que vestía, que aristocratizaba, que daba cierto tinte imperialístico y epopéyico a quien abominaba del caudillo Francisco I. Madero, para caer en idolátrica adoración a los pies aplastantes del embrutecido Pascual Orozco.

Así surgió en Chihuahua la reacción Creel-terracista, que amparándose tras el manto de un "liberalismo" que descubría a Jesús Flores Magón, y de un "revolucionismo" que exhibía la suprema imbecilidad y la venalidad inacabable del zafio arriero Pascual

Orozco, vino a arrancarme nuevamente de la oscuridad de mi vida laboriosa, de comerciante en carnes de abasto, para lanzarme a la vorágine de la guerra civil en toda su inclemencia.

* * *

Yo abominaba la política que hacían los politicastros, esos eternos pavorreales que sólo saben esponjarse graciosamente, quizá estúpidamente, alrededor de quienes gobiernan, para servirles de fondo altamente decorativo y esencialmente inútil.

Me inspiraban risa y lástima esos deliciosos arco-iris que inevitablemente asoman tras de la tempestad luciendo el bello ropaje de sus colores fingidos.

Y como yo veía que entre pavorreales de graznar vanidoso y desapacible, y arcoiris de legítima y comprobada vanidad e insignificancia, venía a pretender resolverse el problema de la redención popular, que tan lejos estaba de aquellos cerebros momificados y de aquellas voluntades anestesiadas, mientras que los verdaderos elementos de la revolución, como Gustavo A. Madero, José María Pino Suárez, Alfredo Robles Domínguez, Abraham González, Venustiano Carranza y tantos otros eran postergados a un segundo término, cuando no deliberadamente desoídos, desautorizados y hostilizados cruelmente, para no sentir vacilante mi fe y desquiciada mi confianza, opté por no ver y no oír, esperando, siempre esperando que el tiempo haría ver claro a nuestro caudillo y presidente, que no estaba allí, entre los Ernesto Madero, Rafael Hernández, Pedro Lascuráin, Manuel Calero, Jesús Flores Magón, Manuel Vázquez Tagle y demás elementos anodinos, cuando no malintencionados, de un gabinete formado a tontas y a locas, la clave que habría de dar la satisfacción completa y bien encauzada de las aspiraciones revolucionarias de 1910.

* * *

Un día, allá por los finales de 1911, recibí un llamado del señor Madero, y obediente a su orden, me presenté en la capital de la república a mi jefe.

—Pancho, da una vueltecita para que te vengas a almorzar con nosotros —me dijo cuando muy temprano me presenté una mañana para ofrecerme a sus órdenes.

A medio día estaba yo en el alcázar de Chapultepec y tomaba asiento en aquella mesa del señor presidente de la república, donde la presencia de la familia, dulce, sencilla, cordial y afectuosa, hacía olvidar las ceremonias e imperiales estancias y el cargado ambiente etiquetero y protocolario que allí se respiraba sofocadamente.

—Te he mandado llamar —me dijo el señor Madero con su habitual franqueza— para que me digas cómo anda Orozco, pues tengo de él muy malos informes.

—Señor —le respondí—, Orozco se pasea mucho con don Juan Creel y con Alberto Terrazas, y usted sabe bien quiénes son esos señores. Es todo lo que le puedo decir a usted de Orozco.

—Oye, Pancho —agregó mirándome a los ojos—, y si Orozco traiciona al gobierno, ¿tú serás fiel al gobierno que yo represento?

—Sí señor —le contesté sin vacilar—, cuente usted conmigo de todo corazón.

Extendió la mano, me dio una cariñosa palmadita y me dijo:

—¡Eso esperaba yo de ti!, vuelve a Chihuahua y está muy pendiente de la actitud de Orozco, para que me comuniques lo que ocurra.

¡Orozco era el rey de Chihuahua! Había dejado de ser el caudillo revolucionario sencillo, tosco, sobrio, rudo y patán, para transformarse, bajo el título de jefe de la zona militar, en un rey con secretarios, chambelanes, consejeros palafreneros, favoritas y favoritos; toda una corte que le adulaba sin descanso, le mascaba lisonjas, le enloquecía a dinero y a placeres, le embriagaba con champaña en los centros más aristocráticos y le embrutecía en los lupanares de más nota. Bien se veía que los corrompidos y corruptores dineros de Creel y de Terrazas habían superado con increíbles creces los no logrados dineros de Esquivel, Obregón y Braniff.[3]

---

[3] En 1911, Toribio Esquivel Obregón y Oscar Braniff fungieron como representantes del gobierno de Díaz para negociar la suspensión de las hostilidades en Ciudad Juárez y establecer las bases para la paz. Aunque no hay pruebas fehacientes, circularon rumores de que habían intentado cohechar a Pascual Orozco luego de su insubordinación co:.tra la autoridad de Madero.

Juan Creel y Alberto Terrazas habían venteado a su hombre, y su instinto no les había engañado: ¡tenían al "rey" de los bigotes!

* * *

Como a los dos meses de mi entrevista con el señor Madero, fui llamado nuevamente a la capital, y el primer magistrado, después de saludarme cariñosamente, me expuso:

—Te he mandado llamar porque los informes que tengo de Orozco continúan siendo muy malos; y necesito que me ratifiques tu lealtad.

—Viva usted seguro, señor presidente, que lo que ya le ofrecí una vez, se lo repito ahora, y lo cumpliré siempre: yo sabré morir defendiendo el gobierno de usted, porque veo que es un gobierno justo, bueno y honrado, nacido del pueblo y para bien del pueblo. No cuento con ningunos elementos porque usted me los retiró todos, pero cuando sea necesario, tengo mucha gente que podré levantar y que sabrá seguirme, y sólo se necesita que usted me la arme.

El señor presidente me dio un fortísimo abrazo y, convencido de mi sinceridad, de mi lealtad, de mi adhesión profunda y nunca desmentida, me despidió con estas palabras:

—Vuelve a Chihuahua, Pancho Villa, y vigila muy estrechamente los movimientos de Orozco para que inmediatamente que se ofrezca, tú te levantes a defender al gobierno. Yo pondré a tu disposición cuantos elementos de guerra necesites.

* * *

El día 2 de febrero de 1912, a las cinco de la mañana, era atacada la penitenciaría del estado, en la ciudad de Chihuahua, por orden del jefe de la zona, Pascual Orozco.

Este brutal, inopinado, injustificado ataque, no tenía más explicación que la increíble cobardía de Orozco para afrontar con entereza el desarrollo de la obra abominable que venía elaborando, pues que siendo dueño único de la plaza y de todos sus elementos, no había necesidad de hacer aquella sangrienta máscarada, sino como un medio para eludir responsabilidades o encubrir malvados designios.

Orozco ha sido siempre un cobarde, hasta para la comisión de sus traiciones.

Yo estaba en mi casa de la calle Décima cuando se inició el tiroteo, y allí permanecí en espera de que los acontecimientos determinaran la actitud que habría yo de asumir.

Como a las diez de la mañana se me presentaron sesenta hombres armados al mando de Faustino Borunda (hoy teniente coronel del ejército constitucionalista), quien me dijo:

—Mi coronel, no sabemos dónde está mi general Orozco. Nos dio orden de atacar la penitenciaría y no podemos tomarla. ¿Quiere usted ponerse al frente de nosotros, a ver si así cumplimos las órdenes de Pascual y de José Orozco?

—Yo no sé nada de esto, muchachos —les contesté—. Pasen para que les den de comer y luego vayan a buscar a sus jefes y reciban órdenes de quien deba darlas.

Entraron, comieron en mi casa, y al despedirse, como yo supiera que Faustino Borunda era un valiente con quien podía contar, le dije:

—No se vaya usted, deje que la demás gente se vaya a buscar al general Orozco y a José, y usted quédese por si lo necesito.

Pocos minutos después de que salieron aquellos hombres, fui llamado por teléfono al palacio de gobierno, donde me necesitaba el gobernador interino, licenciado Aureliano González.[4]

Mucho temía yo que fueran a traicionarlo y por eso me apresuré a acudir a su llamado.

Al llegar al palacio de gobierno observé que allí estaba José Orozco con sus fuerzas.

Con el gobernador González estaba Pascual Orozco.

—Acudo a su llamado, señor gobernador —le dije al presentarme—. ¿Qué se le ofrece?

---

[4] Aureliano González, abogado jalisciense radicado en Chihuahua, se desempeñó en diversos distritos de la entidad como juez de letras y de primera instancia. Afiliado al Centro Antirreeleccionista Benito Juárez, en octubre de 1911 la legislatura estatal lo nombró gobernador interino durante la licencia concedida a Abraham González, quien por corto tiempo fungió como secretario de Gobernación en el gabinete de Madero.

—Aquí hemos acordado el señor general Orozco y yo —me explicó el licenciado González—, que si usted desea prestarnos su ayuda, salga usted a perseguir a Antonio Rojas, que se ha fugado de la penitenciaría…

—Pues una parte de la guarnición se ha sublevado —interrumpió Orozco— y todo esto viene de Rojas.

Yo ardía de indignación al ver la hipocresía de aquel farsante, y acudiendo a toda mi serenidad, les dije:

—Yo, señores, estoy siempre dispuesto a ayudar al gobierno, y en ese terreno me tendrán ustedes siempre a sus órdenes; pero antes de dar un paso en tal sentido, necesito decirles dos palabras: a usted, señor gobernador, para que las oiga; y a usted, compañero Orozco, para que me conteste categóricamente: compañero Orozco —continué, mirándolo fijamente y dispuesto a todo—, si usted tiene pensado traicionar al gobierno, quítese usted la careta y sea franco conmigo. Se necesita que aquí me diga usted la verdad, y para que me diga la verdad es preciso que se faje muy bien los pantalones.

—Los tengo bien fajados —respondió Orozco palideciendo intensamente y hundiéndose en el asiento que ocupaba; y agregó sin mirarme a los ojos—: quiero que me diga si me ayuda usted a perseguir a Rojas.

—Sí, señor.

—¿Qué necesita usted para ello?

—Que me dé cien hombres armados y montados.

—Pero es que Rojas lleva más de doscientos.

—¡No importa! Con cien me basta.

—Voy a darle cien hombres de los de José Orozco, y voy a mandar que le pongan a usted un tren del Sur-Pacífico para que embarque usted a la gente y vaya a seguir a Rojas.

—Está bien, ordénele a José que embarque desde luego a la gente. Yo allá voy a la estación para recibirla.

Salió Orozco, creyendo que me tenía bien agarrado dentro de la trampa, y en cuanto me quedé a solas con el licenciado González, le dije:

—Amigo, andan ustedes muy mal, si usted es fiel al gobierno, déme usted una autorización para levantar la gente que se pueda, pedir dinero a quien quiera que sea y recoger armas de quien las tenga.

Aquella orden me fue dada inmediatamente por el gobernador Aureliano González, tal y como yo la pedía. El licenciado González era fiel al gobierno, pero estaba supeditado a Orozco de tal manera que le era imposible obrar con libertad y contener la tormenta.

Salí del palacio de gobierno, me dirigí a mi casa y monté once hombres de los que tenía yo empleados en mi trabajo de carnicería, armándolos y municionándolos perfectamente, y me fui a la estación del Sur-Pacífico.

Vi que ya estaba allí la gente de José Orozco, y cuando me preparaba yo a poner en práctica mi proyecto, llegó un soldado con un sobre cerrado dirigido a mí.

—Aquí le manda esto mi general Orozco.

Abrí el sobre, que en efecto contenía una carta de Pascual Orozco que decía:

> Compañero Villa: salga usted con la gente. Lleve a Rojas a una vista y no me gaste un solo cartucho.

¡Pascual Orozco se quitaba la careta, pero como siempre, con cobardía!

Volví el papel y en el reverso escribí estas palabras:

> Señor Pascual Orozco: enterado de su carta, digo a usted en contestación que yo no soy parapeto de sinvergüenzas. Allí dejo a usted su gente y yo me retiro al desierto para probar a usted que soy hombre de honor.
>
> Francisco Villa

* * *

Tomé mis once hombres, y burlando de esta manera la trampa en que quería envolverme Orozco, salí de la ciudad donde el traidor era todopoderoso y me encaminé a Huahuanoyahua,[5] dispuesto desde aquel momento a organizar mi gente para combatirlo.

---

[5] Se refiere a Babonoyaba, municipio de Satevó. Es posible que el error provenga de la conversión taquigráfica de las notas de Miguel Trillo.

* * *

No había yo exagerado al señor presidente al decirle que, en el momento que fuese necesario, tendría yo suficientes hombres que gustosamente me seguirían en la defensa del gobierno.

Esa misma tarde de mi escapatoria de Chihuahua llegué a Huahuanoyahua, y al siguiente día a Ciénega de Ortiz,[6] siempre acompañado de mis once hombres. Me bastó hacer ver a mis antiguos compañeros y amigos la situación que se presentaba con la traición de Orozco, para que en el acto se me unieran 150 hombres de aquellos ranchos, la mayor parte de esa gente armada, aunque con pocas municiones.

Seguí a Satevó y allí se me reunió mi compadre, el coronel Fidel Ávila, con cien hombres. En San José del Sitio y lugares cercanos acabé mi reclutamiento, logrando en aquel poco tiempo un efectivo de más de quinientos hombres.

Regresé a Huahuanoyahua,[7] y estando acantonado en el Rancho de San Juan de la Santa Veracruz[8] con todas mis fuerzas, una tarde, al anochecer, se me presentó Pascual Orozco padre, quien en compañía de otras dos personas llegaban en automóvil en mi busca.

—Cómo tiene gente, coronel —me dijo al saludarme.

—Sí señor —le contesté correspondiendo a su saludo con toda cortesía.

—Traigo algunos asuntos privados que tratar con usted.

—Vamos a merendar primero —le invité—, y después hablaremos de lo que usted guste.

Merendamos cordialmente en la casa de Cosme Hernández, y retirándonos al concluir a un departamento aislado de la misma casa, me dijo el padre de Pascual Orozco estando a solas conmigo:

—Coronel, usted sabe que mi hijo y yo lo hemos apreciado siempre, de parte de Pascual y mía vengo a pedir a usted que no secunde el movimiento del gobierno de Madero, pues ese hom-

---

[6] *Ibidem.* También Ciénega de Ortiz pertenecía a Satevó.

[7] Babonoyaba.

[8] San Juan de Veracruz era un rancho de la sección de Babonoyaba.

bre no nos ha cumplido lo que nos ofreció. Traigo instrucciones de mi hijo de darle a usted trescientos mil pesos para que se vaya usted a Estados Unidos o viva usted en paz, sin mezclarse en nuestros asuntos.

Yo pude dominar la indignación que me sacudía y respondí con una calma helada y cortante:

—El gobierno del señor Madero es un gobierno puesto por el pueblo, al que secundamos ustedes y yo. Yo no sé si el gobierno representado por don Francisco I. Madero es bueno o es malo, porque todavía no es tiempo de apreciarlo. Si ustedes piensan de una manera, yo pienso de otra. Dígale usted a su hijo que a mí no me compra el dinero; que viva seguro de que si antes fuimos amigos, ahora vamos a tener que darnos muchos balazos. Váyase usted a dar cuenta a su hijo del resultado de su comisión, y crea usted que si no abuso de mi posición teniéndolo a usted entre mis manos, es porque soy hombre de honor, y quiero que ustedes sepan comprenderlo por todos mis actos. ¡No me hable usted ni una palabra más de la comisión que aquí le trajo!

Salimos en silencio. Hacía un frío de perros y estaba nevando; y como el pobre viejo no llevaba con qué abrigarse, le di la cobija que yo llevaba y le vi alejarse en el automóvil rumbo a Chihuahua, donde habría de dar cuenta al excelentísimo traidor del resultado de su peregrina embajada.

* * *

Ordené la translación de mis fuerzas a la Hacienda de Bustillos (después de atravesar el Valle de Zaragoza), donde establecí mi cuartel, en espera de órdenes. Allí recibí una carta del señor don Abraham González, que había vuelto a asumir el Poder Ejecutivo del estado de Chihuahua,[9] y en esa carta me decía que me acercara yo a los límites de la capital, sin combatir, para ver si lograba salirse de la ciudad con algunas personas que deseaban acompañarlo, y unidos a mis fuerzas, fuésemos al sur en busca de elementos.

---

[9] Abraham González obtuvo licencia del Congreso estatal el 4 de octubre de 1911 y reasumió el Poder Ejecutivo el 13 de febrero de 1912.

Dos horas habrían transcurrido de la recepción de esa carta, cuando un correo me entregó el documento más estrafalario, impertinente y majadero de cuantos he recibido, que a no estar firmado por el más grande traidor de Chihuahua y el más miserable de los cretinos, me habría hecho lanzar sonoras carcajadas.

Ese hipócrita, el más infame; ese traidor, el más jesuítico, a quien deseo señalar ante el mundo como el más abyecto de los hombres, es Braulio Hernández.[10]

Así decía la carta del expastor protestante y más tarde émulo y contaminado del supremo bufón don Emilio Vázquez Gómez:

> Señor coronel Francisco Villa
> Apreciable amigo: espero que secunde usted el movimiento iniciado por el señor general don Pascual Orozco, y por el señor licenciado don Emilio Vázquez Gómez; y que venga usted a operar a donde yo me encuentro y en donde recibirá usted órdenes. El lema que hemos de seguir ahora es "Tierra y Justicia".
> Espero que pronto vendrá a reunírseme con sus fuerzas.
> Coyame, marzo de 1912.
> Coronel (?!?)
> Braulio Hernández

Quemándome las manos aquella carta, procedente de un hombre en quien alguna vez supuse algunos sentimientos de pundonor y algunos rasgos de hidalguía y de vergüenza, y que al fin se mostraba tal cual era: un traidor desde tiempo atrás y un redomado pícaro, le contesté su carta en los siguientes términos:

> Señor Braulio Hernández:
> Yo no sé si será usted o no jefe de algún ejército, ni que jamás lo haya sido. Lo que sí reconozco desde luego, en usted, es un botarate que está muy lejos de cumplir con un deber de patriotismo.

---

[10] El profesor Braulio Hernández era miembro del Centro Antirreeleccionista Benito Juárez y dirigió el periódico *El Grito del Pueblo*, su órgano de difusión. Al estallar la revolución se incorporó al maderismo y posteriormente se sumó a la rebelión orozquista; tras su derrota se estableció en El Paso, Texas, reincorporándose al magisterio.

Quítense de una buena vez la máscara, tanto usted como Orozco, y exhíbanse ante el mundo entero tal y como son: un par de traidores y de bribones.

Comprenderá usted que yo no me uno a hombres de corazón tan degradado como usted, y cuyo más alto mérito es tener habilidades de político descarado sin la menor noción de lo que es la vergüenza.

Me despido de usted afirmándole que, a no proceder de usted esa carta desvergonzada, podría yo creer que el recibirla sólo me había manchado.

Francisco Villa

* * *

Cumpliendo las instrucciones del señor don Abraham González, me fui acercando a Chihuahua en dos trenes. Salí de Bustillos a las cinco de la tarde y para las doce de la noche tuve noticias de que Orozco me preparaba una emboscada en las afueras de la población, por la estación del Sur-Pacífico, mientras que yo desembarcaba tranquilamente en Las Ánimas.

Amaneció, mandé ensillar toda mi fuerza de caballería y en formación de camino me fui acercando a Chihuahua, sin dispositivo alguno ni órdenes a las tropas para que combatieran, pues deseaba yo ceñirme estrictamente a las órdenes que me había dado don Abraham González.

Cuando Orozco vio mi movimiento de aproximación, destacó gente para que combatieran conmigo, pero como yo tenía órdenes de no pelear, ni parque para hacerlo, me fui retirando poco a poco, mientras las fuerzas de Orozco me hacían fuego sin lograr matarme un solo hombre.

Allá en lo íntimo de mi carácter guerrero, me parecía deshonroso no haber peleado, pero me cabía la satisfacción de haber cumplido las órdenes de don Abraham González, cuya vida quizás hubiese yo comprometido si me lanzo al combate sin prevenirlo.

Regresé con mis fuerzas a Satevó y de allí al Valle de Zaragoza, y como los orozquistas me enviaran gente de Santa Rosalía para batirme o cortarme el paso, salí a encontrarlos en La Boquilla, donde hay un gran presón, presentándoles allí una batalla de poca monta, en la que me proveí de caballos del enemigo y parque, quitado a los contrarios que allí murieron. Vigilaba yo el rumbo de Santa Rosalía, cuando distinguí unas polvaredas, levantadas como por unos quinientos hombres del enemigo. Estuve hora y media tocando "reunión", y cuando ya los adversarios estaban muy próximos, me retiré en perfecto orden con mi gente. Algunos de mis hombres no conocían el toque de "reunión", y como no acudieron a mi llamado, permaneciendo en las casas, cayeron prisioneros en poder del enemigo. No fue, sin embargo, infructuosa aquella batalla, pues había soldados entre mis fuerzas que llevaban hasta dos caballos quitados a los orozquistas.

Me retiré al Valle de Zaragoza y esa noche acampamos fuera de la población. Sucedió que varios de mis hombres estaban totalmente desmoralizados, y como no faltaron entre ellos insensatos y pusilánimes, esa noche se separaron muchos de mis filas, quedándome únicamente sesenta hombres.

No me descorazonó aquel abandono, porque los que me quedaron constituían lo más florido de mi fuerza y era absolutamente seguro que no me abandonarían en circunstancia alguna.

Los reuní, y sabiendo que eran muchachos a quienes se les podía hablar a la voluntad y al corazón, les pregunté si estaban enteramente resueltos a seguirme, aunque nuestro destino llegase a hacernos andar sufriendo por las sierras, antes que rendirnos a una nueva tiranía. Ellos a una voz me contestaron:

—¡Le seremos a usted fieles hasta la muerte!

Podía yo responder al gobierno de que tendría defensores sinceros, pues contaba yo con aquellos sesenta indomables e inseparables compañeros.

Pronto vería yo nuevamente henchidas mis filas.

Capítulo II

No se podrá afirmar que hasta entonces me hubiera favorecido la suerte, a no ser que suerte, y muy grande, hubiera sido salir de Chihuahua con once hombres y sin ningunos elementos, y haber venido sosteniendo una situación abrumadora sin parque con que poder combatir al enemigo. Lo que yo sufrí en aquellas primeras etapas de mi peregrinación, sólo es comparable, en intensidad, a lo que sufrí, por otras causas, en los últimos días de mi campaña contra la reacción Creel-terracista.

Pensando en qué nuevos procedimientos me sugeriría la fortuna, la casualidad, lo imprevisto, para seguir defendiendo al gobierno constitucional, pues hasta aquel momento yo sólo hacía lo que un sublevado, y ellos, los rebeldes, obraban como autoridad constituida, con sobra de elementos, de facilidades y aun de simpatizadores, me dirigí por el Río de Balleza a Ciénega de Olivos, intentando despertar el ánimo público en contra de los traidores, cuando recibí una carta firmada por don Juan Bautista Baca, de Parral, en la que me notificaba la sospechosa actitud de José de la Luz Soto, de la constante correspondencia telegráfica que sostenía con Pascual Orozco, y de que la guarnición de aquella plaza se componía de cuatrocientos hombres.

Creí ver la posibilidad de adueñarme de aquella población en la que podía yo conseguir buenos elementos de guerra, y aunque sólo disponía yo de sesenta hombres que oponer al numeroso enemigo, no vacilé, reuní a mis muchachos, les hice saber que

223

íbamos a batir a José de la Luz Soto, que era desleal al gobierno y que le quitaríamos sus cuarteles a sangre y fuego, tomando Parral a punta de coraje.

Todos se mostraron animosos y resueltos, y haciendo una marcha nocturna, al amanecer estábamos a las puertas de Parral, sin que José de la Luz Soto advirtiera nuestra aproximación.

No deseando causar males a la ciudad al no prevenirla y no sabiendo de una manera firme cuál era la actitud de José de la Luz Soto, opté por enviarle con uno de mis soldados la siguiente comunicación:

> Si es usted partidario del gobierno salga usted a recibirme; y si es usted enemigo, salga de la población a pelear, pues vengo resuelto a entrar de cualquiera manera que sea.

No obtuve contestación y al pardear la tarde entré a la ciudad a media rienda, metí los caballos al corralón de un rebote,[11] y pie a tierra me fui a uno de los cuarteles y me metí hasta dentro.

Como una parte de las fuerzas de José de la Luz estaba al mando de Maclovio Herrera (hoy general del Ejército Constitucionalista), tuve la fortuna de encontrarlo y desde luego me dijo:

—Con la fuerza de usted y la mía, igualamos la que hay aquí en la plaza. Llame usted a este viejo al orden. Yo estoy dispuesto a ayudarlo para que lo desarmemos.

Opté por coger los rifles y las municiones sobrantes que tenía allí José de la Luz Soto y me fui a encuartelar a mi gente.

Todavía en la incertidumbre de la actitud que guardaba José de la Luz Soto, interrogué a Maclovio Herrera al día siguiente:

—Éstos son unos traidores —me contestó—, hay que tomar todos los elementos que tienen y defender al gobierno. Yo estoy dispuesto a seguirlo y hacer lo que usted ordene.

—Vaya usted y desarme el cuartel de Jesús M. Yáñez —le ordené—, y yo voy a desarmar el de José de la Luz Soto. Y para que

---

[11] Se refiere a la cancha donde se jugaba rebote, también conocido como pelota vasca, juego en que los jugadores lanzan la pelota contra un frontón valiéndose de una pala, cesta o de las propias manos. En el norte era práctica común este tipo de actividad; Villa solía jugarlo con pala.

no haya necesidad de pelear —agregué, sintiendo que un ardid se me venía a la mente—, aguarde usted un momento.

Tomé un papel y escribí la siguiente comunicación:

> Señor mayor Jesús M. Yáñez:
> Pase usted para que le entregue la mitad del parque, y la otra mitad la utilizaré con mi fuerza.
>
> Francisco Villa

Mandé la comunicación con un soldado, y veinte minutos después entraba Yáñez a mi cuartel preguntando dónde está el parque.

—El parque que va usted a recibir, amigo, es el disgusto de saber que es usted mi prisionero. Ponga usted inmediatamente una orden para que su cuartel quede a las órdenes de Maclovio Herrera.

—Está muy bien —respondió sumiso, y libró en el acto la orden que yo le exigía, al capitán de la guardia de su cuartel.

Así fue tranquilamente Maclovio Herrera a recibir el cuartel de Yáñez, mientras que yo desarmaba el de José de la Luz Soto.

Dueño ya de todo el armamento y de las tropas, completamos allí quinientos hombres, porque pude armar algunos voluntarios que se presentaron gustosos, y procedí a llamar a todos los ricos de la población para que suscribieran un préstamo de ciento cincuenta mil pesos. El gobierno de don Aureliano González me había dado autorización plena para imponer esos préstamos, y la misma autorización me había sido ratificada por don Abraham González cuando estaba yo en Satevó.

Con aquellos ciento cincuenta mil pesos que recibí, empecé a cubrir sus haberes a las tropas y a surtirlas de cuanto les faltaba, comprando todo en el comercio de la localidad y sin que nada quedase sin pagar.

Estaba yo equipando a mi gente cuando recibí un correo diciéndome que por el valle y por ferrocarril venían fuerzas considerables a atacarme. Mandé inmediatamente unos exploradores, y resultó que por el valle venían unos mil quinientos hombres y nada por el ferrocarril. Decidí permanecer en la plaza y sostenerme.

A eso de las tres de la tarde del día siguiente me llamaron al teléfono. Tomé la bocina.

—¿Quién habla?

—El jefe municipal de San Isidro de las Cuevas.

—¿Qué se le ofrece a usted, señor?

—Que aquí llegó una partida de seis hombres armados y quiero que me diga qué es lo que debo hacer.

Aquella consulta no dejó de extrañarme y le contesté:

—¿Qué, le faltan pantalones para pelear con seis pelados en un pueblo?

Entonces cambió la voz y oí que me decían:

—No soy el jefe municipal, soy Emilio P. Campa que te habla de Sombreretillo. Por allá me tendrás esta noche para quitarte el orgullo.

—Pasa, hombre, y se te hará más cariño.

Repartí en el acto mi gente en los puntos que creí más conveniente, con órdenes de que no bajaran de allí, y que les llevaran cena y agua.

Pasamos la noche a la expectativa, y a eso de las cuatro de la mañana se empezaron a sentir las caballerías del enemigo, y a las cinco ya me tenían abocado un cañón arriba del cerro de la Mina Prieta.

Se rompió el fuego, y mientras una parte de mis fuerzas se sostenía por el lado del Caracol, yo con el resto de la gente me batía por el lado de la estación.

Como a las siete de la mañana, mirando que ya teníamos enemigo arriba del cerro, llamé al hoy coronel del ejército constitucionalista Martiniano Servín, y le ordené:

—Con cien hombres de infantería me toma usted ese cerro a sangre y fuego. Yo me sostengo aquí en la estación con estos 25 hombres, y primero pasan sobre mí que dejarles yo este flanco mientras toma usted el cerro.

Empezó Servín a subir el cerro en línea de tiradores, y yo seguí batiéndome en los cercados de la estación, cuando a los veinte minutos el clarín tocaba diana.

¡Servín les había quitado el cerro con dos ametralladoras y un cañón!

¡Cuál no sería mi sorpresa y regocijo al ver que de pronto una ametralladora regaba balas a la caballería que se batía conmigo!

¡Era Servín, que desde lo alto del cerro conquistado, coronaba su victoria!

Redoblamos el fuego de nuestros fusiles, la ametralladora siguió funcionando y la caballería del enemigo empezó a dispersarse. Yo entonces hice montar a caballo a mis 25 hombres y me eché sobre los orozquistas, que huyeron a la desbandada.

Entonces organicé violentamente mis fuerzas, y volteando por el lado de abajo de Parral le hice un flanqueamiento al enemigo que se batía con Maclovio Herrera. No pudieron resistirlo los colorados y salieron huyendo como sus compañeros, dejando en mi poder caballos, monturas, armas, municiones y más de cien prisioneros. Y si digo que cien solamente, a pesar de que ya tenía yo la cárcel de Parral llena de orozquistas, es por emplear un número tan redondo como lo fue el fracaso de Emilio P. Campa al atacarme en Parral.

Organicé mis fuerzas, las acuartelé y despaché unos exploradores que siguieran la pista al enemigo.

El parte que recibí fue que los traidores iban a la desbandada, rumbo a Jiménez.

Al día siguiente, un humilde lechero me entregaba un papelito concebido así:

Desgraciado:
Dentro de cuatro días me tienes aquí, para quitarte el orgullo.
Emilio P. Campa

Yo me eché a reír, pues comprendí que el pobre hablaba de adolorido.

* * *

Dos días después recibí un correo donde me advertían que por el valle venían fuerzas y por la vía férrea cuatro trenes cargados de colorados rumbo a Parral. Unos afirmaban que eran seis mil hombres, otros que ocho mil demonios.

Yo decidí aguardar a los orozquistas en Parral, fuese el número que fuese. ¡Y en efecto, eran cinco mil colorados!

Como yo no tenía sino 560 hombres mal armados y mal dotados porque habíamos gastado mucho parque en el combate anterior, los señores capitalistas, que todo lo ven desde el punto de su conveniencia y lo mismo les da plegarse a los leales que a los traidores con tal de no verse molestados en sus personas, en sus intereses y en sus chapucerías, me enviaron una delegación para suplicarme que entregara yo la plaza, haciéndome ver que era mucha la gente que venía a atacarme y que seguramente acabarían bien pronto con todos mis hombres.

Aunque yo viera que no les faltaba razón, mi decoro me exigía no huir del enemigo sin pulsar su fortaleza, y así les respondí:

—No puedo abandonar esta plaza como ustedes lo desean. Mi honor de soldado me lo prohíbe, hasta que sea yo arrojado de aquí a balazos. Pueden ustedes retirarse, señores.

Llegaron los orozquistas en punto de las doce del día y comenzó el combate en los alrededores de la población, pues tenía yo mis tropas repartidas en pequeños grupos por diferentes puntos de la ciudad. Así me estuve batiendo hasta las once de la noche en que ya no era posible resistir, porque estaba yo rodeado de enemigos. Reuní a la gente que pude y con ella me salí de Parral, yéndome a la Hacienda de Santiago, propiedad de un extranjero. Allí dormimos el sueño profundo de la fatiga infructuosa, y al siguiente día nos fuimos a la Villa de Santa Bárbara, donde compré monturas y caballos para aquellos de mis hombres que habían salido de Parral a pie, logrando verlos a todos bien montados.

Al oscurecer fui llamado al teléfono, y al preguntar quién hablaba, me respondieron:

—Soy Francisco Lozoya, de los tuyos. Me cogieron prisionero en La Boquilla. Dime si me aguardas allí, para ver si me disperso esta noche.

Yo conocí que quien me hablaba era José Orozco, y con toda calma le respondí:

—Desértate. Aquí te espero. ¡Buenas noches!

Claro está que los planes de los orozquistas eran caerme en Santa Bárbara, pero como aquella conversación telefónica me los denunciaba y yo no estaba dispuesto a complacerlos, mandé montar a toda mi gente y nos salimos a pasar la noche en el Rancho de los Obligados, distante como cinco leguas del lugar.

Allí me acosté a dormir tranquilamente, mientras los colorados salían de Parral al oscurecer, se desvelaban toda la noche, y cuando al amanecer entraron a Santa Bárbara con la seguridad de agarrarme, se encontraron la casa sola. Deben haber renegado atrozmente mientras yo dormía a pierna suelta.

Almorzamos al amanecer y salimos rumbo a la Hacienda de Las Catarinas, donde fuimos a pernoctar. Salimos de Las Catarinas y atravesamos la Sierra del Amolar, llegamos a Las Nieves, donde se encontraba mi compadre, el hoy general constitucionalista Tomás Urbina, con cuarenta hombres.

—Compadre —le dije al saludarnos—, organice usted su fuerza para que nos dirijamos mañana a Torreón a conseguir pertrechos de guerra que le pediremos al señor presidente de la república, para seguir batiendo a los colorados.

Unidas nuestras dos fuerzas, que sumaban novecientos hombres, salimos rumbo a Torreón, y después de seis días de marcha llegamos a Mapimí, donde encontramos a Raúl Madero al frente de una fuerza de ferrocarrileros.

Tanto las fuerzas de Raúl como el pueblo de Mapimí me recibieron con grandes aplausos y muestras de alegría. Comuniqué mi llegada por telégrafo al general Victoriano Huerta, que ya se encontraba en Torreón comandando la División del Norte, y recibí instrucciones de dejar mis fuerzas en Mapimí y de pasar a recibir órdenes a Torreón, para donde salí desde luego con una parte de mi Estado Mayor.

Al pasar por Bermejillo me encontré al general Trucy Aubert, quien me recibió con un estrecho abrazo, y la tropa con muchos aplausos. Seguí a Torreón y me presenté al señor general Huerta.

Después de saludarme muy cortésmente me ordenó:

—Mueva usted sus fuerzas a Gómez Palacio, para ver qué le falta.

Yo, hasta entonces, seguía cubriendo todos los gastos de mis fuerzas de los ciento cincuenta mil pesos recogidos en Parral, y como es natural, ese dinero ni bastaba para todo ni era eterno.

Me despedí del general Huerta y fui a trasladar mis tropas a Gómez Palacio, donde todo el pueblo, sin distinción de clases ni de edades, me recibió con música y grandes manifestaciones de simpatía.

Acuartelé a mis tropas, satisfecho de ver cómo el pueblo honrado me hacía entender que apreciaba el cumplimiento de mi deber, y aquella tarde recibía yo una carta del señor presidente de la república don Francisco I. Madero, carta sencilla y honda, que me compensaba de todas las amarguras hasta aquel momento sufridas en la defensa del gobierno que mi jefe representaba. Decía así:

> Pancho:
> Te felicito por tu lealtad. Ojalá siempre sigas como hasta ahora. Pide los elementos que necesites al señor general Huerta, y mayor gusto me proporcionarás, si sé que operas de acuerdo con el mismo señor general.

Aquella carta de mi jefe era una orden dada en muy delicada forma, para que me pusiese yo a las órdenes del general Huerta. No era ese mi programa, pero ante todo estaba mi obediencia al señor Madero. Al día siguiente me presenté al general Huerta y le dije:

—Señor: cumpliendo los deseos del señor presidente vengo a ponerme con toda mi fuerza a las órdenes de usted. Usted mande en lo que le pueda servir.

—Pasado mañana vamos a pasarle una revista a su gente —me contestó.

—Muy bien, señor. Sírvase decirme a qué hora vengo por usted.

—Venga usted a las diez de la mañana.

El día y hora convenidos, mandé formar a mi fuerza en perfecto orden; fui a traer al señor general Huerta, quien les pasó minuciosa revista, y después de ver la formación perfecta de mis hombres y que tropa y oficiales le rendían los debidos honores, me dijo:

—Amigo, lo felicito, tiene usted disciplina entre su gente. Dígame usted qué necesita.

—Señor, necesito trescientos fusiles Máuser y parque suficiente para municionar a todos mis hombres, y ropa. Deseo deshacerme de los rifles 30-30 para que habiendo uniformidad de Máuser en las armas, no tengamos dificultad en el parque.

Inmediatamente dio una orden para que se me entregaran los fusiles y municiones pedidas; y como nada dijera respecto a la ropa, yo la compré del sobrante de los ciento cincuenta mil pesos de Parral.

Acababa yo apenas de municionar y vestir a mis tropas, cuando me ordenó trasladarme a Bermejillo, donde permanecí seis días en la Hacienda de Santa Clara, que está cercana, hasta que me incorporé a la División del Norte, a su paso por Bermejillo.[12]

Y entramos de lleno a la serie de fatigas, vejaciones y hostilidades, que hube de sufrir paciente y victoriosamente, de los señores federales, acostumbrados a tratar a las tropas a latigazos y todavía no convencidos de que nosotros, los soldados del pueblo que peleamos con toda voluntad, entusiasmo y conciencia, no éramos unos seres despreciables y acreedores a mofas y escarnio, sino los factores más importantes del éxito, puesto que conocíamos el terreno como nadie y habíamos demostrado que sabíamos pelear en 1910.

Llegó el general Huerta a Bermejillo en la mañana, y como a las tres de la tarde, en los precisos momentos en que regresaba yo de hacer una exploración, me llamó y me dio esta orden:

—Marche usted con su fuerza al pueblo de Tlahualilo a batir una partida de sublevados que allí se encuentra.

Cuando me daba esta orden se encontraba completamente borracho, como de costumbre. Yo pretendí explicarle:

—Señor general...

—¡Le mando a usted que marche a batir esa partida! —me interrumpió gritando imperativamente.

No quise hacer la indicación que creía necesaria, porque borracho como estaba no me entendería, y me retiré, dirigiéndome al general Rábago, a quien le expuse:

---

[12] Parte del general brigadier Joaquín Téllez a la Secretaría del Despacho de Guerra y Marina en el que participa las acciones realizadas del 18 al 31 de marzo por las fuerzas que operaban en la región de Mapimí, Durango. Informa haber tomado el mando como jefe de operaciones luego del suicidio del general José González Salas, tras la derrota de Rellano. AHSDN, Chihuahua, 5 de abril de 1912, exp. XI/481.5/68, f. 28.

—Compañero, sírvase usted explicar al general Huerta por qué deseo salir al oscurecer, prometiéndole amanecer agarrado con el enemigo; pues si salgo en estos momentos, las polvaredas me descubren y el enemigo se va.

Tal vez el general Rábago tuvo palabras suficientes para convencer a Huerta de lo juicioso de mi petición, porque estando ya formada mi gente y lista para salir, me mandó hablar el general Huerta y me dijo:

—Salga usted al oscurecer como lo solicita. Lleve usted el 7º de Caballería con su gente, y cuando amanezca, me está usted peleando en ese pueblo.

—Mil gracias, mi general. Con permiso de usted me retiro y prometo cumplir sus órdenes.

Al oscurecer salí con mi gente y el 7º de Caballería. Caminamos hasta las dos de la mañana, y cuando comprendí que habíamos llegado al lugar donde el enemigo tendría sus avanzadas, dejé el camino y me interné por el chaparral rumbo al pueblo de Tlahualilo y me posesioné de los tajos que rodean el pueblo, dejando las avanzadas del enemigo fuera de mi cerco, tal y como me lo había propuesto.

Al amanecer venía uno de los puestos avanzados del enemigo a rendir parte de "sin novedad", y de los seis colorados que componían la avanzada, les maté cuatro.

A las detonaciones salió el enemigo y se rompió el fuego, trabándose un formal combate que duró desde las seis y media de la mañana hasta las once del día, en que arrojé al enemigo del pueblo a la desbandada, quitándole seiscientos caballos, diez carros con provisiones de boca, algunas monturas, rifles y municiones.

El señor general Rábago acudió a reforzarme cuando ya estaba yo en los últimos momentos del combate, y con cuatro cañonazos que disparó, acabó el enemigo de desbandarse por completo.

Rábago se regresó en los trenes con su gente a rendir parte, y yo me quedé con mi gente en el pueblo.

Al día siguiente marché con mis fuerzas y los carros y caballada quitados al enemigo, a incorporarme a la división que estaba en la Estación Peronal.

Estaba yo rindiéndole parte al general Huerta de los muertos que había tenido entre la gente del 7º Regimiento, al tiempo que venía llegando la caballada que había sido de los orozquistas. Viendo Huerta aquel tablón de caballos me interrogó:

—¿Qué animales son esos?

—Son unos seiscientos caballos que le quité al enemigo, mi general.

—¡Caramba! Venga usted acá para darle un abrazo.

Me abrazó y me dijo:

—¿Qué va usted a hacer con esa caballada?

—Lo que usted ordene, mi general. Yo tenía pensado dársela al 7° y al 4° de Caballería, pero usted ordene.

—Me parece muy bueno su pensamiento. Haga usted con ellos lo que mejor le convenga.

Me despedí y pasé aviso a los jefes del 4° y del 7° que todos los que tuvieran caballos flacos pasaran a reformarlos de mi caballada. Reformé a los dos regimientos y todavía me sobraron como doscientos caballos.

* * *

Siguió la división rumbo a Conejos,[13] y en la tarde me mandó citar el general Huerta antes de la hora en que yo me presentaba al cuartel general, que era a las seis de la tarde, tanto para rendir parte como para recibir órdenes.

Encontré que ya estaban allí reunidos los generales Téllez, Rábago, don Emilio Madero y Trucy Aubert, y sólo se me esperaba a mí, que ya había yo sido ascendido a general brigadier con harta pena de mi parte, pues veía yo la burla que despertaba entre los miembros del ejército mi generalato, del cual se reían abiertamente. Yo sobrellevaba con paciencia esas burlas, porque no peleaba yo por ellos, sino por mi patria, encarnada en el gobierno constitucional de don Francisco I. Madero.

Huerta me dirigió la palabra en estos términos:

—Señor general: mañana al romper el día va a comenzar el combate. A usted le toca entrar por el ala de la derecha, y no tiene usted [opción de] dar un paso atrás hasta que no derrote usted al

---

[13] AHSDN, Chihuahua, 5 de abril de 1912, exp. XI/481.5/68, f. 28.

enemigo u otros me rindan el parte de que usted ya se murió (¡?). A la retaguardia de usted entrará el señor general Rábago, por si usted hubiere muerto...

—Muy bien, señor general, estoy enterado de sus órdenes, y con permiso de usted me retiro.

Aquel general Huerta me creía seguramente un mequetrefe de la Escuela de Aspirantes, a quien se impresiona con unos cuantos sonoros disparates en los que se mezclan terroríficas palabras de muerte, tan faltas de sindéresis como ocasionadas a escalofríos federales.

A las cuatro de la mañana del día siguiente ordené que todo el campo se pusiera a preparar su almuerzo, y a las siete de la mañana ya tenía yo tirada toda la línea de fuego de mi caballería.

Comenzó el combate por el lado que me correspondía entre mi gente, que eran ochocientos hombres, y el enemigo, que serían unos mil seiscientos.

Se fueron acercando las caballerías de una y otra parte, hasta que sólo quedaban unos trescientos metros entre unos y otros combatientes. Aquel era un espectáculo soberbio, pues a los disparos se veían rodar caballos y cristianos.

La oficialidad de mi tropa [...] nos revolviéramos con el enemigo; y como los colorados comprendieran nuestra firme resolución de avanzar, ellos empezaron a retroceder. Yo, al ver que volvían riendas, lancé sobre ellos mi caballería a la carga, y fue tal el ímpetu de mis soldados, que mezclándonos entre ellos los matábamos a pistola.

Hice como ochenta prisioneros en dos partidas, les quité una buena parte de su caballada, recogí las monturas de los animales muertos y tuve la satisfacción de ver cómo el enemigo salía huyendo en la dispersión más completa.

Mandé los prisioneros al general Huerta, y fueron en el acto pasados por las armas.

A eso de las tres de la tarde, cuando ya todo el combate había terminado y el enemigo se encontraba como a media legua distante, arriba de los cerros que están al costado derecho de la Sierra de Conejos, vista desde el sur, yo estaba ardiendo en calentura, tumbado en el suelo, y si no me retiraba era porque veía al enemigo allí enfrente y no quería yo desamparar el punto. De pronto llegó un teniente coronel apellidado García Hidalgo, y con mucha altanería me gritó:

—¿Qué está usted haciendo allí acostado y toda la fuerza parada y sin incorporarse? Ya todo el combate pasó.

Yo me concreté a señalarle a los orozquistas que estaban en los cerros.

—Aquella que se ve es la gente de don Emilio Madero, agregó con sarcasmo.

—No, señor —le respondí con calma—, es el enemigo que desalojé ahora en todo el día.

—¡Qué enemigo ni qué enemigo! Ésa es la gente de don Emilio Madero —agregó llenándose de una altanería insoportable—. Lo que pasa es que usted quiere estarse aquí con su gente sin hacer nada y sin haber hecho nada.

Y como soy hombre de vergüenza y de amor propio, me levanté de donde estaba, sin recordar que estaba bastante enfermo; monté en mi caballo y le grité:

—No sea usted mitotero ni sinvergüenza. Entre allí en la columna para que vayamos a pegarles a los orozquistas, y que pueda usted conocer lo que son hechos de hombres, y no me venga con gritos, altanerías y cuentos.

—Yo soy el jefe del Estado Mayor del señor general Huerta.

—Usted es un badulaque —le respondí, perdiendo ya la paciencia—, y se me quita usted ahora mismo de enfrente, que no tengo ganas de más quebraderos de cabeza, después de haber peleado todo el día.

Se retiró muy humildito el insolente botarate, y yo permanecí en el campo hasta las seis de la tarde en que mis muchachos se encargaron de retirarme de allí, pues la fiebre había aumentado de tal manera que yo estaba privado de conocimiento. No pude ni siquiera ir a rendir el parte del día al general Huerta.

Esa noche el señor general Urbina, mi buen amigo y compañero, me dio unas fricciones de alcohol, me arropó muy bien con muchas frazadas y me acostó debajo de un carro.

Sintiéndome aliviado al día siguiente, me encaminé al cuartel general a rendir el parte de la jornada del día anterior; y cuando le hube dado todos los detalles de la batalla, avanzó hacia mí y me dijo:

—Venga usted para darle un abrazo. Ya me contó el señor general Rábago el comportamiento de usted en la batalla.

Mientras el general Huerta me abrazaba, yo buscaba por allí al tenientillo coronel García Hidalgo para darle en aquella un soplamocos.

Capítulo III

Allá los doctores de la columna se encargaron de proporcionarme unos menjurjes que, según ellos, habrían de curarme de la fiebre. Yo, por mi parte, me atenía a mis comprobadas fricciones de alcohol. Ello es que me sentía aliviado, y pude ir a la mañana siguiente a saludar al general Huerta y a rendirle parte de "sin novedad" en el servicio de puestos avanzados que noche a noche venía yo desempeñando, como vanguardia que era de la división.

Recibí órdenes de que salíamos de Conejos esa mañana y que yo marcharía con mis fuerzas sobre el flanco derecho de los trenes y quinientos metros adelante de la cabeza del convoy, con mi caballería desplegada en tiradores.

En esa forma llegamos a Savalza y de allí muy cerca del presón de Escalón; marchando en el día como queda dicho y desempeñando por la noche el servicio de puestos avanzados.

Cuando nos detuvimos cerca del presón de Escalón, al recibir órdenes para el establecimiento de los puestos avanzados, me dijo el general Huerta (que seguramente creía en la eficacia de sus necedades proclamadas enfáticamente en Conejos la víspera del combate):

—Señor general: tenemos al enemigo en Escalón.[14] Si nos asalta la división, a usted lo hago personalmente responsable.

---

[14] AHSDN, Chihuahua, 5 de abril de 1912, exp. XI/481.5/68, f. 28.

Aunque siempre mi servicio de puestos avanzados era efectivo, y no de mera fórmula como acontece con frecuencia entre los federales, resolví aumentar la vigilancia. Establecí tres avanzadas de caballería en puntos adecuados, como a un cuarto de legua de la división, y diseminé vigilantes en cuantos lugares me pareció conveniente. No obstante lo muy enfermo que aún me sentía, pues la fiebre no llegó a abandonarme en toda la campaña, personalmente anduve vigilando el servicio hasta las tres de la mañana, en que me relevó el señor general Tomás Urbina. Yo me acosté a dormir y puse uno de mis asistentes como centinela, junto al lugar donde yo estaba acostado, para que cada cuarto de hora le rindieran parte, y si había alguna novedad, que me despertara en el acto.

Al presentarme en el cuartel general a dar parte de que nada había ocurrido durante la noche anterior, el general Huerta me dio estas órdenes:

—Usted y el general Rábago, para la una de la tarde me toman Escalón. Entren ustedes por el flanco derecho y don Emilio Madero por el flanco izquierdo, para que en combinación tomen ese punto.

...Nos vio el enemigo avanzar resueltos a tomar Escalón, y nos dejó la plaza sin combatir... (táctica Orozco-Salazar).

En la tarde recibí órdenes de establecer mi servicio de avanzadas por el lado norte. Hice mi servicio de costumbre y al rendir parte en la mañana, sin novedad, se me ordenó que fuera yo a hacer una exploración a Rellano.[15] Tomé doscientos hombres de mi brigada y fui a desempeñar mi comisión. Poco antes de llegar al presón de Rellano, encontré en la vía una mina cargada con 32 cajas de dinamita, con las baterías preventiva y ejecutiva; la batería estaba como a media legua del camino.

Descubiertos los hilos de aquella batería, ordené que les cortaran como veinte centímetros y que volvieran a tapar la zanjita donde estaba enterrada la batería. ¡Ya podían pretender hacer saltar la mina los señores orozquistas!

Seguí caminando hasta el presón, donde entablé con el enemigo un pequeño tiroteo, del cual resultaron siete muertos de los

---

[15] AHSDN, Chihuahua, 5 de abril de 1912, exp. XI/481.5/68, f. 28.

colorados, y de mi lado el capitán primero Cástulo Martínez y dos soldados.

Regresé a dar cuenta de la exploración, y tomando Huerta las señas del lugar donde estaba la mina, le ordenó a Rábago que al día siguiente la extrajeran.

Cuando hubieron extraído la mina, me ordenó Huerta que, como conocedor del terreno, marchara yo con mi gente protegiendo la artillería, e indicara al teniente coronel Guillermo Rubio Navarrete los lugares más adecuados para batir desde allí al enemigo.

Colocada la artillería, me ordenó el general Huerta que tomara colocación al flanco derecho de la línea de batalla.

Comenzó el combate, siguió en todo su desarrollo, y antes de que empezara a declinar la luz, ya le tenía yo quitadas al enemigo las posiciones que me habían sido señaladas como objetivo.

Pedí entonces una batería, y vino a establecerse en las posiciones que yo había conquistado la batería de cañones de montaña mandada por el entonces capitán primero y hoy coronel de artillería constitucionalista Manuel García Santibáñez. Aquel fuego de artillería flanqueaba completamente a los hasta allí siempre desventurados secuaces del generalísimo (?) Pascual Orozco.

Cuando oscureció establecí mis servicios de vigilancia, desplegando a toda la gente en tiradores y protegiendo la batería con dos ametralladoras y lo más florido de mi gente.

A eso de la una de la madrugada llegó un individuo, seguramente algún colorado, preguntando:

—¿Dónde está mi general Villa? ¿Dónde está mi general Villa?

Y como ninguno de la tropa adivinara que era un enemigo, y afortunadamente no supieran decirle dónde estaba yo, al encontrar un capitán del 15° Batallón que estaba allí, viendo que era oficial, le disparó un pistoletazo y se escabulló en la oscuridad.

Al amanecer se rompió el fuego, y a las ocho de la mañana ya habían desalojado mis fuerzas al enemigo. Ordené al señor general Urbina que dispusiera el levantamiento del campo, y yo me fui a rendir parte de la batalla al señor general Huerta.

—Señor general —le dije después de saludarlo afectuosamente—, esta situación ha terminado y la victoria es nuestra.

—Venga usted acá, señor general —exclamó abriendo los brazos—, para que le dé yo un abrazo. Ya doy cuenta al señor presidente de la república con los hechos de usted, para que los tome en consideración. No se vaya usted, quiero que almuerce conmigo. Aquí tengo unas gorditas.

Aceptando su tan amable invitación, me puse a comer unas gorditas con frijoles que me ofreció y después de comerme dos, muy sabrosas por cierto, me despedí con todo respeto del general en jefe.

* * *

Aquí el autor de este libro abre un pequeño paréntesis: llegaba el señor general Villa a esta parte de la narración de sus recuerdos, cuando el autor le preguntó, ansioso por aclarar un punto que muchos han puesto en tela de juicio:

—Y en concepto de usted, mi general ¿Huerta era un verdadero militar general con todos los méritos que la prensa de aquel entonces le atribuía?

Y el general Villa respondió sonriendo y con su natural franqueza:

—Hombre, cuando Huerta estaba en su juicio dictaba muy acertadas disposiciones.

—Y ¿a qué hora del día empezaba a emborracharse y dejaba de estar en su juicio?

—¡De las siete de la mañana en adelante!...

* * *

Cuando vi que habían acabado de levantar el campo, me acerqué con mis fuerzas a un ranchito y ordené que toda la tropa desmontara y acampáramos. Acabamos de sepultar a nuestros muertos, enviamos los heridos al hospital, y a las cuatro de la tarde me presenté a recibir órdenes en el cuartel general.

—Señor general —me dijo Huerta—, ¿no tenemos ahora peligro?

—Ninguno, señor, ahora no necesitamos ni puestos avanzados siquiera. Pero usted se servirá ordenar.

—Si no tenemos peligro, usted sabe lo que hace; y si tenemos peligro, cuide usted de que no lo tengamos.

¡Aquel diablo de viejo borracho tenía una manera de mandar campanuda y casi bíblica!

Con mi brigada a la extrema vanguardia, las de Rábago y don Emilio Madero enseguida, y la artillería y los trenes detrás, emprendimos al siguiente día la jornada rumbo al norte. Pasamos de Rellano, y en una noria que está arriba del lugar, nos pusimos a darle agua a la gente y a la caballada.

Y sucedió que, habiéndose agotado el agua de la noria, descolgamos un soldado para que llenara las caramañolas y unos morrales para seguir llenando las ánforas.

Mientras tanto ya Rábago, don Emilio Madero y yo, y la mayor parte de la gente, habíamos bebido a nuestra completa satisfacción.

No bien hubimos descolgado al hombre dentro de la noria, cuando nos gritó desde abajo:

—¡Sáquenme! ¡Estírenme pronto!

Salió a la luz y proclamó con energía:

—¡Allá abajo hay siete muertos! ¡Yo ya no bajo!

Con grandes carcajadas, chanzas y comentarios recibimos la macabra noticia, con excepción de don Emilio Madero, que exclamó algo pálido:

—¡Yo creo que voy a vomitar las tripas!…

* * *

A pesar de la aparente cordialidad con que el general Huerta me trataba, no sé que hostilidad advertía yo en él y en sus íntimos para nosotros los maderistas.

No podía yo atribuirlo a ineptitud de nuestra parte, pues que las tareas más difíciles, las fatigas más abrumadoras nos eran impuestas, y nosotros salíamos no solamente avantes en nuestros trabajos, sino acreedores a elogios y recompensas.

Tal vez el recuerdo de que nosotros, los maderistas, los latrofacciosos, los rancheros zafios e incultos de la frontera, habíamos humillado un año antes las arrogancias federales, nos hiciese aparecer ante los ojos de aquella oficialidad tan bonita como tan viciosa, inútil y cobarde, algo así como unos intrusos a quienes se soporta por lástima y se sirve uno de ellos en las tareas más ruines… o en las más peligrosas.

Hoy, que he podido apreciar cuáles eran las infames miras de Victoriano Huerta, sé valorizar aquella constante hostilización para nosotros: le estorbábamos, es la expresión, para llevar a cabo sus planes, o bien aliándose a Pascual Orozco, según es público y notorio que lo intentó en Ciudad Juárez, o bien trabajando por su cuenta, como les respondió a los burlados parciales de Félix Díaz cuando éstos le fueron a proponer su alianza para encumbrar al supremo mando al imbécil sobrino del tirano.

El primer síntoma declarado de aquella hostilidad para los maderistas, lo percibí durante la marcha que hicimos pasando de Rellano, y estando frente al Rancho Colorado y el Rancho de los Acebuches.

Con verdadera sorpresa e indignación, pues me constaba lo injusto e improcedente de tal acto, supe que a mi compadre, el entonces coronel Tomás Urbina, lo mandaban aprehender, y en medio de una escolta lo devolvían al cuartel general, donde estaba Huerta.

Al ver aquel injustificable procedimiento, me alejé con mi brigada como a una legua de donde estaban los federales, y de allí les mandé este recado a los generales Téllez, Rábago y don Emilio Madero:

> Si le pasa algo a mi compadre para cuando amanezca, y no viene a mi poder a las ocho de la mañana, yo me retiro con mi brigada a darle cuenta al señor presidente de la república en donde primero encuentre oportunidad.

En contestación recibí el siguiente recado:

> General: no se alarme. Nosotros le respondemos de que su compadre estará con usted a las ocho de la mañana. Ya nos dirigimos al señor general Huerta.

Ignoro qué alegatos interpondrían ante el general en jefe; pero lo cierto es que mi compadre Tomás Urbina estaba a mi lado a las ocho de la mañana. Y como el tiro así les había fallado, estoy cierto

242

que me entregaron al coronel Urbina para emprenderla directamente conmigo.

Nunca se ha llegado a decir la verdad de lo que conmigo aconteció en Jiménez, y que estuve a punto de que me costara la vida. Yo voy a descorrer los velos de la verdad, y a hablar de lo que entonces no se habló, porque tal parecía que mis amigos, aquellos por los que tanto luché y a quienes entonces defendía y cuya memoria aún sigo defendiendo y vindicando, estaban haciéndole una corte, sin amor, a los federales, que al fin los traicionaron, que ante la posibilidad de perder un instante la desdeñosa sonrisa de aquella soldadesca prostituida, preferían dejar que un hombre leal y honrado como yo, que sabían que nunca los traicionaría, se pudriera en la cárcel y viera mil nuevas infamias acumuladas sobre su nombre, con tal de que los mercenarios y felones explotadores profesionales de las armas nacionales no se sintieran lastimados porque a mí se me hacía nada más que justicia.

Para mí, que era leal, todas las crueldades: al fin yo no habría de traicionarlos.

Para ellos, que sí habrían de traicionar porque sabían hacerlo, todos los agasajos, todas las complacencias, todos los silencios políticos y diplomáticos.

Esta curiosa manera de proceder, me recuerda lo que se dice de los chinos: que le rezan al Diablo y no a Dios, porque al fin es tan bueno…

* * *

Sirviéndole mi brigada de vanguardia a la División del Norte, llegamos a Jiménez. Allí me ordenó el general Huerta:

—Mande usted al coronel Urbina a donde haya ganado y que lo traiga para la División. Que lleve una pequeña escolta.

Para cumplimentar estas órdenes, le dicté a mi vez al coronel Urbina las siguientes:

—Vaya usted con diez hombres a la Hacienda de San Isidro y traiga usted quinientas reses.

Las órdenes fueron cumplidas, saliendo el coronel Urbina a llenar su comisión, y a eso de las diez de la noche me mandó llamar el general Huerta:

243

—Vaya usted con el general Rábago a Parral; establezca las autoridades y regresen inmediatamente.

Salimos el general Rábago y yo con nuestras respectivas brigadas de caballería a Parral. Mis fuerzas iban a la vanguardia de la marcha.

Como los vecinos de Valle de Allende supieran por un aviso telefónico que yo iba a pasar por allí, todo el pueblo se preparó a agasajarme: señoras, señoritas, niños, viejecitos, todo lo que se llama el pueblo, salieron a recibirme con grandes ramos de flores, con guirnaldas y coronas. Ya he dicho que yo iba a la vanguardia y bien comprendía que aquellas flores las tenían preparadas para mí; pero deseoso de no herir susceptibilidades y provocar fricciones con los federales, rogué al pueblo que obsequiaran sus ofrendas florales al señor general Rábago, que venía a la retaguardia, con lo que yo quedaba más honrado y satisfecho que con recibirlas para mí.

—Pero si son para usted, todas para usted, Pancho Villa —me gritó una viejecita entusiasta.

Sin embargo, el pueblo accedió a mis reiteradas súplicas, y entregó tantos ramilletes y coronas al general Rábago, que los caballos entraron pisoteando aquellas flores, recogidas a millares en aquellos jardines incomparables de ese paraíso de Valle de Allende.

Indiqué al general Rábago que él acuartelara a su brigada en la población y yo me retiré a un pequeño ranchito, quedando convenidos para continuar al día siguiente nuestra marcha a Parral.

Emprendimos la jornada al amanecer, y como me tocara llegar primero a Parral, me detuve en las afueras de la población y mandé una comisión para que discretamente se informara si en aquella población, donde era yo tan conocido y gozaba de tantas simpatías y cariños, me tenían preparado algún festejo; y en tal caso, que todos los honores y agasajos que tuvieren para mí, se los tributasen a Rábago.

¡Ya lo creo que aquel pueblo me preparaba una gran recepción, que en acatamiento a mis súplicas se le dispensó a Rábago!

La música atronaba los aires mezclada con aplausos y vivas; y fueron tantas las coronas de flores ofrecidas a Rábago, que no

244

teniendo ya dónde llevarlas, se las iba dando a los oficiales que lo acompañaban.

Yo veía con rara satisfacción aquellos agasajos: sabía que el pueblo los tenía preparados para mí, y sabía también que el pueblo había apreciado mi compañerismo y comportamiento. Eso me bastaba.

Establecimos las autoridades de Parral, según instrucciones recibidas, y marchamos a incorporarnos a la División.

Como yo llegara medio día antes que Rábago, después de ordenar el acuartelamiento de mi fuerza me dirigí al general Huerta para avisarle de mi llegada sin novedad, pues indiqué al general Huerta que Rábago le daría parte detallado, como le correspondía, de la instalación de autoridades en Parral, que nos había encomendado.

Me despedí de Huerta con el afecto de siempre, y me dirigí a mi cuartel.

Al salir para Parral había yo dejado en mi cuartel una yegua que, según ellos, pertenecía a los Russeck, enemigos del gobierno constitucional y aliados del orozquismo.

Esa yegua había sido sacada durante mi ausencia; y en la tarde, cuando fui a recibir órdenes, le dije al general Huerta:

—Señor general: un capitán del ejército se sacó de mi cuartel una yegua que es de unos enemigos nuestros. Quiero que usted me haga el favor de darme una orden para que me la entreguen.

—¡Mande usted que le entreguen la yegua téngala quien la tuviese! No necesita usted ninguna orden mía para que se la devuelvan.

Envié a uno de mis asistentes con una nota que decía:

> A quien corresponda: de orden superior y sin ningún pretexto, devuelvan una yegua que pertenece a mi cuartel.
>
> Francisco Villa

Me devolvieron la yegua, que tanto papel han querido que juegue en el pretendido asesinato de que iba yo a ser víctima. Esa yegua, que tanto dio qué decir y qué escribir, esa yegua, sobre cuya arrogante figura giró tanto la voz de la calle explicando mi fusilamiento frustrado, no sé que haya tenido más intervención en el asunto, que haber servido de caprichoso pretexto al sanguinario Huerta para deshacerse de mí. Yo pedí la yegua a quien la había tomado de mi cuartel porque Huerta me autorizó para hacerlo y eso fue todo.

Los detalles que se sucedieron no dejan de tener significación e interés.

Ya he dicho que durante toda la campaña estuve padeciendo constantes calenturas. Esa noche me dieron unas fricciones de alcohol, y en el Hotel de Charley Chi, por ser un lugar cerrado, me abrigaron muy bien con muchas frazadas y me echaron a sudar.

Cuando ya estaba yo en lo más copioso del sudor, llegaron un mayor y un capitán segundo y me dijeron:

—Dice el señor general Huerta que si puede usted pasar en estos momentos al cuartel general.

Yo les contesté con la mayor sencillez:

—Díganle a mi general que estoy en estos momentos en sudor. Que si es negocio urgente, para levantarme del sudor, y que si no lo es, que iré por la mañana, porque ya ven ustedes como estoy: sudando a chorros.

Se fueron esos señores y no volvieron.

En la mañana, luego que el sol calentó, bien envuelto en mi frazada me dirigí de mi casa al cuartel general, con mi asistente.

Al presentarme al general Huerta, se levantó, me vio y me dijo con voz natural:

—Buenos días, señor general.

—Buenos días, mi general —le respondí.

Se salió Huerta del carro (donde tenía el cuartel general) y yo me senté a esperar que volviera para recibir sus órdenes. Habían transcurrido dos minutos, cuando subieron al carro los coroneles Castro y O'Haran, y dirigiéndose a mí me dijeron:

—¡Entréguenos usted sus armas, de orden superior!

Yo mientras tanto, sin darme cuenta de lo que pasaba, veía que a los lados del carro se formaban poderosas escoltas.

—Sí, señores —les respondí—, y desfajándome mi pistola, se las entregué con todo y daga.

—Bájese usted por acá —me indicaron y me internaron entre las filas del Batallón de Xico, que estaba al costado derecho del carro, por el oriente.

Minutos después me colocaron dentro de una escolta y me condujeron hacia la parte de atrás de unas tapias que están como a ciento cincuenta pasos de la vía.

Al voltear la tapia, ¡vi que ya estaba formado allí el cuadro para fusilarme!

El sargento primero que mandaba el pelotón que iba a fusilarme, se acercó a la tapia y con el marrazo trazó en el muro una cruz que existe todavía.

Al decirme el sargento que entrara al cuadro, me volví al coronel O'Haran y exclamé todo conmovido:

—¿Por qué van a fusilarme? ¡Quiero, ya que voy a morir, saber siquiera por qué! Yo he sido un fiel servidor del gobierno; con ustedes he pasado trabajos y he corrido peligros. Es muy justo que al menos me digan por qué voy a ser fusilado…

No pude continuar porque las lágrimas se me rodaban de los ojos, no sé si del sentimiento de verme tratado de aquella manera sin merecerlo, o quizás de cobardía, como han gritado tanto mis enemigos cuando me han huido. Yo dejo que el mundo juzgue de mis lágrimas en aquellos supremos momentos, y declare si la cobardía las hacía brotar, o la desesperación de ver que me iban a matar sin que yo supiera por qué.

Me volví al coronel Castro y le dije:

—Permítame usted darle el último abrazo. Yo quiero que el ejército nacional, si tiene honor, juzgue de estos hechos, pues ¡yo soy inocente!

Y abrazándome el coronel Castro, hondamente conmovido, me dijo estas desconsoladoras y significativas palabras:

—Es orden superior…

Entonces el coronel O'Haran avanzó adonde estábamos y le dijo a Castro:

—Un momento, compañero; no lo fusilen todavía. Déjeme hablar con el general Huerta.

Volvió a los pocos minutos y exclamó con desaliento:

—¡Que se cumpla lo ordenado!

En aquellos angustiosos momentos se presentó el teniente coronel Guillermo Rubio Navarrete y apresuradamente les recomendó:

—¡Un momento! Déjenme hablar yo con el general Huerta. No lo fusilen hasta que yo venga.

Tan pocas esperanzas tenía yo de salvar la vida, que estaba yo entregando mi reloj y un poco de dinero que llevaba a los soldados que me iban a fusilar, cuando se presentó corriendo el teniente coronel Rubio Navarrete, y les gritó:

—¡Que se suspenda la ejecución!

Él mismo me tomó de un brazo y me condujo a la presencia del general Huerta, a quien llorando de tanta emoción le dije:

—¿Por qué me manda usted fusilar, mi general? ¿No he sido acaso un hombre tan fiel para ustedes?

Y el tenebroso chacal no encontró más respuesta que:

—¡Porque así lo requiere mi honor militar! —volteó la espalda y se fue.

Capítulo IV

Pasados los primeros momentos de aquella horrorosa, brutal, inesperada sacudida de mis nervios, una infinita tristeza me invadió. Con la mayor indiferencia supe que sería yo trasladado a México para que se me juzgara.

¿De qué delitos?... Muy graves habrían de ser, puesto que el general en jefe, por sí y ante sí, ya me había sentenciado a muerte; y no era de creerse que tribunal alguno fuese a pretender enmendar el fallo de aquel supremo dictador, el más poderoso de todos, puesto que en aquellos días el mismo presidente de la república estaba supeditado al capricho del despótico jefe de la División del Norte, en cuyas manos temblonas de alcohólico irredento se hallaba comprometida la vida del gobierno y la salud de la república.

Yo veía bien clara la situación: los federales no estaban defendiendo al gobierno de don Francisco I. Madero, por constitucional que fuese. Estaban haciendo méritos para encaramar al poder a uno de los suyos, que les vengase de las palizas que los maderistas les habíamos propinado en el campo de batalla.

Los federales no sentían el amor a la patria, ¡mentira! Sentían la ciega, la embrutecedora idolatría que a los degenerados inspira el César vencedor o el Radamés triunfante, aunque ese César y ese Radamés viniesen a quedar encarnados en la viscosa figura de un borracho, marihuano y cruel como Huerta, que con las victorias que le habíamos conquistado nosotros los maderistas en Tlahualilo, en Conejos y en Rellano, se ceñía una corona de laurel que,

249

vista de cerca, no podía ocultar que era "corona de pámpanos", hurtada a cualquier alegoría de Baco, el dios inspirador de Victo-riano Huerta.

¡En qué manos estaba el porvenir de la patria! ¡En qué sacrí-legas manos y en qué tenebrosas conciencias venía a quedar com-prometida la magna obra del pueblo libertario de 1910!

Allí estaban mis hombres, mis maderistas, los que habían jura-do seguirme hasta la muerte. ¿Qué iba a ser de aquellos valientes, de aquella legión de héroes que sí sentían el amor patrio?

El recuerdo de mis soldados me hizo entrever una aurora, preñada de claridades, en medio de la noche que parecía envol-ver a la república: ¡allí estaba la salvación, allí estaba el porvenir de nuestra obra: en los soldados maderistas, que seguirían siendo siempre maderistas, como si las doctrinas del caudillo de 1910 hubiesen formado la nueva religión, inarrancable, inamovible, de aquellos corazones generosos, tan dispuestos al propio sacrificio como resueltos a defender la santa obra del pueblo redimido!

Y deseoso de que mis últimos momentos de campaña, porque bien sabía yo que de aquel cercano viaje no regresaría, o regre-saría sabe Dios cómo, que mi última obra fuese de utilidad a mi patria y a mi pueblo, de la manera más humilde pedí a un indivi-duo llamado Antonio Prianí, con tipo de imbécil, de borracho y de degenerado, que fungía como jefe de Estado Mayor de Huerta, que me consiguiera permiso para despedirme de mi tropa.

Salió Prianí moviendo toda su carne grasosa, alcoholizada y purulenta, y poco después volvió diciéndome:

—Ya le van a traer a la tropa para que se forme frente al carro y desde el estribo se despida usted de su gente.

Fui viendo llegar a mis muchachos, con una sombra de tris-teza en sus rostros curtidos por el sol, y en los que la lucha había petrificado una máscara de energía y de trágico reto a la muerte. Vi cómo se formaban frente al carro, y cómo aquellos ojos negrí-simos relampagueaban cuando aparecí en el estribo, rodeados de oficialitos federales que iban expresamente a taquigrafiar mis pa-labras. Vi aquel nutrido racimo de valientes, más, "villistas", que a haber yo querido, con una sola palabra, se lanzan sobre los federa-les y los despedazan a mordidas, y sintiendo todas las emociones, menos la de la venganza, que habría comprometido a mi patria y a mis soldados, les dirigí estas palabras que ellos recogieron con lágrimas y que en verdad fructificaron en sus corazones generosos:

Soldados de la Libertad:
La gratitud de mi alma para ustedes no tiene límites. Me han acompañado fielmente en todas las penalidades, y han sabido ser mis más leales amigos.

Yo no sé la suerte que me espere, pero cualquiera que esa suerte sea, yo suplico a ustedes que sean siempre fieles al gobierno constituido, por ser ese el camino que yo les he enseñado.

Reciban ustedes, mis soldados, con esta despedida, toda la gratitud de su jefe, que con todo el corazón los ama.

—¡Ya está bueno!, ¡ya está bueno! Súbase usted —me interrumpió la voz aguardentosa de Priani y, tomándome de un brazo, me internaron en un carro, me pusieron una escolta, y veinte minutos después marchaba el prisionero Francisco Villa rumbo al sur.[16]

* * *

Aquella travesía fue penosa, llena de tristezas, de decepciones para mí. ¡Ya podrían unirse en un estrecho abrazo Huerta y Orozco, puesto que no lo estorbaría Francisco Villa!

---

[16] Causa formada a Francisco Villa, general brigadier honorario de fuerzas irregulares que operaban en el estado de Chihuahua al mando del general Victoriano Huerta, por el delito de insubordinación y robo. AHSDN, exp. XI/480/50. Años 1912-1914, 45 f. En el expediente se encuentra inserto el telegrama que Victoriano Huerta envió al presidente Francisco I. Madero el 8 de junio de 1912: "En este momento parte el tren lleva con el carácter de procesado debidamente escoltado hasta esa capital al general Villa. El motivo que he tenido para mandarlo con el carácter de preso a disposición del ministerio de la guerra, es el hecho de haber cometido faltas graves en la división de mi mando como son apoderarse sin derecho alguno de bienes ajenos y además, hay la circunstancia de que al ordenarle yo la devolución a sus dueños de caballos y algunas otras cosas vino a su cuartel que está situado a 200 metros del cuartel general y armó a toda la fuerza de su mando, advirtiendo a sus soldados que estuvieran preparados para desobedecer las órdenes de este cuartel general, que consistían en órdenes de marchar hacia Santa Rosalía [Camargo]. La división

Caminamos toda esa noche, llegando al amanecer a Torreón. Allí la escolta que me custodiaba me entregó al cuartel general.

Entre doce y una del día me sacaron del cuartel general, me llevaron a otro tren que ya estaba formado, y con nueva escolta se emprendió el camino a Monterrey.

Llegamos a la ciudad regiomontana, y fui internado en uno de los cuarteles de infantería. La pieza que me sirvió de prisión era de cemento, sin un solo mueble, y no tuve más cama ni más abrigo que mi chaqueta.

Me acompañaban en la dolorosa peregrinación mis capitanes primeros Blas Flores y Encarnación Márquez,[17] quienes como yo pasaron la noche en la celda que me fue destinada.

Cuando llegó la mañana, solicité una audiencia con el jefe del batallón, quien vino al cuarto donde yo estaba, y le dije:

—Estos dos capitanes que me acompañan no vienen prisioneros. Entiendo que el oficio en que se me consigna se lo dirá a usted. Sírvase usted aclarar el punto y permitirles que salgan a la calle, si a bien lo tiene.

El jefe del batallón esclareció el punto y dio orden al comandante de la guardia que dejara entrar y salir libremente a los oficiales que me acompañaban.

---

estaba lista para marchar a las 5 a.m. y por una desobediencia de Villa, aún se halla aquí tomando el rancho y lista para emprender la marcha dentro de una hora. Los trescientos hombres de Villa los he desarmado y han ido a engrosar las filas de los diversos cuerpos de la división con la orden de que todo aquel que manifieste desagrado por la determinación del cuartel general, sea pasado por las armas en el acto. A Villa le he perdonado la vida ya estando dentro del cuadro que debía ejecutarlo, por razón de haberme suplicado lo oyera antes de ser pasado por las armas, de cuya entrevista resultó el que yo resolviera abrir una averiguación previa y remitirlo con dicha averiguación poniéndolo a la disposición de la secretaría de Guerra. Personalmente estimo a Villa y es un hombre sumamente útil pero como general en jefe de la división de mi mando creo que es un hombre peligroso a la división, que a cada rato tiende a relajar la disciplina, cosa que es altamente perjudicial a la división".

La respuesta de Madero al telegrama anterior es lacónica: "Pase a la Secretaría de Guerra, para que proceda conforme a la ley."

[17] Blas Flores y Encarnación Márquez solicitaron permiso a Huerta para acompañar a su jefe hasta la Ciudad de México. Incluso ambos fueron llamados por el Supremo Tribunal Militar para declarar en la causa que se le instruyó a Villa por insubordinación, desobediencia y robo. AHSDN, Chihuahua, exp. XI/480/50, f. 19.

A eso de las seis y media de la tarde me sacó una escolta y me condujo a la estación. Una enorme muchedumbre se había congregado en la estación, atraída sin duda por la curiosidad de conocerme. De pronto una voz poderosa gritó:

—¡Viva Francisco Villa! ¡Mueran los pelones!

Y aquella muchedumbre enardecida repetía aquellos vivas y aquellos anatemas que yo resistía serenamente, sin pretender decir una palabra, y mientras me ordenaban que subiera al tren.

Seguramente el telégrafo había anunciado mi paso por San Luis Potosí, porque al llegar a ese punto estaba la estación henchida de gente, tanto del pueblo humilde como de las clases altas.

Yo me sentía avergonzado, humillado, de verme conducido por aquella escolta, prisionero y sin delito alguno de qué acusarme. Me sentía yo víctima de la ingratitud y sin deseos de acercarme a la ventanilla para que me conociera la multitud, como insistentemente lo pedía.

De pronto una voz rompió el silencio gritando:

—¡Muera el traidor Villa!…

Y un furioso seseo, como un aguacero, respondió a la voz que me llamaba ¡traidor!

Salió el tren sin que en San Luis Potosí me conocieran, y al día siguiente llegamos a la capital de la república.

Me bajaron del tren y una nube de reporteros me asedió desde luego, acosándome a preguntas que seguramente mucho les convendrían. Yo no quise contestar una sola palabra y me dejé conducir por la escolta a la Comandancia Militar, donde tomaron mis generales, y de donde fui trasladado a la Penitenciaría del Distrito Federal.

Me recibió el director del establecimiento penitenciario, don Octaviano Liceaga, y después de tomarme mis generales, me consignó a una crujía donde me internaron en una celda de cemento, perfectamente blindada, en la que no había más mueble que un catre con emparrillado de fierro y un escusado eternamente abierto y expectante.

Es curioso, por cierto, y fue muy mexicano, por añadidura, que a un hombre a quien se priva de la libertad con mayor o menor fundamento, se le consigne a un régimen penitenciario antes de ser juzgado y sentenciado.

Y más que régimen penitenciario fue tortura inquisitorial a la que yo fui sometido, puesto que se me encerró en una celda con escasa luz y ventilación, se me abría únicamente la puerta en la mañana y en la tarde, para darme una comida detestable, y no tenía yo para dormir sobre aquel emparrillado, reproducción exacta del tipo que inmortalizó San Lorenzo, que mi chaleco por colchón y mi chaqueta por cobija.

Y téngase en cuenta que si a la penitenciaría iban a dar, y yo entre ellos, los reos políticos, era para que, dado su carácter de no criminales comunes, disfrutasen de las comodidades que las demás cárceles no podrían proporcionarles. ¡Cómo serían las demás!...

La encarcelación odiosa, tal y como se practica en México, donde cada detenido es tratado como un reo, no como un presunto reo, sino como un criminal convicto, confeso y ejecutoriado, ¿dejará alguna vez de practicarse en nombre de una civilización que rechaza tan brutales atentados? ¿Llegaremos a sentir algún día que la inflexibilidad de la justicia es justiciera y no atrabiliaria, atentatoria, bestial, por la inicua interpretación que dan los actores de la policía a la delicada misión que la sociedad les ha encomendado, para que la protejan, pero no para que descuarticen, insulten, vejen, hieran y pateen a los mismos miembros de la comunidad esclavizada?

¿Llegará algún día en que la justicia sea administrada por hombres de ciencia, de conciencia y de honor, inmaculados y libres, y no por cretinos plegadizos, acomodaticios, esclavos de la soldada, instrumento de los caprichos de quien paga, obedientes servidores de la consigna y de la razón de Estado?

Y ¡oh ensueño!, ¡oh altísimo ensueño de la humanidad más culta y de los pensadores más justos!: ¿llegará el día en que la medicina legal imparta la justicia, y cárceles y penitenciarías sean sustituidas por hospitales y sanatorios?

¡Qué lejos estamos y qué cerca! México puede hacerlo todo, puede intentarlo todo, hoy que la gran conmoción nacional derrumba las bases de una arcaica civilización plagada de vicios y atavismos, y puede fundamentar una sociedad nueva, purificada, que sale de los crisoles de la revolución limpia de la escoria que la manchaba, y maleable y dúctil como metal caliente.

¡Oh! El divino artífice de ese metal purísimo, el nuevo forjador de esa nueva sociedad redimida, ¿dónde está, que tan ansiosamente lo necesitamos?

* * *

A los cuatro días de confinamiento y aislamiento en aquella celda, se presentó el juez tercero militar, que lo era el joven abogado Santiago Méndez Armendáriz, a tomarme la primera declaración.

Le narré todos los detalles que precedieron a mi pretendido fusilamiento, y aquel joven juez, a quien quedaba encomendada la justicia —militar ciertamente, pero titulada justicia—, sin tener un fundamento legal en qué basarse, me declaró ¡formalmente preso! Cumplía con la consigna...[18]

Seis días después volvió Méndez Armendáriz y su primera pregunta fue que "por qué había yo saqueado Parral" y que le repitiera yo cómo había estado mi insubordinación al general Huerta, cuando pretendía echarme sobre el ejército con mi gente. Me hizo el cargo concreto de que yo había robado ciento cincuenta mil pesos en Parral, y me exigió distribución de esa suma.

Yo estaba anonadado ante el cúmulo enorme de infamias con que se pretendía aniquilarme, y viendo claro que estaba yo com-

---

[18] Declaración de Francisco Villa: "Dijo llamarse como queda escrito, ser natural de San Juan del Río, estado de Durango, de 34 años de edad, casado, agricultor y actualmente jefe de un cuerpo de auxiliares irregulares. Examinado en forma declaró que sobre los hechos de haberse apoderado de objetos, animales y dinero, esto último únicamente en Parral y siendo la cantidad mayor de 60 mil pesos, sin poder precisar la cantidad, que si lo hizo en varias ocasiones, fue porque tenía autorización para hacerlo; que en Parral pidió al Banco Minero 50 mil pesos y el resto a particulares; que allí mismo en Parral hizo una requisición de armas, municiones y caballos por medio de una circular en la que decía que si alguna persona no entregaba las armas y municiones que tuviera serían juzgados como traidores a la patria [...], que en otros varios lugares hizo también requisiciones semejantes, otorgando recibos de lo recibido. Que el día 3 del corriente puso un papel al señor general Huerta diciéndole: que hasta esa fecha serviría en esa división y que puso un telegrama para el señor presidente de la república diciéndole poco más o menos que quería operar solo, o entregar las armas a quien se lo ordenara. Que respecto a la orden que el señor general Huerta haya dado para marchar al norte y que esta marcha se haya demorado por una desobediencia del que declara, dice no haber recibido ninguna [...], que no recibió orden alguna del señor general Huerta para entregar a particulares

pletamente a merced de la casualidad para salvarme, le respondí con energía:

—Ese dinero que usted llama robado, no fue robado, sino que fue un préstamo que impuse para atenciones de guerra, con la autorización expresa del gobierno del estado de Chihuahua, y por el cual responde el mismo gobierno. En cuanto a la distribución de los fondos, no es a usted a quien debo rendirla, sino al gobernador de Chihuahua o al Supremo Tribunal del mismo estado; pero si uno y otro, el gobierno y el Tribunal, me ordenan que a usted rinda cuentas, estoy pronto a rendirlas. De lo demás, de la insubordinación, no hablo. Usted mismo sabe que eso es mentira, y que la venganza de esos hombres necesita reforzarse en lo del saqueo.

* * *

Cuatro meses fueron necesarios para que yo comprobara al juez, y a la luz de todas las conciencias y de todos los escrúpulos, por medio del Supremo Tribunal de Chihuahua y del gobernador del estado, don Abraham González, que yo había sido plenamente autorizado para imponer ese préstamo, y que la campaña que yo llevé a cabo en Chihuahua le habría costado al erario medio millón de pesos, y no los ciento cincuenta mil pesos cuya distribución me exigía.

Destruido totalmente aquel cargo, sólo quedaba en pie lo de la insubordinación, tema sobre el cual seguía bordando e insistiendo el juez, acorralándome a preguntas capciosas y a marrullerías de tinterillo, hasta que un día no pude soportar más y le dije:

caballos y objetos robados, así como tampoco ordenó a la gente que se armara para desobedecer órdenes del general Huerta; que el día 4 de junio en la mañana fue llevado de orden del general Huerta al cuadro donde iban a fusilarlo, habiéndole dicho que era medida de disciplina; que por instancia del declarante y por conducto de varios oficiales fue suspendido el fusilamiento y llevado a presencia del general Huerta, quien le dijo que quedaría detenido y enviado para esta capital [...], y que no está conforme del proceder en su contra por los delitos de insubordinación, desobediencia y robo, y enterado dijo lo oye y no está conforme, pues no cree haber cometido ninguno de los tres delitos". A preguntas especiales contestó que jamás ha estado procesado por ningún delito ni tampoco preso; que desconoce por completo la ordenanza general del ejército y la ley penal militar. AHSDN, exp. XI/480/50, 13 de junio de 1912, f. 18.

—¡Basta, señor juez! ¿Es usted un representante de la justicia, o es usted un servidor de sus amos? Yo no reclamo favor de usted, ni del gobierno ni de nadie: sólo exijo justicia, y usted, con estos procedimientos, está manchando su honor.

Encendido de vergüenza y mirándome con unos ojos que denunciaban la íntima lucha en que se debatía, Méndez Armendáriz me respondió con una voz pausada, doliente, en la que naufragaban las últimas altiveces de su juventud, contaminada por el envilecimiento reinante:

—Oiga usted, Villa: no sabe usted cuanto deploro que su causa haya venido a mi poder, ¡porque yo soy un hombre honrado!…

¡Miserables tiranos, que hasta los más nobles sentimientos de la juventud prostituyeron y enfangaron! ¡Obra mil veces maldita de los estupradores de la juventud honrada y noble, sincera y santa!

Aquel muchacho, aquel Santiago Méndez Armendáriz, cuya vida quizás acababa de trasponer los treinta años, era el tipo perfecto del intelectual capitalino encanallado por la atmósfera de servilismo y de abyección que venía respirando desde la cuna.

Generación raquítica, abúlica, incapaz de reaccionar contra la aplastante imposición de los de arriba; incapaz de tener un criterio propio y una conciencia propia; incapaz de respirar en otro ambiente que no fuese el de la corrompida burocracia, e incapaz de buscarse el sustento y el porvenir como no fuese pegado al presupuesto, llevando la vida parasitaria del empleado, del servidor, del lacayo.

Generación crapulosa de libertinos y de leguleyos, de pierrots y de lechuguinos, en los que la sangre del burdel, libada a grandes tragos parecía llenar sus arterias de afeminamiento y de oprobio, mientras los venenos del "bar" a la moda, de la modesta "cantina" del estudiante, y de la "piquera" de los derrotados, iban royendo furiosamente aquellas entrañas alcoholizadas, aquellos cuerpos enclenques, aquellos organismos degenerados, aquellas conciencias entenebrecidas, aquellas voluntades muertas, inexorablemente muertas para el bien y para toda reacción hacia la dignidad.

* * *

No quise volver a declarar en mi proceso: renuncié a defenderme;[19] las balas del tirano me habían respetado en mis rebeldías de los primeros años y en mis luchas por la libertad en el campo de batalla; y yo, que no había caído en la lucha armada, cuerpo a cuerpo, a pleno sol, en plena vida, me encontraba fatalmente vencido por algo que yo no había combatido ni podría ya combatir: la herencia porfiriana, mansamente recogida y dulcemente acariciada por los hombres del gobierno constitucional, y la ingratitud, la negra e inconsciente ingratitud de las estatuas heroicas, que desde el remate del monumento no pueden defender los basamentos que las sostienen de las irreverencias duchales de los perros callejeros...

* * *

Mi vida en la penitenciaría fue de espantosa soledad, de inconcebible aislamiento. ¡Régimen penitenciario para un hombre cuyo proceso estaba bien distante de ser fallado!

Abominable encarcelación que unía, al atentado que me privaba de la libertad, el tratamiento que martirizaba mi cuerpo y flagelaba mi conciencia y torturaba y desquiciaba todo mi ser.

Un día, tan pronto como regresé del baño, sentí el deseo de rebelarme contra mi prolongada segregación en la celda, y resueltamente dije al vigilante de la crujía:

—¡Yo ya no entro al calabozo, señor!

—¿Por qué no entra usted?

—Porque si aquí reina la tiranía contra los hombres, yo quiero ver en qué ley, en qué reglamento, en que principio legal se basan los administradores de esta cárcel para tener rigurosamente incomunicado, por más de tres meses, a un hombre cuyo proceso se tramita y que a todas luces es inocente. Entiéndalo usted: yo no

---

[19] El 9 de noviembre de 1912 se le designó a Villa como defensor de oficio al coronel Avelino Gavaldón, en virtud de no estar representado por abogado alguno, a pesar de que cinco meses atrás había nombrado al licenciado Adrián Aguirre Benavides. El 26 de noviembre hizo su aparición el licenciado Guillermo Castillo Nájera, pidiendo se le tuviera por presentado como defensor del inculpado. Castillo, al igual que Julio Santos Coy y Francisco Martínez Ortiz, estaba asociado al bufete jurídico de Aguirre Benvides. AHSDN, 26 y 29 de noviembre de 1912, exp. XI/480/50, ff. 3-4.

soy un criminal que cumple una condena, sino un procesado cuya causa aún no se falla. Ya estoy cansado de estar incomunicado y no lo estaré más.

—Orita veremos si entra o no entra al calabozo —y se fue a traer cuatro compañeros de él armados con garrotes y pistolas.

—¿Conque no entra usted al calabozo? —me dijeron, amenazándome.

—Ya les dije a ustedes que yo no entro. ¡Me meterán muerto!

Aquello los desconcertó y resolvieron poner en conocimiento al director de la penitenciaría. Vino don Octaviano Liceaga y con todo comedimiento me preguntó:

—Oiga usted, Villa, ¿por qué no quiere usted entrar a la celda?

—Porque llevo ya más de tres meses incomunicado y supongo que no hay un reglamento o ley que autorice a los carceleros de este lugar para tener en un separo semejante a un hombre cuyo proceso se ventila y cuya inocencia se tendrá que corroborar. Mientras usted, señor Liceaga, no me muestre la orden del juez o de autoridad competente en virtud de la cual se me tiene tanto tiempo incomunicado, creeré que esto es sólo un abuso de usted y de los que, por estar en el poder, tratan a todos los hombres que aquí caen como bestias. Entienda usted bien lo que le   exijo: que se me justifique legalmente mi incomunicación, y yo sabré qué objetar en el terreno legal. Mientras tanto, valorice usted en su conciencia cómo me está tratando.

El director Liceaga se quedó pensativo un buen rato y luego determinó:

—Permanezca usted en la crujía mientras consulto al Ministerio de Gobernación.

Se retiraron él y los guardianes, y en la tarde me notificó Liceaga:

—La Secretaría de Gobernación autoriza que permanezca usted en la crujía sin estar incomunicado. Yo le suplico a usted que no hable con los reos comunes.

Respiraba yo más ampliamente, estiraba las piernas, recibía yo, aunque tamizado por no sé que velo de cautiverio, el sol que tanto necesitaba mi organismo de hombre criado al aire libre, en pleno campo, en abrupta serranía.

Todas las tardes, a la hora en que acostumbraban cerrar las puertas a los criminales sentenciados, me encerraban en mi celda, a saborear la voluptuosidad de un día de luz y sol.

A los cuatro meses de hospedaje, confortable y gratuito, pues que corría por cuenta del democrático gabinete del señor Madero, se me envió a cambiar temperamento a la prisión militar de Santiago Tlatelolco.

Capítulo V

Un nuevo escenario con una nueva atmósfera: así me pareció la prisión militar de Santiago Tlatelolco.

Se me destinó un alojamiento separado, independiente, en uno de los corredores altos. Es verdad que al recibir yo ese cuarto estaba hecho un muladar, y emanaba de él una hediondez inaguantable; pero conseguí que de mi peculio se me permitiera adecentar aquella pieza, y la mandé blanquear, pintar de aceite; mandé traer una cama, colchón, alfombra y poco después me maravillaba yo de ser dueño y señor de aquel departamento tan elegante.

Disfrutaba yo de toda clase de comodidades, y sólo estaba yo privado de una cosa: quien me visitara.

El coronel Mayol, jefe de la prisión, tenía órdenes precisas de impedirme toda visita; y así, mientras yo veía que, desde los altos generales de división hasta el último de los reclutas allí confinados, tenían el consuelo de ver a sus familias, a sus amigos, a sus íntimos, a mí sólo me llegaban los oleajes de las risas, de las conversaciones truncas, de los perfumes que exhalaban de sus ricos vestidos las guapísimas mujeres que iban a endulzar inmensamente las horas de reclusión de aquellos infortunados.

Fui un día al juzgado a recoger una máquina de escribir para hacer mis primeros pininos mecanográficos; y dio la buena suerte que el escribiente del juzgado, un caballeroso muchacho llamado Carlos Jáuregui, estuviese solo en aquellos momentos.

Nos saludamos afablemente, y él, resolviéndose a insinuar su pensamiento, me dijo en tono confidencial:

—¿Por qué no escapa usted de esta prisión, don Pancho? Aquí lo van a asesinar a usted... Si usted quiere, yo le ayudo a que se escape ahora mismo: limamos esta varilla de la reja y por aquí por el juzgado nos salimos los dos.

Había tal sinceridad en las palabras de aquel muchacho, se revelaba hasta tal punto el ningún doblez con que me proponía aquello, que saqué un billete de cien pesos y se lo entregué diciéndole:

—Vamos a ver qué pienso más despacio.

Después de que repetida y minuciosamente estudié la firmeza y la lealtad de Carlos Jáuregui, regalándole más de quinientos pesos en un mes y ya bien seguro de su buena fe, le dije:

—Lime usted la reja para que nos salgamos hoy a las tres de la tarde. Cuando ya esté limada, me avisa.

Sin embargo, un acontecimiento imprevisto me hizo darle contraorden y aplazar mi fuga para después, pues sucedió que esa misma tarde, cosa inusitada, se me anunció la visita de mi viejo amigo el licenciado Antonio Tamayo, quien después de abrazarme efusivamente me explicó sin ambages su presencia en mi prisión:

—Vengo a hacerte unas proposiciones que mucho te interesarán, y para las que estoy plenamente autorizado. Tú eres un muchacho que le puedes servir mucho a la patria, y no es justo, Pancho, que por inicuas venganzas y por ingratitudes que no tienen nombre estés sufriendo en esta prisión y nulificándote para siempre. Comprenderás que el gobierno de Madero no puede durar, ni es racional, ni es conveniente, ni es patriótico que dure. La salvación del país está, pues, en que este gobierno débil y sin personalidad desaparezca. Se prepara el golpe definitivo: dentro de poco tiempo, aquí mismo, en la capital, estallará el cuartelazo que derrumbe al gobierno. Altas personalidades del ejército y de la política están enteramente de acuerdo sobre punto tan trascendente. Pues bien, yo vengo plenamente autorizado por altos personajes que hoy ocupan alto rango en el gobierno, para proponerte que te unas a ese necesario y saludable movimiento, otorgándote para ello la libertad desde luego. Tú te salvas de esta prisión donde serás incuestionablemente una nueva víctima; y a cambio de tu libertad sólo se te pide que firmes tu adhesión al movimiento de que te he hablado. Anímate, Pancho y resuélvete: seis días después de que firmes esa adhesión, estarás en el goce completo de tu absoluta libertad.

Yo sentí con aquellas palabras que me iba a brotar sangre de vergüenza y de indignación por todos los poros de mi cuerpo; pero la vida me había enseñado, a fuerza de golpes, a no ser espontáneo sino reservado, y afectando una gran tranquilidad, que distaba mucho de sentir, le respondí sencillamente:

—Mucho agradezco a usted, señor licenciado, todo lo que por mí hace, pero le suplico que me conceda usted un plazo de tres días para pensar esto detenidamente, y resolverle después de haber meditado con calma y en razón.

—Te concedo el plazo de tres días, y espero que te resolverás a no ser víctima en esta prisión. Aquí vendré dentro de tres días con el escrito de adhesión ya hecho, y sólo para que lo firmes. ¡No olvides, Pancho! Seis días después de esa firma, ¡tu libertad!

Se fue el licenciado Tamayo y yo sentí todo el horrendo peso de la traición que se me había propuesto.

Cerré la puerta de mi cuarto, y ya a solas, no me avergüenza declararlo: ¡me solté llorando! Así se jugaba con la conciencia de los más leales servidores del gobierno: se me ofrecía la libertad que me había arrebatado la máquina gubernamental a cambio de una traición al gobierno; y eran sus enemigos quienes me ofrecían libertarme, mientras el gobierno insistía en hundirme.

¡Nunca! Era el grito de mi alma. La libertad, la vida, ¡todo!, antes que ser traidor a quien yo le había jurado amistad, aunque con ingratitud se me pagase mi lealtad desinteresada y firme.

¡Nunca! Yo recobraría mi libertad, ¡claro está que la recobraría!, exponiendo mi vida al fugarme; y una vez que yo estuviese libre, ¡libre al fin de las garras de mis propios amigos!, si era verdad que el señor Madero estaba amenazado, si era verdad que poderosos enemigos conspiraban contra él, volvería yo a la lucha armada, volvería yo a buscar a mis hombres y a desafiar la muerte; pero sería como en 1910 contra Porfirio Díaz y en 1912 contra Pascual Orozco: ¡defendiendo a Madero! ¡Porque en Madero veía yo vinculada a la patria!

263

Tarde se me hacía para darle la orden a Carlos Jáuregui, como lo hice al día siguiente:

—Mañana nos salimos a las tres y media. Tráigame usted un sobretodo, una gorra y unas gafas ahumadas, y téngalos allí para cuando yo entre al juzgado.

Yo por mi parte ya tenía dos pistolas calibre 44 que me habían llevado mi hermano Hipólito una y Carlos Jáuregui la otra.

No fueron grandes ni dramáticas ni estupendas las hazañas que hube de acometer para fugarme de Santiago Tlatelolco: todo fue cuestión de maña y sangre fría.[20]

Una era la dificultad: entrar al juzgado sin despertar sospechas, pues como la vigilancia más estrecha se ejercía conmigo, tan pronto como los centinelas estacionados en el corredor veían que yo intentaba entrar al juzgado, inmediatamente daban cuenta de ello y se venía a rectificar mi presencia en aquella oficina.

Para obviar este inconveniente, la tarde de mi evasión me acerqué al cuarto del teniente coronel, segundo jefe de la prisión, y con una cordialidad que estaba muy lejos de sentir le dije:

—Buenas tardes, mi teniente coronel.

—Buenas tardes, señor general. ¿Qué milagro es ese que venga usted por aquí?

—Visitándolo mi teniente coronel, para pasar el rato.

Se levantó del catre donde estaba recostado, e inmediatamente lo tomé de un brazo y lo saqué al corredor para dar una vueltecita. Caminando, caminando, me lo llevé hasta donde estaban los centinelas, y allí, mirando mi reloj y con voz suficientemente clara para que la oyeran los centinelas, le dije:

—Ahora sí, con permiso de usted, mi teniente coronel: ya se me llegó la hora de ir al juzgado.

---

[20] Al poco tiempo de haberse fugado Villa de la prisión de Santiago Tlatelolco, se sucedieron los acontecimientos que acabarían por derrocar al gobierno de Madero. El 9 de febrero de 1913 se inició el golpe militar fraguado por diversos grupos conservadores y miembros del ejército. Con la participación de alumnos de la Escuela de Aspirantes y la tropa del cuartel de Tacubaya encabezados por los generales Manuel Mondragón y Gregorio Ruiz, fueron puestos en libertad Bernardo Reyes y Félix Díaz. Durante los acontecimientos se provocó un incendio en la cárcel de Tlatelolco, destruyéndose los documentos del proceso militar contra Villa. El 4 de marzo

—Pase usted señor general, pase usted al juzgado.

Se desprendió de mi brazo, me vio marchar al juzgado y los centinelas ya no tuvieron que darle parte...

Entré al juzgado, atranqué la puerta con una varilla de fierro, levanté con toda mi fuerza la reja que ya estaba limada y me pasé al recinto de la oficina. Me quité mi cachucha y la puse sobre la mesa del juez, como un recuerdo... Me calé la gorra y las gafas ahumadas que me había traído Carlos Jáuregui; me enfundé en el sobretodo, y por una escalera de caracol me dirigí a la planta baja.

Iba yo descendiendo cuando advertí que en el cuerpo de guardias estaban los oficiales, charlando unos y escribiendo otros. Con una mano empuñé una de las pistolas que llevaba en la bolsa del sobretodo, y con la otra mano saqué un pañuelo y me lo llevé a la cara.

Así acabé de bajar y me salí hasta la calle. Carlos Jáuregui iba siempre a mi lado. Llegamos a la puerta del costado izquierdo de la aduana de Santiago, y atravesando todo el edificio salimos por el extremo opuesto: allí estaba esperándonos un automóvil en el cual subimos, dirigiéndonos al centro de la ciudad.

Cuando ya estuvimos bastante alejados de la prisión, le dije al *chauffeur*:

—Llévenos a Toluca.

—Le cuesta a usted cincuenta pesos —me contestó.

—Bueno, amigo. Vámonos para Toluca.

Emprendimos la marcha a buena velocidad, y ya en las afueras de la ciudad encontramos un destacamento de rurales que no nos dejó pasar, ¡claro está!, sin registrar el automóvil. No se les ocurrió registrar a las personas, que de haber sido así me encuentran las dos pistolas. Registraron, sin embargo, el sobretodo, pero no mi cuerpo, contra el cual llevaba yo las armas a prevención.

---

de 1913 se ordenó reponer la orden para proceder en su contra, lo que no se logró sino hasta el 29 de enero de 1914, en que la comandancia militar recibió copia certificada de las constancias procesales del jefe rural para "procurar la detención previa del referido Francisco Villa". Las victorias de la División del Norte y la disolución del ejército federal suspendieron tácitamente el proceso en contra del general.

¡Y qué mal rato pasé durante aquellos diez minutos en que habiéndose descompuesto no sé que chisme del automóvil, al pretender echarlo a andar se quedó estático arrojando humo y detonaciones, mientras los rurales telefoneaban, iban y venían, y yo esperaba que por momentos me cercaran con deseos de reintegrarme a la prisión! Permanecimos quietos en apariencia, sin dar importancia mayor al carburador que a los cilindros, a las bujías que a la bocina, en espera de que aquel tragaleguas nos alejara a razón de ochenta por hora.

Así sucedió al fin, y allá vamos volando rumbo a Toluca. Llegamos antes del oscurecer y mucho antes que el tren de pasajeros que sale de México a las cuatro de la tarde.

A fin de no llamar la atención de la beatífica Toluca con nuestro estrepitoso 200 H.P., echamos pie a tierra en las afueras de la población, y al pagarle al chofer sus bien ganados cincuenta pesos, más la propina, le dije:

—Déme usted el número de su automóvil y las señas de su domicilio en México, para que pasado mañana me lleve a la capital con mi familia, pues quiero que vayan gozando de las bellezas del desierto.

Me dio hasta sus generales y se despidió pensando en la propina, tal vez. A mí me interesaba que cualquier indagación en México se despistase con la vuelta al tercer día... de entre los muertos.

Entramos en la población y ante todo, en una peluquería de "mala muerte", donde a pretexto de la belleza y vigor que adquiriere el bigote con una rasurada, hice que me lo quitaran. Aquello me desfiguraba, en verdad.

Salí ya muy modernizado y nos dirigimos a cenar, que bien lo merecíamos.

A eso de las nueve y media de la noche nos dirigimos a una casa de huéspedes, pedimos alojamiento, y una vez obtenido le pregunté a la hostelera con el mayor candor:

—Y diga usted, señora, ¿se pueden dejar aquí las petaquillas sin que le roben a uno nada?

—Sí, señor, puede usted dejarlas con confianza. En ese cuarto de enfrente vive un señor mayor del ejército federal; siempre deja su pistola encima de la mesa y nunca se le pierde...

Yo di las gracias por el informe, pero Carlos propuso que nos fuéramos a dormir a otra parte. La idea del mayor federal y su pistola imperdible le tenía nervioso. Yo afirmé:

—Aquí nos quedamos, venga lo que viniere.

A las cuatro de la mañana nos levantamos, buscamos y hallamos dónde almorzar, y nos fuimos a esperar el tren a la estación siguiente, que resultó llamarse Palmilla.

A eso de las once del día llegó el tren, subimos al carro, y a eso de poco caminar, oigo estas frases entre dos viejecitos, que leían el periódico junto a mí:

—Hombre, ¿ya vio usted?: ¡que se fugó Pancho Villa!

—Lo debería haber fusilado el general Huerta. ¡Ya usted ve!

—Y ahora, ¿qué irá a hacer?

—¿Quién? ¿El general Huerta?

—No, hombre, Villa.

—¡Pues quién sabe! ¡Dicen que es tan bandido!…

Al llegar al crucero González nos bajamos para tomar el tren que por otro derrotero nos condujera a Celaya. En el trayecto trabé amistad con un doctor, quien reservadamente me preguntó:

—¿Sabe usted qué traigo de nuevo?

Con ganas de reír le afirmé que no, pues nada nuevo advertía yo en su indumentaria.

—Que anoche, cenando con el gobernador del Estado de México, en Toluca, me mostró un telegrama en el cual le avisaban que se había fugado Francisco Villa.

Yo, pretextando una jaqueca atroz, me excusé de seguir en la conversación, pero él, solícito y amable, no solamente no me dejó en paz, sino que insistió en que, en vez de continuar mi viaje, bajara yo en Celaya, donde tenía una botica bien surtida, y me curaría no sólo la cabeza, sino todo cuanto yo quisiera.

Por supuesto que antes de que el tren se detuviera en la estación, yo me bajé sin despedirme y me metí dentro de un alambrado. Eran las siete de la noche. Desde mi escondite pude ver el movimiento inusitado de rurales y gendarmes que, subiendo y bajando de los trenes, seguramente buscaban al prófugo Villa.

Me encaminé al centro de la población, y estando parado a la puerta del hotel vi acercárseme a un individuo que, al verme, levantó las orejas, olfateó los alrededores, me miró de pies a cabeza y no pudo disimular que era de la policía secreta. ¡Buen hallazgo!

—Vamos a la serenata —le dije a Carlos en voz alta— y luego nos vamos a la casa.

El polizonte meneó ligeramente el rabo y se preparó a seguirnos, pero comprendiendo que era de peligro pero que no estaba acostumbrado a seguir el rastro en la sierra, me mezclé entre la gente, me le hice perdedizo y me fui a pasar el resto de la noche en unos cercados próximos a la estación en espera del tren para Guadalajara, que pasaba a la una de la madrugada.

A eso de las doce de la noche me acerqué a la estación. Encargué a Carlos que comprara los boletos y las camas del pullman, y yo me quedé platicando con el gendarme del punto.

—¡Que frío está haciendo, vecinito! ¡Tenga para que entre en calor!

Y le regalé doce reales. Después le pregunté si no sabía donde nos venderían un "traguito". Yo nunca bebo, pero el vecino se advertía que sí, ¡y con aquel frío!

—Véngase; aquí hay un viejito amigo mío, y si voy con usted puede que le venda.

Y heme allí, frente a la casa del viejito, que está a veinticinco pasos de la estación, sin saber qué veneno alcohólico pedirle.

—Ponga usted dos pollas —le ordené, considerándolas del todo inocentes. Así deben haberle parecido al "vecino", puesto que no tuvo empacho en consignárselas a sí mismo.

Estaba yo conquistando al viejecillo para que me diera alojamiento, y en realidad ganando tiempo para que llegara el tren, cuando oí que silbaba la locomotora; llegó en pocos momentos… y a las diez de la mañana siguiente estábamos en Guadalajara. En la estación misma, sin perder un minuto en admirar las renombradas bellezas tapatías, nos trasladamos al tren que minutos después salía rumbo a Colima.

Como a las seis de la tarde llegamos a la empenachada ciudad de los cocos. En el andén formaban guardia unos rurales. Enfrente de ellos me bajé sin la menor inquietud, y allí ordené a un coche que me condujera al mejor hotel de la ciudad.

¡Con qué delicia, como si ninguna amenaza pesara sobre mí, me sumergí en el baño, me acosté a dormir, y tuve la pachorra de que Carlos me subiera la comida a mi cuarto, mientras yo descansaba a satisfacción!

Y qué anchuroso me pareció el mar cuando al día siguiente, a las 11 de la mañana, llegábamos a Manzanillo.

Afortunadamente estaban surtos en el puerto los vapores *Ramón Corral* y *Limantour*. Entre ambos personajes habría yo optado por irme en el *Emiliano Zapata*, pero tuve que resignarme con aceptar el *Limantour* que, como buen "científico" me hizo pasar muy malos ratos.

Cuando ya el vapor había soltado los calabrotes y empezaba a balancearse sobre las olas, yo sentí que el estómago se me contraía, no por efecto de un mareo incipiente, sino porque frente a mí se encontraba nada menos que José Delgado, no el célebre general que tan ingrato fue con el señor Madero, que lo hizo renacer a la vida pública, sino el telegrafista de la División del Norte, de la División de Huerta, que me conocía tanto como saber el alfabeto Morse.

Disimuladamente me levanté de donde estaba tan muellemente acomodado, y allá voy escaleras abajo a revolverme entre una parvada de más de cien chinos, que en su lengua y todos a la vez comentaban, seguramente, las poéticas volubilidades del mar.

Andaba yo deseando parecer chino, cuando ya en plena marcha se me presenta todo uniformado el mayordomo del barco, quien al reconocerme cristiano en medio de aquella periquera, me interrogó:

—¿Qué anda usted haciendo aquí, amigo?

¡Navegando!, iba yo a contestarle; pero vacilé entre declararle esa verdad o contarle dos mentiras: que deseaba yo aprender el chino.

—¡Señor! —le dije haciéndome el tonto—, aquí traigo mi boleto, pero al ir a buscar camarote me dicen que no hay; y yo por distraerme vine a ver si algo les entendía a estos señores chinos, figúrese usted, estoy tan malo que hasta pena me da ir entre las personas; por eso prefiero ir entre los chinos.

—Bueno fuera haberlo sabido antes de salir para dejarlo en tierra. Aquí no admitimos gente enferma.

—¡Pero si lo que yo tengo no es contagioso, señor!

—¿Pues qué enfermedad es?

—Una que habla de horca y termina en itis y no puede uno andar.

—¡Pobre de usted, hombre, ya la he padecido!...

Ante aquel síntoma de condolencia, saqué veinte pesos, se los puse en la mano y le dije, siempre bobeando:

—Tome usted estos veinte pesos; si me consigue un camarote, se lo agradeceré. Y si no, puede usted aprovecharlos en algo.

El estricto mayordomo guardó los veinte pesos con majestad, y yo me quedé rengueando y seguro de que tendría yo camarote, como sucedió, pues a la media hora quedaba yo instalado en la litera baja, ¡por estar enfermo!, de un camarote ocupado por dos estudiantes.

Yo prescindí de las variadas bellezas de la travesía, de los crepúsculos maravillosos del Padre Océano y demás variedades encomiadas por los poetas, pues nadie me volvió a ver la cara hasta que no fondeamos en Mazatlán.

Mi grande camarada el mayordomo se me presentó esa mañana con la tétrica noticia:

—Ya está aquí el doctor que viene a examinar a los pasajeros. Suba usted a cubierta.

No era el médico lo que me impresionaba, por más que siempre les he guardado la mayor cautela. Era José Delgado, a quien inevitablemente encontraría.

—No sea usted mal amigo —le dije poniéndole en la mano cinco pesos—; ve usted que estoy tan malo que no me puedo ni parar. Deje que pasen revista los demás y yo saldré más tarde...

—Bueno, ¡quédese allí! —me contestó humanizándose y recordando que él también la había padecido...

Y allí me estuve, hasta que el movimiento de botes y lanchas de gasolina me hizo salir cautelosamente a ver en cuál se embarcaba José Delgado para embarcarme yo en otro.

Tuve la fortuna de que tomara, quizás por más poético y barato, un bote de remos. Yo bajé la escala y me lancé al asalto sobre una lancha de gasolina. Carlos Jáuregui acompañaba, muy amigote, a José Delgado, y llevaba el encargo de avisarme en qué hotel se alojaba, para cambiarme yo a otro.

Pasó mi lancha de gasolina a toda velocidad bien lejecitos del bote en que iba Delgado. Yo había pagado cuatro pasajes en vez de uno para ir solo en la lancha, y ¡claro está!, llegué al muelle antes que el hábil telegrafista de Huerta.

Me fui a un hotel, procurándome un cuarto con puerta a la calle, por si llegaba Delgado, y poco más tarde fue a unírseme Carlos, preguntando por el nombre supuesto que yo había adoptado.

—Ya dejé a ese hombre hospedado en otro hotel, ¿qué se le ofrece?, porque yo quiero ir a conocer Mazatlán —me dijo Carlos.

—¿Para dónde va José Delgado? —fue mi respuesta.

—Me dice que va a recibir la oficina de telégrafos de Hermosillo.

—¡Pues volveremos a ser compañeros de viaje, qué remedio! Tome usted estos doscientos pesos, Carlitos, y cómpreme el gabinete del pullman. José Delgado irá en bote de remos; quiero decir, en primera.

Sucedió puntualmente como lo pensé. Hicimos juntos la travesía de Mazatlán a Hermosillo; allí se bajó Delgado, respiré a mis anchas, y hasta la frontera.

Al llegar a Magdalena subió el agente de Emigración, quien me sujetó al interrogatorio siguiente:

—¿De dónde viene usted?

—De Mazatlán.

—¿Es usted nativo de Mazatlán?

—No, señor, de Durango, pero criado en Mazatlán.

—¿Qué negocio tiene usted en Mazatlán?

—Agricultura y ganadería.

—¿Tiene usted propiedades?

—Sí, señor, una hacienda.

—¿Cómo se llama?

—Santa Susana.

—¡La he oído mentar! —declaró muy convencido—. ¿La gracia de usted?

—José Jesús…

—Tenga usted la bondad de poner aquí su firma.

Eché cuatro garabatos (¡un hombre que viaja en gabinete no tiene la obligación de firmar con claridad!), y… fue ésta la última formalidad a que me sujetó el eficacísimo, utilísimo y admirabilísimo servicio de inmigración en tierra mexicana.

Crucé la frontera, eché un suspiro muy fuerte, satisfice nuevamente la curiosidad *yankee* respondiendo al interrogatorio que acababa de ensayar, y ¡hasta el Tucson!, donde se curan tantas enfermedades del estómago…

Y tomando yo el papel escribí el nombre de José Jesús… y de rúbrica eché lo que mejor se me ocurrió.

Capítulo VI

De allí me fui a Tucson. Después de cuatro días de estar en Tucson regresé al Paso, busqué una casa de alojamiento y como a los seis días le puse una comunicación a don Abraham González, donde le decía que estaba sano y salvo en El Paso, que me tenía a sus órdenes, que era el mismo Francisco Villa que había conocido en otras épocas, sin pensar mal de los míos, y que le diera cuenta al señor presidente de la república, y le dijera que decía que yo, si era hombre nocivo en mi país, estaba propuesto a vivir en Estados Unidos para que el gobierno que representaba él no sufriera por mi causa, y que si me necesitaban en alguna vez, estaba dispuesto a servirles como siempre. Que le comunicara al señor presidente que le iban a dar un cuartelazo, porque a mí me invitaban a darme mi libertad si lo secundaba, y no habiendo yo querido pertenecer a la traición, me decidí a conseguir mi libertad a costa de mi vida; que viviera seguro que los hombres del gabinete no lo habían de favorecer y que yo soy fiel, y el tiempo tanto cubre como descubre, y a usted en lo particular, don Abraham, le digo que me permita ir a hacerme cargo de las fuerzas voluntarias del estado para favorecerlo a usted, pues estamos perdidos. Y don Abraham por toda contestación me dio estas palabras:

—Tenga usted paciencia, no pase usted porque nos compromete, yo quiero que todos los que somos sus amigos arreglemos su negocio con el señor presidente de la república para tener el gusto de ir a encontrarlo al río Bravo.

273

Mirando yo que estaba como en un sueño, envueltos en la ignorancia, le supliqué que mandara una persona de su confianza para hablar con ella verdaderamente.

La persona que fue a representarlo fue el licenciado Aureliano González, quien llevaba amplias facultades para tratar conmigo todo lo que yo quisiera. Después de comunicarle al licenciado yo todo lo que acontecía me dijo:

—Siempre no pase usted. Yo tengo instrucciones de ponerle a usted un sueldo a disposición de su grado.

Yo le contesté:

—Bueno, señor, ustedes quieren que favorezca yo el estado, y a la vez, como me ha de durar tan poco el sueldo que ustedes me van a asignar, sólo le suplico a usted que me preste mil quinientos pesos, que me durarán más que el tiempo que ustedes van a durar con las riendas del gobierno de Chihuahua.

Y despidiéndome de él, me retiré a mi casa.

Vino él a Chihuahua y en pocos días se sentían ya los rumores del cuartelazo de México. Y yo esperando el de Chihuahua.

Empecé yo con aquellos mil quinientos pesos a comprar rifles, municiones, monturas y caballos, que para esto tuve que pedirle a mi hermano tres mil pesos más. Cuando ya tenía todo listo, sentí el cuartelazo de Chihuahua,[21] y sin pérdida de tiempo le dije a un tal José Muñiz que tenía los caballos en Juárez y que le había dado yo trescientos pesos para pasturas:

—Tráigame ya los caballos.

Y me contestó:

—Hoy en la noche se los mando.

Y no me mandó nada de caballos y otro día se me presentó diciéndome que ya lo tenía de punto de vista el coronel, y que era

---

[21] Tras consumarse el cuartelazo de la Ciudadela, Abraham González fue aprehendido por el general Antonio Rábago, obligado a renunciar a la gubernatura estatal y trasladado a la Ciudad de México por órdenes de Victoriano Huerta. A la altura del kilómetro 1562 —entre las estaciones de Horcasitas y Bachimba— fue asesinado la noche del 6 al 7 de marzo de 1913 por la escolta que lo custodiaba. Fue sepultado a un lado de la vía y un año después su cadáver fue exhumado por fuerzas constitucionalistas que le rindieron los honores correspondientes. Fue sepultado en el panteón de La Regla y en 1956 sus restos fueron trasladados a la rotonda de los chihuahuenses ilustres.

imposible entregarme los caballos porque sufriría alguna prisión, y como yo comprendiera que aquel era un cobarde, muy lejos de pertenecer al número de los hombres, le dije:

—Muy bien, don José: ahora lo que voy a hacer es irme a trabajar a una línea de ferrocarril para mantenerme; déme los trescientos pesos que le había mandado para pasturas; yo me voy a California a trabajar en la línea del ferrocarril.

Y me dijo:

—Voy a mandárselos.

Pero como él me viera sin acción que ya me iba a la línea del ferrocarril, no se me volvió a presentar.

Enseguida me fui a Tucson y hablé con Maytorena, que acababa de llegar. Me facilitó mil pesos mexicanos y, diciéndole yo que si hacían movimiento en Sonora iba a ver qué lucha le hacía en Chihuahua, y me dijo que sí, me regresé al Paso, y tomando nuevas medidas, comencé por comprar caballitos flacos. Y como faltaban tres, para nueve que íbamos a salir, le dije a Darío Silva y a Carlos Jáuregui:

—Vayan ustedes a la agencia donde alquilan caballos y paguen dos días los caballos muy puntuales, porque queremos llevarnos tres caballos, porque los necesitamos.

Se pasaron tres días pagando la renta de alquilados caballos y después de tres días les dije:

—Ahora réntenlos a las meras cuatro de la tarde para que de oscurecer crucemos el río —pues ya los otros caballos los tenía al otro lado del río.

Crucé por los Partidos, y cruzando la línea como a las nueve de la noche con mis nueve hombres montados y armados. Dichos hombres voy a expresar: Manuel Ochoa, hoy teniente coronel; Miguel Saavedra, hoy mayor; Darío Silva, hoy capitán segundo; Carlos Jáuregui, hoy subteniente; Tomás N., hoy finado fusilado por la federación; Juan Dozal, coronel; Pedro Sapién, muerto en el combate de la toma de Torreón, y otro cuyo nombre no recuerdo. Salimos y caminamos toda la noche, viniendo a almorzar al Ojo de Samalayuca. Seguimos caminando y como a las siete de la noche nos paramos cerca de Las Amarguras. A los tres días estábamos en la Hacienda del Carmen. A los cinco días estábamos en la

Hacienda del Saucito, cerca de Rubio. A los siete días estábamos en San Andrés.

Cuando el presidente municipal quiso, ya estaba yo adentro de la presidencia. Dicho presidente se llamaba Encarnación Enríquez, y como me viera ya adentro armado, se levanta muy cariñoso a saludarme.

—Usted es el presidente de este pueblo y es puesto por el gobierno de don Abraham González, y quiero que me dé su opinión, si va a secundar la tiranía de Huerta.

Y él me contestó:

—No, señor, soy su amigo y estoy aquí para ayudarlo en todo lo que pueda mientras me organizo para levantarme junto con usted.

Me pasé a Chavarría confiado en que aquel hombre iba a ser fiel con la justicia, pero de esto no era cierto nada. Ya lo explicaré en otros puntos más adelante. De allí me levanté a Andrés Rivera con cuatro hombres bien armados y montados, entre ellos mis dos hermanos. Me fui hasta Santa Isabel y le puse un telegrama a Rábago que decía así:

> Señor general Antonio Rábago: sabiendo yo que el gobierno que usted representa va a pedir la extradición mía, he resuelto venirles a quitar esas molestias, pues aquí me tienen ya en México propuesto a combatir la tiranía que usted representa, o ya sea la de Huerta, Mondragón y secuaces. Francisco Villa.

De allí seguimos rumbo a San Juan de Santa Veracruz y allí junté como sesenta hombres de la Ciénega y de todos los ranchos inmediatos, porque toda la gente era partidaria mía en esos puntos.

Me fui a Satevó, mandé un correo al coronel Fidel Ávila, y siendo una persona de toda mi confianza, se me presentó y le dije así:

—Vamos a comenzar a combatir la tiranía, compadre, atienda usted mis súplicas, vamos a unirnos, junte usted la gente del pueblo de San José y de Santa Juana de las Cuevas, mientras veo cuánta gente junto por el Pilar de Conchos y Valle del Rosario.

Por la cordillera, por donde yo anduve, pude juntar 250 hombres, y cuando regresé con mi compadre, tenía él 180. Le dije:

—Quédese aquí con estos hombres, siga mirando qué junta, y yo camino para los demás pueblos de Carretas y San Lorenzo a ver qué puedo reunir, y voy hasta San Andrés.

Pues así me fui caminando por el pueblo, acabalando un número de cuatrocientos hombres. Habiéndome encontrado con el tren de pasajeros abajo de Chavarría, agarré el tren en una emboscada, me subí a ver qué traía y en el express venían 122 barras de plata. Y en el carro de pasajeros conoció Juan Dozal a un tal Isaac, no recuerdo de qué apellido, que traía unos telegramas de Rábago, donde le decía que pasara para darle el armamento que tenía: lo apeamos y lo mandamos fusilar.

Regresé el tren con las barras de plata hasta San Andrés. Y como el jefe de allí viera que llegaba a la estación con veinticinco hombres en el tren, y ya teniendo gente armada por el gobierno de Rábago me empezó a hacer fuego. Me metí al pueblo, teniendo que lamentar la pérdida de siete compañeros que allí murieron, pues aquel pícaro que en otra época me había ofrecido ser fiel a la justicia, ya estaba de parte del gobierno de Rábago.

Cerró la noche, y después de matar unos tres de los que tenía armados, comprendí que quizá me echaran fuerza de Chihuahua y perdiera yo las barras de plata. Me retiré al monte de Sonoloapa con toda la gente, y a cada soldado le había dado una barra de plata para poderla llevar. De allí me dirigí a Bachíniva con unos heridos que habíamos tenido en San Andrés, de los cuales se me murió uno que enterramos en ese pueblo.

De allí me fui rumbo al valle,[22] donde me recibieron con buen cariño. Y de allí me fui a Casas Grandes, había una parte de la fuerza de Salazar, como de cuatrocientos hombres, y al llegar a donde se podía hacer tiro me empezaron a hacer fuego; decidí ponerles un sitio para esperar que oscureciera para tomar los cuarteles a sangre y fuego.

Oscureció y di mi orden de avance hasta dentro de los cuarteles, los que se tomaron en dos horas, habiendo muerto cuarenta hombres en la batalla y habiendo cogido como sesenta prisione-

---

[22] Se refiere a Valle de Allende.

ros, los cuales mandé formar de tres en fondo para que con una bala se fusilaran tres.

Otro día se levantó el campo y los demás huyeron, y entre los que habían muerto en la batalla, había muerto el coronel Azcárate, que era el jefe de la gente. Y pensando yo que dónde lo enterraría, me acordé de una noria que está como a sesenta metros del pueblo, y ahí mandé que los echaran a todos y que los enterraran.

Después de haberlos enterrado se me presentó una señorita, hija de Azcárate, y en presencia mía le dijo a Juan Dozal:

—Soy hija del coronel Azcárate. ¿Murió mi padre, señores?

—Sí, señorita.

—¿Y mi hermano?

—También, señorita.

—¿Murieron peleando?

—Sí, señorita.

Y contestó ella estas palabras...

—Murieron con honor. Adiós, señores.

Reunimos las tropas y marchamos rumbo a La Ascensión, pasando por la Hacienda de Corralitos. Llegamos, y como no se avistara ni una alma, parecía que estaba el pueblo solo, pues toda aquella gente era pura colorada.[23] Después de dos días comenzaron a salir hombres, señoras, y por fin empezaron a salir señoritas. Y nos llegamos a familiarizar al grado que nos tuvieron tanta confianza, pues fueron hasta nuestras cocineras un mes.

Le dije yo a Juan Dozal:

—Váyase usted a Agua Prieta, arregle con Elías Calles que me manden el parque que puedan mandarme, que se los pago con ganado.

Me mandaron 35 000 cartuchos. Equipé medianamente a mi gente y le dije a Juan Dozal:

—Váyase a ver si puede conseguir más parque y dígales que me presten mil hombres, para tomar Juárez.

Y me dijo:

---

[23] "Colorados" era el sobrenombre con el que se conocía a los orozquistas porque usaban como distintivo una cinta roja.

—Permítame llevar a mi hermano.

Y yo le dije:

—Desde el otro día no quise dejarte que lo llevaras porque se me figura que tú te vas a quedar.

Y él me contestó:

—No, viejo, no soy tan poco hombre.

Le permití que llevara a su hermano y cien hombres más, para que trajera parque si conseguía. En pocos días recibí una comunicación de Juan Dozal donde decía:

> Ya estoy aquí entre mi familia, con todo y mi hermano. Ya no soy revolucionario, no quiero manchar mi honor, por eso me retiro a la vida privada. Detesto de la revolución. Sin más por ahora, tu humilde servidor, Juan Dozal.

* * *

—Opino porque hagamos un simulacro como que vamos a atacar Chihuahua al oscurecer, y tan pronto como la noche cierre, todos marchamos a marchas forzadas hasta la Hacienda del Saúz o cuando menos a la fundición del cobre, y allí dejamos mil quinientos hombres sosteniendo la línea y destruyendo unos cuantos puentes. Y yo, con los demás de caballería, siquiera el número de dos mil hombres, iremos a marchas forzadas a tomar Ciudad Juárez; así tendremos los elementos para volver a combatir al enemigo en Chihuahua. Si llegáramos a coger un tren, entonces tomándoles Ciudad Juárez rápidamente que ni el mismo enemigo se va a dar cuenta. Y usted, señor coronel Chao, se retira al Distrito Hidalgo con todos los trenes, la infantería y cuanta vieja haya en todos los trenes; que no se quede aquí ninguna.

Y ellos, muertos de risa, aprobaron mi opinión, y sin más comentarios, ¡a hacer el movimiento! Se llevó a cabo amaneciendo en la fundición de cobre, y la buena fortuna me trajo como a las cinco de la tarde un tren cargado de carbón que fue capturado por nosotros, y muerto de gusto les dije yo a mis compañeros, los señores generales Herrera, Fernández, Rodríguez, coroneles Servín, Ortega, y algunos de los jefes:

—Compañeritos, ya tienen ustedes el tren que les pinté cuando les indiqué yo que viniéramos a tomar Ciudad Juárez. Pues ahora yo les respondo: por lo demás, Juárez es de nosotros antes de 24 horas. Usted, señor coronel Servín, a todos esos carros que hemos cogido de las haciendas de Terrazas, quíteles las mulas, remude su artillería y le jala usted día y noche, toda la línea del ferrocarril rumbo a Ciudad Juárez. Usted, señor coronel Ortega, coronel Ávila, coronel Granados, y usted, señor general R. Hernández, se quedan como están en esta vía con dos mil quinientos hombres caminando al paso que le sea posible. Y usted, señor general Herrera, general José Rodríguez y yo, nos vamos con dos mil hombres de infantería en este tren a tomar Juárez esta noche.

Estas órdenes las daba a las ocho de la mañana, un día después de haber cogido el tren. Ahora voy a referirme sobre los movimientos del tren que se había cogido: ya cuando el tren había caído en la emboscada, hacía horas antes que habíamos cogido un telegrafista de aquella estación, y le dije:

—Va usted a comunicarme a Juárez lo que le mande; aquí está este telegrafista de nosotros, para si usted no comunica lo que se le ordene, con las mismas contraseñas que usted acostumbra, será pasado por las armas. Comunique usted esto a Juárez: "Estoy descarrilado en este kilómetro, no hay vía telegráfica a Chihuahua ni camino de ferrocarril porque lo han quemado los revolucionarios. Mándenme otra máquina para levantarme. Den orden que esto he de hacer".

En pocos momentos contestaron de Juárez (lo que comunicamos lo firmó el conductor del tren, apellidado Velázquez): "No podemos mandar las máquinas de aquí, busque usted jaquís en la fundición para que levanten la máquina, y luego que la haya levantado, avise para darle órdenes".

Le dije al telegrafista: conteste que está bien.

Como no tuviéramos ninguna máquina caída, me puse a levantar carbón para que pudiera con la tropa. Después de dos horas que ya vacié todo el carbón que me convino, y monté dos mil hombres de infantería en aquel tren y le dije al telegrafista: comunique usted estas palabras a Juárez: "Ya estoy levantado. No hay vía ni telégrafo y se ve un polvo como que vienen los revolucionarios. Necesito órdenes. E. Velázquez".

En esos instantes se recibió contestación donde me decía: "Regrese usted para atrás y en cada estación pida órdenes".

—Conteste que está bien —le dije.

Marché con los trenes, llegué a la estación del Sáuz. Comuniqué mi aparato y le dije al telegrafista: Comunique que "Estoy en El Sáuz. Necesito órdenes. Velázquez".

Contestaron con una letra "K".

—Diga que está muy bien.

Llegué a la Estación Laguna. Me puse a pedir órdenes. Contestaron con una letra K.

Muy bien, señores. Llegué a la Estación Moctezuma y como tres kilómetros antes de llegar paré el tren y mandé un oficial con la pura máquina para que fuera a coger al telegrafista para que no me viera llegar con la máquina cargada de gente y diera aviso a Juárez. Regresó la máquina con el telegrafista. Llegué a Moctezuma y allí no había ya que comunicar más, mas que con el mismo aparato del telegrafista. Pedí órdenes, contestándome de Juárez con la misma letra K.

Inmediatamente caminé y llegué a Villa Ahumada. Pedí órdenes a Juárez, contestándome con la letra K.

De allí me moví a Samalayuca y ya allí di las contraseñas a la tropa. Di la orden de ataque y la manera violenta de apearnos del tren. Di orden a los jefes que no dejaran dormir la tropa y puse a uno de los ferrocarrileros que fuera pegado con el maquinista, y que si no entraba hasta adentro porque tuviera miedo, él, conociendo algo de ingeniería, le pertenecía, sin pérdida de tiempo, matar a aquel con una daga y coger la chamba, dándole una escolta para que llevara allí mismo en la máquina. Como el maquinista oyera estas órdenes, no se necesitó matarlo y entró hasta adentro muy feliz. Entró la gente en línea de fuego para adentro de la población en todo orden, y cuando el combate comenzaba, yo daba órdenes a Fierro que prendiera las máquinas para ir a encontrar la artillería.

Después de unas dos horas estaba la plaza en nuestro poder, y dos máquinas salieron con plataformas a encontrar la artillería, y una con comestibles para la gente.[24]

---

[24] Parte que detalla los hechos de armas en los que tomó parte la brigada Caraveo y memorándum de la campaña llevada a cabo en Chihuahua del 14 de abril de 1913

Después de cuatro horas amaneció y dispuse de que se esperaran a juntar muertos, que se curaran los heridos y a poner autoridades. Luego a repartir las municiones que se habían tomado al enemigo.

Empecé a echarme compromisos con las casas comerciales del otro lado, de ropa para vestir a la fuerza, habiéndonos municionado con el parque del enemigo y otros pocos que se habían comprado.

Y como supiera que el enemigo se encontraba en Samalayuca, mandé a Rodolfo L. Fierro con una máquina y una escolta para que me dieran un día más de ventaja. Vino y me rindió parte que allí había llegado hasta junto del enemigo, que lo había cañoneado y que le había prendido diez carros de los mismos, en violencia de carrera del tren que les había soltado en la vía, y se había retirado a proteger la vía.

Ordené que todas las tropas tenían que pasar a las diez de la mañana del otro día una revista, todos armados y montados, con equipos de toda naturaleza.

A las diez de la mañana estaba toda la caballería formada frente a la estación, y no era tal revista ni tal nada, lo que era, que iba a dar órdenes cuando todos los jefes de brigada estuvieran allí, para entablar el combate de Bauche a Tierra Blanca. Para que así no sufrieran las familias ni los que no combatieran, pues la frontera de que yo estaba apoderado se necesitaba cuidarla para que los negocios internacionales no sufrieran. Di orden de desfile para todas las brigadas.

En Bauche les hablé a todos los generales y les ordené su línea de combate a cada quien y en la condición que la habían de tomar: el general Herrera, el ala de la derecha; a la Brigada Villa, en el centro a la izquierda. La Brigada Morelos y la Brigada Hernández a medio kilómetro atrás para reserva, para que dieran auxilio donde se miraran más abatidos.

---

al 10 de enero de 1914. AHSDN, Chihuahua, exp. XI/481.5/69, ff. 339-342. También minuta del general Aureliano Blanquet al secretario de Guerra y Marina, informando sobre la toma por sorpresa de Ciudad Juárez por rebeldes al mando de Francisco Villa, Maclovio Herrera y Juan N. Medina, el 15 de noviembre de 1913. AHSDN, Chihuahua, exp. XI/481.5/69, 24 de diciembre de 1913, f. 578.

En la tarde se miraban los trenes del enemigo a cuatro kilómetros. Cerró la noche. Ordené que toda la gente que estaba en
línea de fuego para la infantería, dejando adelante un soldado
con cada diez caballos para asaltarles en convoy al enemigo. Y sucedió que quizás el enemigo pensaba lo mismo, y antes de llegar
a los convoyes se trabó la batalla encarnizada, la que duró hasta
las ocho de la mañana que yo personalmente, con la Brigada Hernández, que era de reserva, ordené la retirada de la infantería
protegida por la caballería, que la tenía un poco agobiada por la
caballería e infantería federal.

Fue una retirada honrosa y feliz. Ordené que cada soldado
cogiera un caballo, y que una cuadrilla con costales de pan fuera
por la línea de fuego repartiéndoles a cada quien una pieza.

El general Ortega y el general Fidel Ávila, con algunos oficiales, fueron dictando las órdenes en toda la línea de fuego, de un
ataque de caballería. Toda la oficialidad tenía que arrear la tropa,
y el que se quedara atrás lo pasaría por las armas. Y cuando estuvieran dictadas estas órdenes, se haría un disparo de dos cañonazos, para que la caballería, a media rienda, diera ataque.

Me vinieron a decir que estaban dictadas las órdenes.

Ordené a todo mi Estado Mayor que entrara en línea de fuego también, quedándome con dos de ellos nomás, y ordené al
coronel Servín el disparo de los dos cañonazos para el avance de
caballería.

En esos momentos llegaba el general Herrera diciéndome
que qué hacía, que los colorados ya se le echaban encima. Y yo le
contesté:

—En estos dos disparos de cañones ya se va a echar la caballería. Váyase a su puesto y haga lo que todos: a echarnos todo
mundo encima.

En el momento volteó su caballo, sonriéndose, y se fue a cumplir con aquel deber.

Cuando la caballería se echaba encima del enemigo, hubo tanto pánico que unos corrían, otros se enterraban en la arena para
esconderse, y allí se mataban con pistola.

He aquí una de las hazañas de R.L. Fierro, de las que se re-
gistran con un valor temerario: siendo viejo ferrocarrilero, se dio

con el cuerpo de guías encima del tren, y entre una lluvia de balas soltó el caballo cuando llegó al tren del enemigo, y se estuvo allí hasta que le puso el aire para que no lo movieran. Cuando Rodolfo L. Fierro hizo esta hazaña, una parte de las brigadas se echó encima, haciendo una carnicería con toda la tropa que llevaba aquel tren, habiendo tenido el enemigo que perder más de mil hombres y dejarnos diez cañones.

Ordené que se reconcentraran todas las brigadas en la Estación de Mesa, donde se dedicaron a beber y comer, y algunos más curiosos a darles comida a su caballo.

La mañana del día siguiente ordené que dos escuadrones quedaran levantando el campo, y una parte de los prisioneros enterrando a los nuestros. Y la demás tropa formada para entrar otra vez a Juárez.

De allí empezamos a organizar la administración pública. Pues así se lo ordené yo a Juan N. Medina, en aquella época coronel y jefe de Estado Mayor. Como yo viera que Juan N. Medina no obrara en justicia con poner personas honradas en la administración, sino personas de su gusto, le mandé que quitara dos de ellas. Y como tuviera unos veinticinco o treinta mil pesos que había colectado de préstamos que había conseguido en los bancos, decidió, por no cumplir mis órdenes y llevar a cabo sus chiqueos, el retirarse a Estados Unidos con todo y dinero. Y luego que él se vio sano y salvo con qué tomar chocolate, como a los ocho días me puso su renuncia del país vecino diciéndome que ya no era jefe de Estado Mayor, que se retiraba dizque porque tenía yo muchas personas que me seducían.

Puse yo la queja a Estados Unidos de lo que me pasaba con Medina y lo metieron a la policía por unos cuantos días. Después lo pusieron en libertad sin darme cuenta, quizás por sus buenas amistades que él tuviera en aquel país. Ya la historia colocará a Medina en el punto que le pertenece.

Empecé a organizar las tropas para salir a Chihuahua, dejando solamente la Brigada Zaragoza y Brigada Hernández de guarnición en Juárez. Con las otras tres marché sobre Chihuahua, adonde llegué después de cinco días de penosa jornada, por venir reparando los puentes quemados por los federales.

Por fin llegamos a la capital del estado, encontrando ya sin enemigo. Uno que otro rico que había quedado, estaba bien recogido en sus casitas.[25] Mandé encuartelar mis tropas, tomé posesión del gobierno, el que estuvo en mi poder por espacio de un mes más o menos, entregándoselo al señor general Chao, porque así lo requerían los negocios militares.

Desde esa fecha me he ocupado de asuntos militares, y el general Chao del gobierno.

Al llegar a Chihuahua nos encontramos con que había un capitán federal, un teniente y un subteniente al frente de doscientos hombres del 6°, bien equipados y armados, cuidando el orden de la ciudad. Y como yo viera que no se necesitaban, le di las gracias al capitán, y lo puse sano y salvo con todos sus oficiales, quedando yo con la tropa y armas. Me pidió que le diera yo siete soldados que se querían ir con él y se lo concedí. Los demás quisieron quedarse conmigo.

Ya dedicado yo a mis negocios militares, organicé una columna de tres brigadas; se componía toda la columna, con todo y artillería, como de cuatro mil hombres. Puse frente de ella como general en jefe, de acuerdo con los demás generales, al general Pánfilo Natera; les dije que fueran a tomar Ojinaga y que la tomaran de noche, porque de día tendrían que perder mucha gente.

Les pinté la manera como habrían de tomarla y salió la columna. Llegaron a Ojinaga y como no cumplieran las órdenes e indicaciones que yo les había dado, sucedió que no pudieron tomarla. Yo, desesperado por no saber de la toma, me fui a Ciudad Juárez, mandé unas personas que fueran y vieran para que me dijeran la situación de los nuestros en Ojinaga. Vinieron y me dijeron:

---

[25] Informe rendido al señor cónsul general de México en San Antonio, Texas, Arturo M. Elías, referente a la evacuación de la plaza de Chihuahua hecha por las fuerzas federales bajo las órdenes del general Salvador R. Mercado, jefe de la División del Norte. San Antonio, Texas, 15 de diciembre de 1913, José Reyes Retana. AHSDN, Chihuahua, exp. XI/481.5/69, f. 583. La mañana del 27 de noviembre se tuvo aviso en Chihuahua de que las fuerzas revolucionarias bajo las órdenes de Francisco Villa habían derrotado en las cercanías de Ciudad Juárez a las tropas comandadas por el general de irregulares José Inés Salazar. Inmediatamente el general Mercado hizo público que tenía que evacuar la capital del estado. Comerciantes y capitalistas ofrecieron hasta tres millones de pesos a fin de que con esa suma se pudiera hacer frente a las necesidades de la tropa.

—Están en malas condiciones. No han podido tomarla, y dice la gente que si no va usted, en cinco o seis días se retiran; está un poco desmoralizada la gente.

Recibí la noticia a las ocho de la noche. Ordené al general Hernández se embarcara en esos momentos con todo y su tropa y caballada, para las dos de la mañana ya veníamos de camino.

Por telégrafo mandé movilizar por trenes la Brigada Herrera, y marché con las dos brigadas sobre Ojinaga, sin llevar preparativos de comida ni de nada. A los tres días estaba en La Mula, un rancho que está a doce leguas de Ojinaga. Como no tuviéramos qué comer, nos pusimos a matar unas reses de vecinos de los ranchos inmediatos, y nuestra comida fue carne sin sal. De allí ordené al general Hernández y al general Herrera que fueran a posesionarse del Mulato y que allá recibieran órdenes; y yo, con una escolta de 25 hombres de mi Estado Mayor, me dirigí a marchas forzadas a la Hacienda de San Juan, donde se encontraba el general Ortega, coronel J. Rodríguez, coronel F. Ávila al frente de la Brigada Morelos, y la Brigada Villa y una parte de la Cuauhtémoc.

Al ver los jefes a que me refiero mi llegada, se les notó mucho gusto, corrió el rumor entre toda la tropa y empezaron a venir de donde quiera que estaban, hasta que se formó un campamento todo ese día.

En la tarde hablé a los jefes y soldados y les dije estas palabras:

—Jefes y soldados de la libertad: he venido a cumplir con mi deber, vengo a que tomemos Ojinaga. Traigo la Brigada Hernández y la Brigada Herrera, y espero que ustedes cumplirán con las órdenes que les voy a dictar aquí a grito abierto, para que todos las oigan y nadie se equivoque. Mañana marcharemos a las ocho de la mañana en correcta formación, colocaremos la línea de fuego a distancia, que no la batan los cañones del enemigo. Al quererse venir las sombras de la noche, todas las brigadas coronarán… de infantería para el centro del pueblo. De coronel a subteniente les pertenece [arrear] la tropa, y tanto el jefe como el soldado que dé un paso atrás, inmediatamente pasarlo por las armas, para que así, tanto se liberte el último soldado como el primero de los jefes. El hombre de vergüenza siempre entra adelante y el cobarde tiene que presentar valor o quedar sepultado para siempre. Así pues, voy a dictarles los puntos finales del ataque, de los que estarán ustedes muy pendientes, por ser de suma importancia: seña, Juárez. Contraseña, fieles.

"Todo mundo entrará al combate sin sombrero, y cuando estemos revueltos entre el enemigo, ya sea a la lucha o a la pistola, espero que tengan el suficiente corazón para que no nos matemos unos a otros, hasta que la seña particular, cuando uno de ustedes le ponga el arma en el pecho a otro, le preguntará ¿qué número? Y si es de los de nosotros, en secreto contestará "Uno". Y si ese número no se contestare, inmediatamente harán fuego. En hora y media tenemos que tomar el pueblo, y todo el oficial o soldado que encuentre yo que no entra en la batalla, tiene la pena de muerte. Ahora pregunto a los jefes y soldados: ¿Están ustedes contentos con las órdenes que he dictado?".

Y todos a grito abierto me contestaron: ¡Sí!

Y en la noche, mirando yo el ánimo del campamento, vi que todos estaban cantando. Una escolta de hombres conocedores mandé que moviera la fuerza de Herrera y Hernández, citándoles los puestos que tenían que tirar la línea de fuego, y para las doce del día la tenían copada la línea de fuego que yo les había ordenado. Y como fui a dictar la misma orden a las demás fuerzas, la que acabé de ordenar a tropa y jefes a las cinco de la tarde, retirándome al sur, donde estaba la artillería.

Se comenzó el combate. En el término de una hora y cinco minutos, Ojinaga era de nosotros con armas, ametralladoras y cañones, teniendo que lamentar, por parte de nosotros, unos 35 muertos, y por parte del enemigo, más de cuatrocientos.[26]

Mandé juntar el armamento en una sola parte y también organizar la caballería y los vecinos del pueblo que empezaban a pasar al otro lado... Ordené que levantaran el campo y los muertos, y en 48 horas dictaba orden de salida a la artillería y las demás fuerzas,

---

[26] Parte del combate de Ojinaga efectuado del 1° al 10 de enero de 1914. AHSDN, Chihuahua, exp. XI/481.5/69, f. 343. Después de la evacuación de Ojinaga se disolvió la División del Norte federal.

dejando la Brigada Ortega González en aquella plaza, que era la mayor parte de la tropa, con órdenes [de] que establecieran las autoridades, la dejaran guarnecida por cierto número de gentes cuidando de los heridos, mientras se podían trasladar, marchándome a Chihuahua con las demás fuerzas. Llegué sin novedad. Llegaron las fuerzas, empezaron a encuartelarse, y a la Brigada Hernández la mandé a Santa Rosalía, y la de Herrera, a Jiménez.

He seguido ocupándome de mis negocios militares; moví la Brigada Zaragoza, de Juárez a Chihuahua; trasladé la Brigada Villa con las demás partes de sus hombres, y he seguido preparándome para ver qué nos tiene la suerte.

* * *

Agregado a la toma de Torreón

Antes de entrar a Torreón se acercaban dos columnas del enemigo al mando de Emilio P. Campa, de Argumedo y una de las columnas al mando del general Alvírez. Estando yo con mis fuerzas en Loma, fueron a provocarme con tiros de cañón. Ordené que la fuerza del general Herrera, y una poca de gente del general Juan E. García, pelearan por el ala de la izquierda, y yo, con las demás tropas, por el ala de la derecha del río, siguiendo la corriente. Se entabló el combate tan encarnizado, que he levantado tres columnas de tiradores en treinta minutos, habiéndonos echado encima del pueblo de Avilés, donde estaba el general Alvírez con la demás tropa de zapadores y una parte de rurales.

Le tomé la población a sangre y fuego en otra media hora, habiendo muerto él y toda su oficialidad y tropa en número como de seiscientos hombres muertos, pues según sé, era la columna de mil hombres por cada lado del río, es decir, con Argumedo y Campa, y mil con Alvírez, quedando toda la artillería en mi poder, y dándoles descanso a las fuerzas, por esa tarde allí.

Otro día marché sobre Torreón. No puedo yo negar que el general Alvírez era hombre valiente, porque así lo demostró hasta la última hora de su muerte.

CRONOLOGÍA

Año	México	El mundo
1878	Nace en el estado de Durango Doroteo Arango Arámbula, quien posteriormente habrá de ser conocido como Francisco Villa. El gobierno de Porfirio Díaz es reconocido por EEUU.	Inicia el Congreso de Berlín —promovido por Bismarck—, del que derivaron los resultados siguientes: es desmembrada la gran Bulgaria. Se reconoce la independencia de Servia; Austria obtiene el derecho de ocupar y administrar Bosnia y Herzegovina, cuyas poblaciones yugoslavas reclamaban su anexión a Serbia. Besarabia continua bajo dominio ruso e Inglaterra obtiene la isla de Chipre, haciendo de ésta una importante base naval.
1894	Doroteo Arango trabaja como mediero en el rancho Gogojito, anexo de la hacienda Santa Isabel de Berros, Durango. Por defender el honor de su hermana Martina hiere al hacendado Agustín López Negrete. Inicia una vida de proscripción. Perseguido por la Acordada —policía rural—, decide cambiar su nombre por el de Francisco Villa.	Como consecuencia de una grave crisis económica estadounidense, estalla la huelga de establecimientos Pullman en la ciudad de Chicago, Illinois., a la que pronto se une el personal de las compañías de ferrocarriles, al cual por órdenes del presidente Stephen Grover Cleveland es reprimida brutalmente. En Francia es asesinado el presidente Marie François Sadi Carnot.
1896	Porfirio Díaz inicia su cuarto periodo de gobierno. Quedan formalmente abolidas las alcabalas en todo el país, lo que favorecerá el desarrollo capitalista. Villa se une a la gavilla de Ignacio Parra, conocido bandolero del estado de Durango, de quien se separará poco tiempo después para dedicarse a diferentes actividades, entre ellas: carnicero, minero y albañil.	Es elegido como presidente de los Estados Unidos de América el republicano William Mac Kinley. Wilhelm Honrad Röntgen descubre los rayos X. Se inauguran los primeros juegos olímpicos modernos.

Año	México	El mundo
1909	Los diferentes partidos políticos presentan sus candidatos a la presidencia y vicepresidencia. La Convención del Partido Reeleccionista postula a Porfirio Díaz para la presidencia y a Ramón Corral para la vicepresidencia. Sangrienta represión contra los habitantes del mineral de Velardeña, Durango. Se organiza el Centro Antirreeleccionista. Se funda el Club Central Reyista. Francisco I. Madero inicia su campaña política por la vicepresidencia y se empiezan a establecer clubes antirreeleccionistas en toda la república. El general Bernardo Reyes renuncia a la candidatura para la vicepresidencia y poco después sale rumbo a Europa. La Junta de Defensa de Anenecuilco, designa como su dirigente a Emiliano Zapata, para tramitar ante las autoridades correspondientes, la restitución de tierras a los campesinos de Morelos. El presidente estadounidense William Taft se entrevista con Porfirio Díaz en El Paso, Texas. Villa se entrevista con Abraham González, quien le habla de los planes del movimiento encabezado por Francisco I. Madero.	Comienza la guerra en Melilla (Marruecos). Manifestaciones en toda España contra la guerra. Semana trágica en Cataluña. Alzamientos en Bilbao, Valencia, Gijón y Murcia por reivindicaciones sociales y económicas. Francisco Ferrer, acusado de fomentar la llamada semana trágica, es sometido a consejo de guerra y fusilado en el castillo de Montjuich. Caída de Antonio Maura. Muere el pianista y compositor Isaac Albéniz. Debido al triunfo de la revolución de los "jóvenes turcos," integrados en el comité Unión y Progreso —que depusieron al sultán—, Turquía queda sometida a un régimen constitucional.

Año	México	El mundo
1910	Llega a México el nuevo embajador estadounidense Henry Lane Wilson. Se celebra la Convención Nacional Independiente de los Partidos Antirreeleccionista y Nacionalista Democrático, en la Ciudad de México, resultando electos candidatos a la presidencia y vicepresidencia, respectivamente Francisco I. Madero y Francisco Vázquez Gómez. Madero inicia su campaña, visita varios estados de la república y es detenido y encarcelado en Monterrey, Nuevo León, para luego ser trasladado a San Luis Potosí. Festejos conmemorativos del primer centenario de la Independencia. Elecciones presidenciales. La Cámara de Diputados declara reelectos a Díaz y a Ramón Corral. Madero escapa a San Antonio, Texas, desde donde lanza el Plan de San Luis Potosí, fechado el 5 de octubre; en él declara nulas las elecciones y llama a la insurrección para el 20 de noviembre. Se inicia la revolución en el norte del país. Porfirio Díaz inicia su octavo periodo presidencial. Villa se suma al levantamiento maderista. En la Sierra Azul, estado de Chihuahua, inicia el primer reclutamiento de revolucionarios.	Thomas Woodrow Wilson asume la presidencia de los Estados Unidos. Un golpe de Estado derroca al presidente nicaragüense Santos Zelaya. Japón se anexa Corea. La unión Sudafricana ingresa a la Commonwealth. Inicia el gobierno de José Canalejas, jefe del Partido Liberal español. Queda establecida la Confederación Nacional del Trabajo (CNT). Se otorga la descentralización de Cataluña. Portugal inicia una revolución que pone fin a la monarquía portuguesa, formándose un gobierno republicano presidido por Teófilo Braga. Alexis Carrel inicia sus trabajos sobre cultivo de tejidos, demostrando que un tejido puede vivir separado del órgano al que pertenece si recibe una nutrición adecuada. Inicia así el trasplante de tejidos y órganos en el cuerpo humano. A consecuencia del Tratado de Algeciras, España ocupa Tetuán, Alcazarquivir, Arcila y Larache.

Año	México	El mundo
1911	Ricardo y Enrique Flores Magón se levantan en armas en Baja California. Madero regresa a territorio nacional. El gobierno de Estados Unidos moviliza 20 000 soldados hacia la frontera con México. Emiliano Zapata se levanta en armas en Morelos. Villa se entrevista con Madero por vez primera. Encabezados por Francisco Villa y Pascual Orozco, los maderistas toman Ciudad Juárez. Se firman los Tratados de Ciudad Juárez mediante los cuales se resuelven las renuncias del presidente Díaz y el vicepresidente Corral. Villa se retira a la vida privada, dejando sus fuerzas al mando de Raúl Madero. Francisco León de la Barra asume interinamente la presidencia de la república. Díaz sale al exilio. Conflictos entre Madero y los hermanos Vázquez Gómez. Madero disuelve el Partido Antirreeleccionista y crea en su lugar el Constitucional Progresista. Madero entra a la Ciudad de México. Se licencia al ejército revolucionario. Zapata se niega a deponer las armas. La Convención del Partido Constitucional Progresista designa a Madero y a José María Pino Suárez candidatos para la presidencia y vicepresidencia. Celebradas las elecciones triunfan Madero y Pino Suárez. Por medio de reformas constitucionales se instituye la no reelección. Los zapatistas promulgan el Plan de Ayala. El general Bernardo Reyes se rebela contra el nuevo gobierno; es hecho prisionero en Linares, Nuevo León y trasladado a la prisión militar de Santiago Tlatelolco en la Ciudad de México.	Marines son enviados a Nicaragua para proteger las posesiones norteamericanas. Se disuelven Trust Standard Oil y American Tobacco. En España se inicia una huelga general en protesta contra la guerra de Marruecos. Francia ocupa el territorio de Fez. Muere Joaquín Costa, precursor de la generación del 98. Sun Yat-Sen, funda el partido revolucionario chino llamado Kuomintang, destrona a la monarquía manchú y es proclamado presidente de la República China. Aprovechando la revolución, los príncipes mogoles proclaman su autonomía. Se emite en Portugal, una Constitución parlamentaria democrática.

Año	México	El mundo
1912	En Chihuahua, Pascual Orozco se pronuncia contra el gobierno. Mediante el Plan de la Empacadora, desconoce al presidente y plantea reformas socioeconómicas relativas al problema agrario y obrero. Madero rinde su primer informe de gobierno ante la XXV Legislatura. Se funda la Casa del Obrero Mundial. Félix Díaz se subleva desconociendo al gobierno de Madero y es hecho prisionero. Francisco Villa retoma las armas. Por órdenes de Madero él y sus fuerzas se incorporan a la División del Norte Federal, comandada por el general Victoriano Huerta. Tras varias victorias contra los "colorados" u orozquistas, Villa es ascendido a general brigadier. Acusado de insubordinación, Huerta ordena su fusilamiento, el que finalmente es conmutado por cárcel en la Penitenciaría del Distrito Federal. Villa es trasladado a la prisión militar de Santiago Tlatelolco, de donde logra fugarse.	Inicia la Primera Guerra Balcánica. Yuan Shi Kai es nombrado presidente provisional de la República China. Se instaura en España la Ley del Servicio Militar Obligatorio. Inicia el gobierno de Álvaro de Figueroa y Torres, conde de Romanones. Lucha por el poder entre liberales y conservadores. Acuerdo francoespañol que fija las fronteras entre los protectorados francés y español en Marruecos. España retiene el territorio de Rif, costa mediterránea de Marruecos. La plaza de Tánger queda sujeta a un estatuto especial. Muere en japón el emperador Mutsu-Hito. Lo sustituye Yoshi-Hito.

Año	México	El mundo
1913	Villa se interna en Estados Unidos por Tucson, Arizona, para posteriormente trasladarse a El Paso, Texas. Félix Díaz, Bernardo Reyes y Manuel Mondragón se sublevan contra Madero iniciando la Decena Trágica, Madero nombra a Victoriano Huerta comandante militar de la Ciudad de México y general en jefe de las fuerzas federales. Félix Díaz y Huerta firman el Pacto de la Embajada que desconoce al gobierno de Madero apoyados por el embajador norteamericano Henry Lane Wilson. Madero y Pino Suárez son obligados a renunciar a sus cargos y la Cámara de Diputados nombra presidente interino a Pedro Lascuráin*, quien renuncia a favor de Victoriano Huerta. Madero y Pino Suárez son asesinados. Mediante el Plan de Guadalupe, Venustiano Carranza desconoce al gobierno de Huerta e inicia el periodo constitucionalista de la revolución. Villa regresa a territorio nacional y desconoce al gobierno golpista. Victoriano Huerta disuelve el Congreso, convirtiéndose en dictador. Villa se adhiere al Constitucionalismo y se declara único y supremo jefe de las operaciones en Chihuahua. Los rebeldes encabezados por Villa, toman por sorpresa Ciudad Juárez , primera de muchas victorias. Villa es nombrado gobernador provisional de la entidad.	Segunda Guerra Balcánica. Se firma en Bucarest el tratado que pone fin a la contienda. Mongolia se convierte en protectorado ruso. Atentado anarquista contra Alfonso XIII. Eduardo Dato asume la jefatura del gobierno conservador. Surge la llamada Generación de 1913, formada primordialmente por los escritores José Ortega y Gasset y Manuel Azaña. Rabindranath Tagore —uno de los máximos representantes de la cultura india— recibe el Premio Nobel de Literatura.

* Su presidencia duró menos de una hora; sólo el tiempo necesario para que Huerta se trasladara hasta el lugar donde tomó posesión. [N. de la ed.]

Año	México	El mundo
1914	Ojinaga, último bastión federal en Chihuahua, es capturado por Villa. Llega a la capital del estado Manuel Bauche Alcalde, quien es comisionado por el general para dirigir el periódico *Vida Nueva*. Villa comienza a dictarle sus memorias. Manuel Chao, Silvestre Terrazas y Fidel Avila, sustituirán interina y sucesivamente en la gubernatura a Villa. Victoriano Huerta clausura la Casa del Obrero Mundial. Comandada por Villa, la División del Norte, inicia una serie de triunfos militares que determinarán la caída de Huerta. Fuerzas norteamericanas invaden Veracruz. Ruptura de relaciones diplomáticas entre México y Estados Unidos. Argentina, Brasil y Chile (las llamadas potencias ABC) intervienen sin éxito para tratar de resolver el conflicto. Huerta renuncia a la presidencia. Francisco Carvajal se hace cargo del gobierno. Por medio de los Tratados de Teoloyucan se disuelve el ejército federal. Carranza entra a la Ciudad de México y convoca a una convención revolucionaria que inicia en la Ciudad de México y posteriormente se traslada a Aguascalientes, donde todos los grupos revolucionarios están representados. Se agudizan las contradicciones de villistas y zapatistas con Venustiano Carranza. La Convención nombra presidente provisional a Eulalio Gutiérrez y acuerda el cese de Carranza como primer jefe del Ejército Constitucionalista y de Villa como jefe de la División del Norte. Carranza establece su gobierno en Veracruz. Villa es nombrado jefe del Ejército Convencionista. Las fuerzas norteamericanos evacuan Veracruz. Villa y Zapata ocupan la Ciudad de México y establecen una alianza mediante el Pacto de Xochimilco.	Se abre al comercio, bajo patrocinio estadounidense el Canal de Panamá. Comienza la Primera Guerra Mundial. España se declara neutral en el conflicto. Se agudizan los problemas políticos, económicos y sociales del país. La UGT (Unión General de Trabajadores) y la CNT (Confederación Nacional de Trabajadores) propugnan por un acercamiento a los sistemas políticos europeos.

Año	México	El mundo
1915	La Convención se traslada a la Ciudad de México. Eulalio Gutiérrez es sustituido por Roque González Garza. Se promulga la Ley agraria del 6 de enero , expedida por Venustiano Carranza en Veracruz. Pacto de los constitucionalistas con la Casa del Obrero Mundial; se forman los "Batallones Rojos". Inicia el declive de la División del Norte: derrotas del Bajío; Villa se repliega hacia el norte y cede terreno a sus enemigos. Francisco Lagos Cházaro sustituye a González Garza. Los Constitucionalistas ocupan la Ciudad de México. El gobierno de los Estados Unidos otorga reconocimiento de facto al gobierno de Venustiano Carranza. Descalabro de Villa en Agua Prieta, Son., al permitir Estados Unidos el paso de tropas mexicanas por su territorio.	Comienza la guerra submarina. Italia se une a los aliados y Bulgaria a los Imperios Centrales. Se restablece el Imperio Chino. En España, regresa al poder el conde de Romanones. Se organizan en Barcelona los Sindicatos Únicos de la CNT. Comienza la publicación de la revista *España* de contenido político cultural, dirigida por José Ortega y Gasset y con la colaboración de Antonio Machado, José Martínez Ruiz (Azorín), Manuel Azaña, Ramón María del Valle Inclán y otros. Muere Francisco Giner de los Ríos, fundador de la Institución Libre de Enseñanza.
1916	Villa, convertido en guerrillero ataca Columbus, Nuevo México, y es declarado, por Carranza, fuera de la ley. Se convoca en Querétaro a un nuevo Congreso Constituyente. Al iniciarse las sesiones, Carranza presenta un proyecto de reformas moderadas a la Constitución de 1857.	Albert Einstein publica su *Teoría general de la relatividad.* En respuesta al ataque de Villa, los estadounidenses envían a México una expedición punitiva. Batalla de Verdún entre alemanes y franceses que, al mando de Pétain, acabaron por imponerse. En Somme, tropas francobritánicas, al mando del general Foch, lanzan una fuerte ofensiva contra los alemanes. Portugal y Rumania entran en la guerra a favor de los aliados. Rasputín es asesinado en Rusia. China se convierte nuevamente en república. Muere Yuan Shi Kai. Thomas Woodrow Wilson es reelecto presidente de los EEUU y promete no entrar a la Primera Guerra Mundial. Se recrudece la guerra en Marruecos. En España se produce un pacto revolucionario entre la UGT y la CNT para declarar la huelga general en todo el país. Los militares obligan a dimitir al gobierno liberal. Muere el emperador austriaco Francisco José.

Año	México	El mundo
1917	Se promulga la nueva Constitución, la cual consigna en sus artículos 27 y 123 la problemática agraria y obrera, respectivamente. Salen del país las fuerzas de la Expedición Punitiva. El gobierno de Carranza intensifica sus acciones contra Villa y Zapata.	El Congreso de Estados Unidos declara la guerra a Alemania. Se inician en Petrogrado una serie de disturbios que bajo el influjo socialista, desembocarán en revolución. Con independencia del zar se constituye el Comité Ejecutivo de la Duma y el Soviet de obreros y soldados. El zar Nicolás II abdica a favor de su hermano el gran duque Miguel que a su vez renunció a la corona. Triunfa en Rusia la revolución bolchevique.
1918	Felipe Angeles cruza la frontera y se encuentra con Villa. Se constituye la Confederación Regional Obrera Mexicana (CROM) con Luis N. Morones al frente. Los estados de Chihuahua, Tamaulipas, Morelos, Tabasco, Chiapas, Oaxaca y Veracruz, entre otros, permanecen sustraídos al orden constitucional.	Se firma el tratado ruso alemán denominado Paz de Brest-Litovsk que pone fin a la guerra. Se dan a conocer los "catorce puntos" de Wilson para la paz. Armisticio en el frente occidental, en el frente austriaco y entre Bulgaria y Turquía. Se firma el tratado de Sévres, por el que se desmembra el Imperio Otomano. Una revolución democrático-burguesa, encabezada por el conde Mihály Karoly, declara la república independiente de Hungría. En España Antonio Maura preside el gabinete nacional. Se forman las Cortes sin mayorías homogéneas. Romanones sustituye a Maura. Se funda el Instituto Escuela.

Año	México	El mundo
1919	Villa ocupa Parral y Ciudad Juárez. Ángeles se separa de Villa y se dirige al sur, buscando entrar en contacto con zapatistas. Emiliano Zapata es asesinado en la hacienda de Chinameca, Morelos. Ángeles es traicionado y capturado por un antiguo villista amnistiado. Sometido a un consejo sumario, es condenado a muerte. Se funda el Partido Comunista Mexicano.	A principios de año, una huelga general revolucionaria provoca violentos disturbios en Cataluña. Preliminares de la Conferencia de Paz en París. Tratado de Versalles rubricado por las potencias aliadas, por una parte, y los imperios centrales, por la otra, dando término a la Primera Guerra Mundial. Finlandia se convierte en república. Montenegro se une a Yugoeslavia. Se funda el Partido Nacional Socialista en Alemania y de los "Fasci" en Italia. Se emite la Constitución de Weimar. Comienza en la India el movimiento nacionalista de Mahatma Gandhi. Mustafá Kemal Mejá se subleva contra el sultán de Turquía. En España se emiten reformas sociales de protección obrera. Represión ante victorias sindicales de socialistas y cenetistas. España se adhiere a la Sociedad de Naciones. El PSOE rechaza en congreso extraordinario su ingreso a la III Internacional.

Año	México	El mundo
1920	Candidatura presidencial de Ignacio Bonillas, apoyado por Carranza y por los sectores civiles. Plan de Agua Prieta: Calles y un grupo de militares desconocen al gobierno de Carranza. Enfrentamientos entre los rebeldes y tropas federales en Sinaloa y otros estados de la República. Entrada triunfal de Obregón a la Ciudad de México; el Congreso designa presidente provisional a Adolfo de la Huerta. Al dirigirse a Veracruz, Carranza es asesinado en Tlaxcalantongo, Puebla. Adolfo de la Huerta toma posesión de su nuevo cargo y reestablece el principio de dotación provisional de tierras. Villa atraviesa el Bolsón de Mapimí y ocupa Sabinas, Coahuila. Adolfo De la Huerta propone un armisticio. Villa firma el Acta de Unificación y depone las armas. Fija su residencia en la ruinosa hacienda Del Canutillo, Durango, dando principio a su reconstrucción. Se instalan en el inmueble su esposa Luz Corral, y los hijos del general Agustín y Micaela. Se emite la convocatoria a elecciones presidenciales. Se expide la Ley de Tierras ociosas que autoriza el usufructo de todos aquellos terrenos en tal condición. Política pacifista de De La Huerta. Se amplía el plazo para desintervenir los bienes incautados. Pablo Gonzáles se subleva en Monterrey. Se crea la Federación Comunista del Proletariado Mexicano. Antonio Díaz Soto y Gama funda el Partido Nacional Agrarista. Obregón es declarado presidente electo y asume el cargo.	En Italia, comienza a cobrar importancia el partido fascista. Asume el gobierno español Eduardo Dato. Severiano Martínez Anido asume la gubernatura civil de Barcelona. Se funda el Partido Comunista Español. Huelga general como protesta a deportaciones de dirigentes obreros. Agravamiento del conflicto de Marruecos.

Año	México	El mundo
1921	Villa recoge a varios de sus hijos y los lleva a vivir a Canutillo, entre ellos Octavio, Celia y Juana María. Se amplía el plazo para presentar reclamaciones por daños causados por la Revolución. Se agudiza el conflicto entre Estados Unidos y México al rechazar el presidente Álvaro Obregón un proyecto de tratado de "Amistad y Comercio." La Secretaría de Educación Pública, con José Vasconcelos al frente, impulsa la educación rural e indígena. Villa establece en Canutillo la Escuela Felipe Ángeles, a la que asisten sus hijos, los de los antiguos combatientes y niños de lugares aledaños. El plantel atiende clases nocturnas para adultos que deseen aprender a leer y escribir. Llega a Canutillo Austreberta Rentaría con quien Villa procrea un nuevo hijo: Francisco.	Einstein obtiene el premio Nobel de Física por su descubrimiento de la ley del efecto fotoeléctrico. Sir Frederick Banling, Charles H. Best y John James Richard Macleod, descubren la insulina, dando a los diabéticos esperanzas de vida. Inglaterra reconoce el Estado Libre de Irlanda, incorporado a la Commonwealth. Se funda en Shangai el Partido Comunista Chino. Eduardo Dato muere en España tras un atentado anarquista. Tropas españolas son derrotadas en Annual, Marruecos con graves pérdidas para el ejército. Queda oficialmente abolido el nombre del Imperio Otomano.

Año	México	El mundo
1922	Francisco Serrano es nombrado secretario de Guerra. Se expide el reglamento Agrario y se crea la Comisión Nacional Agraria. Firma del convenio Lamont-De la Huerta entre Estados Unidos y México. Francisco Murguía, jefe revolucionario, levantado en armas contra Obregón, es aprehendido y fusilado. Con el apoyo de Vasconcelos, se inicia el movimiento muralista mexicano, representado por Diego Rivera, José Clemente Orozco y David Alfaro Siqueiros. Obreros y diversos gremios de trabajadores sindicalizados —entre ellos los ferrocarrileros—, ofrecen a Villa la candidatura para el gobierno del estado de Durango. El general declina el ofrecimiento argumentando que conforme a los Tratados de Sabinas estará alejado de la cosa pública "por todo el tiempo de la actual administración constitucional del país". Se publica en el periódico *El Universal* de la Ciudad de México, la entrevista "Una semana con Villa en Canutillo", realizada por Regino Hernández Llergo.	Para tomar el poder, Benito Mussolini organiza la "marcha sobre Roma". Revolución nacionalista en Turquía, encabezada por Mustafá Kemal que destrona al sultán y lo llevan a formar gobierno en Angora. Lawrence de Arabia lucha por la independencia de los pueblos árabes. Inglaterra reconoce la independencia de Egipto y es nombrado rey Fuad I. Abdica Constantino I, rey de Grecia. En España se acentúa el terrorismo. Los liberales, bajo la dirección de Manuel García Prieto forman el último gobierno constitucional. Golpe de Estado de Miguel Primo de Rivera quien asume la dictadura y forma un Directorio Militar. Se liquida la legalidad constitucional y el régimen liberal parlamentario. Republicanos, socialistas, comunistas y anarquistas recurren a la huelga y lanzan manifiestos en contra de la dictadura militar. Supresión de garantías constitucionales. Declaración de estado de guerra en territorio nacional, nombramiento de gobernadores militares en las provincias. Atentado contra Severiano Martínez Anido. El dramaturgo Jacinto Benavente, obtiene el premio Nobel de Literatura.

Año	México	El mundo
1923	El delegado apostólico Philippi coloca la primera piedra del monumento a Cristo Rey en el Cerro del Cubilete, en Guanajuato. Por tal hecho, prohibido por la Constitución, es expulsado del país. México y los Estados Unidos de América firman los tratados de Bucareli. Pancho Villa es asesinado en Hidalgo del Parral, Chihuahua. Se reanudan relaciones entre México y Estados Unidos. Se forma en Veracruz, la Liga de Comunidades Agrarias de influencia comunista. Inicia la rebelión de la huertista con el apoyo de las tres quintas partes del ejército. Nace Hipólito, hijo póstumo de Villa con Austreberta Rentaría. Se emite el Manifiesto de Obreros Técnicos, Pintores y Escultores que propugna por el arte para el pueblo. La Secretaría de Educación Pública crea las misiones culturales.	Se funda la Unión de Repúblicas Socialistas Soviéticas. En Italia se establece un solo partido: el fascista. Conflicto Italo-griego, los italianos ocupan Corfú. El partido laborista conquista el gobierno en Inglaterra. Se publica en España el primer número de la *Revista de Occidente*, dirigida por Ortega y Gasset.

Índice onomástico y toponímico

202, 203, 210, 212, 213, 214, 217,
218, 230, 233, 235, 238, 242, 249,
251, 252, 260, 262, 263, 264, 269,
292, 293, 294, 295, 296, 318, 319,
320, 324, 327
Madero, Gustavo A. 211
Madero, Raúl 180, 202, 229, 294,
318, 324
Magaña, Gildardo 34
Magdaleno, Mauricio 55
Manzano, Leobardo 147
Mapimí 229, 231, 301, 332
Márquez, Encarnación 166, 167,
168, 171, 252
Martínez, Agustín 161
Martínez, Mucio P. 122
Martínez, Rosalino 125
Maytorena, José María 21
Mazatlán 270, 271
Medina, Juan N. 282, 284
Méndez Armendáriz, Santiago 255,
257
Mercado, Aristeo 122
Mercado, Salvador 24
México, ciudad de 34, 35, 37, 45,
46, 47, 53, 62, 77, 120, 252, 274,
293, 294, 296, 297, 298, 301, 303,
339, 341
Michoacán 122
Moctezuma 281
Molina, Olegario 122, 125
Monclova 21
Mondragón, Manuel 127, 264, 296
Monterrey 252, 293, 301
Morelos 122, 282, 286, 292, 294,
299, 300
Morón, Víctor 150

N

Naica 160
Natera, Pánfilo 24, 285
Navarro, Juan J., general 148, 149,
150, 151, 152, 153, 154, 155, 156,
190, 192, 193, 195, 196, 197, 199,
201, 202
Nieves, Zacatecas 33
Noriega, Íñigo 124
Nueva Orleáns 29
Nueva York 46

O

Oaxaca 37
Obregón, Álvaro 7, 14, 21, 51, 52,
53, 56, 57, 60, 190, 201, 202, 212,
301, 302, 303
Ojinaga 24, 138, 285, 286, 287, 297,
324, 325
Olegario Molina y Muñoz Aréstigui
122
Orcí, Juan R. 26
Orozco, Antonio 148
Orozco, José 168, 179, 180, 188,
189, 190, 214, 215, 216, 228
Orozco, Pascual 24, 31, 34, 70, 151,
152, 153, 154, 155, 183, 187, 188,
198, 201, 202, 203, 210, 212, 213,
214, 216, 217, 219, 223, 239, 242,
263, 294, 295, 319, 323, 324
Osollo, Juan 129

P

Pani, Alberto J. 48, 52
Pánuco de Avino 87
Parra, Ignacio 88, 93, 97, 291
Parral 27, 91, 92, 109, 112, 113,
114, 121, 131, 165, 166, 167, 168,

San Pedro de las Colonias 25
Satevó 131, 159, 171, 216, 217, 220, 225, 276
Secretaría de la Defensa Nacional 39
Secretaría de Relaciones Exteriores 27, 28
Sierra, Justo 126
Sierra Azul 136, 139, 145, 151, 293
Sierra Cabeza del Oso 91, 119
Sierra del Durazno 164, 166
Sierra de Gamón 87, 97
Sierra de las Cuchillas 166
Sierra de la Hulama 98, 107
Sierra de la Silla 80, 82, 86, 87, 88, 98, 100, 101, 173
Sierra de Matalotes 121
Sierra de Minas Nuevas 168
Sierra El Amolar 91
Sinaloa 47, 49, 301
Solís, Cesáreo 138
Solís, José 101
Solís, Pánfilo 137
Sonora 21, 26, 47, 49, 52, 55, 122, 124, 184, 187, 188, 275
Sotelo, Antonio 137
Soto, Eleuterio 114, 117, 119, 120, 122, 133, 134, 135, 136, 137, 148, 149

T

Tejame 89, 98, 107, 109
Temosáchic 177
Teotihuacán 126
Terrazas 21, 24, 27, 33, 63, 68, 122, 128, 129, 193, 195, 212, 213, 280, 297, 325
Terrazas, Alberto 212

Terrazas, Félix 193
Terrazas, Luis 33, 68, 128, 325
Terrazas, Silvestre 24, 27
Texcoco 125
Tierra Blanca 19, 282
Tlatelolco 37, 143, 260, 261, 264, 294, 295
Tlahualilo 231
Toluca 265, 266, 267
Torreón 25, 58, 59, 105, 229, 252, 275, 288
Torres, Elias 15
Torres, Elías 36
Torres, Luis 122, 124
Torres, Manuel 103, 104, 105, 108
Trillo, Miguel 12, 27, 31, 32, 33, 36, 216, 317, 338
Trucy Aubert, Fernando 148, 149
Tucson, Arizona 272, 273, 275, 296

U

Urbina, Luis 126
Urbina, Tomás 45, 137, 229, 238, 242

V

Valle, Aurelio del 119, 120, 121
Valle, Jesús del 120
Valle de Allende 244, 277
Valle de Zaragoza 163, 218, 220, 221
Vasconcelos, José 55
Vázquez Gómez, Emilio 210, 219, 293, 294, 319
Vázquez Tagle, Manuel 211
Vega, Santos 111, 112, 113, 168
Velardeña 125, 292

MAPAS

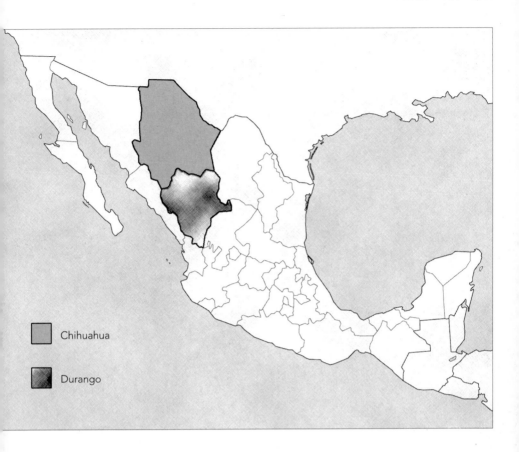

Chihuahua

Durango

Durango, lugar de nacimiento de Villa; Chihuahua, estado donde se convierte en revolucionario

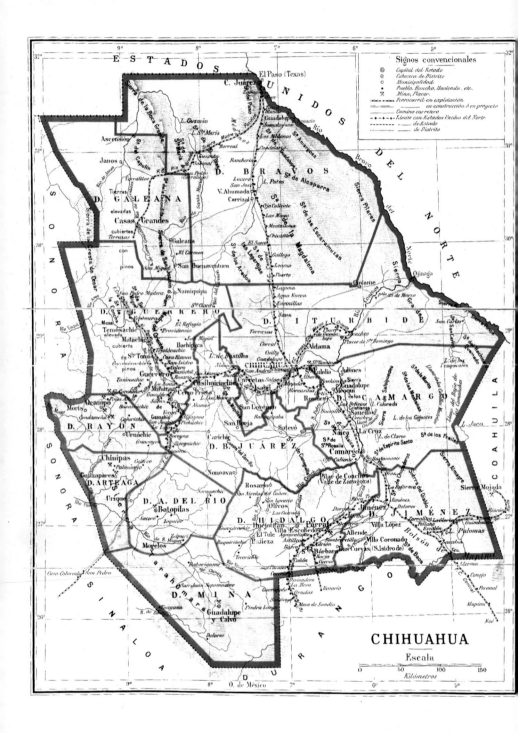

Chihuahua. Reseña geográfica y estadística, París-México, Librería de la Vda. de C. Bouret, 1909 (La República Mexicana)

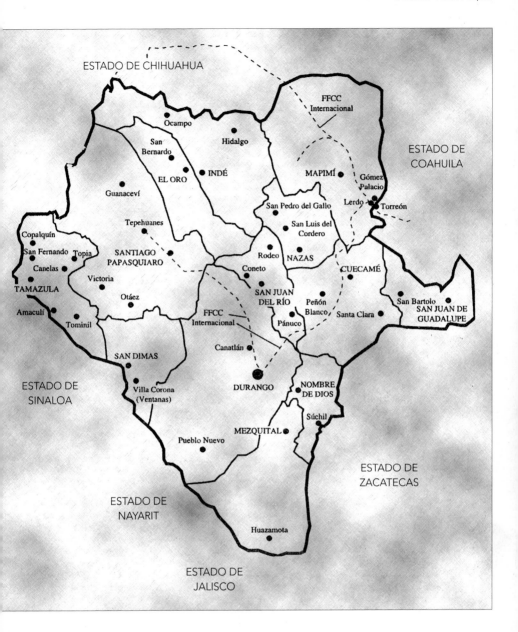

ESTADO DE CHIHUAHUA

FFCC
Internacional

ESTADO DE
COAHUILA

Ocampo

San
Bernardo

Hidalgo

EL ORO

INDÉ

MAPIMÍ

Gómez
Palacio

Guanaceví

San Pedro del Gallo

Lerdo

Torreón

Tepehuanes

San Luis del
Cordero

Copalquín

San Fernando

Topia

SANTIAGO
PAPASQUIARO

Rodeo

NAZAS

Canelas

Victoria

Coneto

CUECAMÉ

TAMAZULA

Otáez

SAN JUAN
DEL RÍO

Peñón
Blanco

San Bartolo

SAN JUAN DE
GUADALUPE

Amaculí

Tominil

FFCC
Internacional

Santa Clara

Pánuco

Canatlán

SAN DIMAS

ESTADO DE
SINALOA

Villa Corona
(Ventanas)

DURANGO

NOMBRE
DE DIOS

Súchil

MEZQUITAL

Pueblo Nuevo

ESTADO DE
ZACATECAS

ESTADO DE
NAYARIT

Huazamota

ESTADO DE
JALISCO

El estado de Durango. Los 13 partidos y cabeceras municipales según la ley territorial de 1905. Fuente: Mapoteca "Manuel Orozco y Berra", Dirección General del Servicio Meteorológico Nacional de la SARH

04

05

04 Fotografía tomada en el campamento revolucionario de Ciudad Juárez, Chihuahua. 1. Venustiano Carranza, 2. Dr. Francisco Vázquez Gómez, 3. Francisco I. Madero (hijo), 4. Abraham González, 5. José María Maytorena, 6. A. Fuentes, 7. Pascual Orozco, 8. Francisco Villa, 9. Gustavo A. Madero, 10. Francisco Madero (padre), 11. G. Garibaldi, 12. Lic. Federico González Garza, 13. José de la Luz Blanco, 14. Juan Sánchez Azcona, 15. Alfonso Madero **05** Villa y su Estado Mayor

06 De izquierda a derecha: personaje no identificado, Francisco I. Madero, Abraham González y el General Benjamín Viljöen; 1911, Ciudad Juárez, Chihuahua **07** Tropas revolucionarias

08

09

08 Campamento revolucionario, 1911, Ciudad Juárez Chihuahua. De pie de izquierda: personaje no identificado, G. Garibaldi, Abraham González, personaje no identificado, Lic. Rubio, personaje no identificado. Sentados, de izquierda a derecha: personaje no identificado, Roque González Garza, Gregorio A. Borundo, personaje no identificado **09** Corresponsales y combatientes, 1911, Ciudad Juárez, Chihuahua

10

11

10 Estadounidenses e insurrectos en el río Grande (río Bravo) luego de la captura de Ciudad Juárez, Chihuahua en mayo de 1911. Fotografía tomada desde El Paso, Texas **11** 1911, una escaramuza

12

12 Francisco Villa y Pascual Orozco en la nevería Elite, poco después de la toma de Ciudad Juárez. 1911, El Paso, Texas

13

14

13 Fuerzas maderistas a orillas del río Bravo, 1911, Ciudad Juárez, Chihuahua. En primer plano, de izquierda a derecha: Pascual Orozco, Francisco Villa, Raúl Madero y Roque González **14** Al centro aparecen los generales José Rodríguez, Rodolfo Fierro y Francisco Villa. Fotografía tomada en el campamento de Ojinaga, Chihuahua en enero de 1914

15 General Luis Terrazas, 1914 **16** Campamento antes de la batalla de Ojinaga, Chihuahua, enero de 1914

17 Francisco Villa. Fotografía tomada probablemente en 1914

18

19

18 Villa en 1914. **19** Emilio Madero (segundo de izquierda a derecha), Francisco Villa y Eduardo Hay

20

20 1914, con uniforme de gala

Más Villa

21

21 Villa a la edad de 25 años. Ésta es la fotografía más temprana que se le conoce

22

22 Uno de los deportes favoritos del general Villa era nadar. Fotografía tomada en la colonia americana de Mineral de Mapimí, Durango

23

23 Representantes de la fábrica de motocicletas Indian muestran a Villa una de sus potentes máquinas

24

24 Es un sólo instante el que yo te pido;
  una hora tan sólo de tu larga vida;
  ·un solo momento para estar contigo;
  un momento nuestro, sólo tuyo y mío.
                    E. Fernández, *Nuestra hora*
Francisco Villa y su esposa Luz Corral retratados en la Quinta Luz, 1915, Chihuahua, Chihuahua

25

26

25 Villa era un apasionado de las peleas de gallos. Rodolfo Fierro muestra la navaja que usará el animal que ayuda a sostener **26** El general Eugenio Martínez —representante del gobierno del presidente Adolfo de la Huerta— y el general Villa. Fotografía tomada tras la firma del armisticio, 1920, Sabinas, Coahuila

27

27 1920, Ciudad Juárez, Chihuahua

28

28 1920, Sabinas, Coahuila

29

30

29 Fotografía tomada en 1920, en la hacienda del Canutillo, Durango, poco después de haber tomado posesión de ella. 1. General Ricardo Michel, 2. Coronel Miguel Trillo, 3. General Francisco Villa, 4. General Nicolás Fernández, 5. General Sóstenes Garza, 6. General Porfirio Ornelas, 7. Coronel José Nieto, 8. Coronel José Ramón Contreras, 9. Asistente Daniel Tamayo, 10. General José María Urrieta, 11. Coronel José Gómez Morentín, 12. General Lorenzo Ávalos, 13. General Ernesto Ríos, 14. Coronel Silverio Tavares, 15. Coronel Daniel Delgado **30** 1920, Villa y una comisión de ingenieros agrimensores recorren los terrenos de Canutillo

31

32

31 1921, Canutillo. "Las actividades agrícolas de la hacienda encaminaron sus esfuerzos al cultivo de trigo, frijol y maíz" (entrevista a Alfonso de Gortari Pérez, realizada por María Isabel Souza
el 10 de agosto de 1973 en la Ciudad de México, Archivo de la Palabra del Instituto de Investigaciones "Dr. José María Luis Mora", PHO/1/90, p. 15) **32** 1921, Canutillo. El general inspeccio-
nando el trabajo de una trilladora, "Villa apreciaba la eficiencia de la maquinaria moderna y
deseaba, para Canutillo, tanta de ella como fuera posible" (entrevista a Carl A. Beers, representante de ventas de maquinaria agrícola de la compañía W.G. Roe de El Paso, Texas, en Peterson,
Jessie y Thelma Cox Knoles, *Pancho Villa. Intimat Recollections by People Who Knew Him*, Nueva York, Hastings House Publishers, 1977, p. 263)

33

Villa en su Hacienda
de Canutillo, Dgo.
Junio 17-1921.

34

33 1921, Canutillo, Durango. "[Villa] se ponía también a sembrar. Sabía hacer surco, porque en los sembradores, he oído yo que el que hace el surco derecho, sabe sembrar" (entrevista a Soledad Seáñez, viuda de Villa, realizada por María Isabel Souza el 26 de octubre de 1973 en Ciudad Juárez, Chihuahua, Archivo de la Palabra del Instituto de Investigaciones "Dr. José María Luis Mora", PHO/1/9, p. 35) **34** 1921, Canutillo, el taller de reparaciones. "Canutillo se convirtió en un pequeño pueblo con su propia forma de gobierno y organización. [Había] mecánicos porque tenían que atender la reparación de la maquinaria como trilladoras, un tipo de arados para la labor, infinidad de implementos agrícolas. Herreros para hacer las piezas para la reparación de esa maquinaria y sobre todo herraduras para caballos" (entrevista a Eustaquio Fernández, realizada por Guadalupe Villa, el 3 de septiembre de 1983 en Ciudad Lerdo, Durango. Archivo de la Palabra del Instituto de Investigaciones "Dr. José María Luis Mora", PHO/1/226, p. 20)

35

35 1921, en la herrería,. "Villa actuaba como un verdadero coordinador de las actividades de Canutillo... en todo estaba" (entrevista a Alfonso de Gortari Pérez, realizada por María Isabel Souza el 10 de agosto de 1973 en la Ciudad de México, Archivo de la Palabra del Instituto de Investigaciones "Dr. José María Luis Mora", PHO/1/90, p. 17)

36

36 En la tranquilidad del hogar

38

37

39

37 De pie, Luz Corral, sentados de izquierda a derecha: Agustín, Reynalda y Micaela Villa, hijos del general **38** 1922, posando en Canutillo **39** 1922, Canutillo. Padre amoroso con el pequeño Antonio —hijo de Soledad Seáñez— en brazos

40

41

40 1922, Canutillo. Villa con su hijo Antonio **41** Probablemente en 1923, Canutillo. Villa inspeccionado una planta. Fotografía tomada en la hacienda del Canutillo

42

42 1923, Canutillo. Saboreando caña de azúcar

43

44

43 1923, Canutillo. Retrato de familia. De izquierda a derecha: Octavio y Juana María; detrás de ésta, Micaela; Francisco en brazos de su padre, Austreberta Rentería, Celia y Agustín **44** En Canutillo, Villa construyó una cancha para jugar pelota vasca —conocida en el norte como "rebote" —uno de sus pasatiempos favoritos

45

45 1923, Agustín y Octavio Villa

46

47

48

46 De izquierda a derecha: Celia, hija de Librada Peña; Micaela, hija de Petra Espinoza; Esther, hija de Esther Cardona. Atrás, en el mismo sentido: Trinidad, hijo de Manuela Casas; Eustaquio, hijo del general Nicolás Fernández **47** Teniente Coronel Octavio Villa, hijo del general y Guadalupe Coss Domínguez **48** Guadalupe Coss Domínguez

49

50

49 Juana María Villa, hija del general y Juana Torres **50** Juana María Torres

51

52

51 Francisco Gil Piñón, hijo adoptivo del general Villa. "Fue administrador de la hacienda... llevaba las cuentas de todo lo que allí entraba y salía" (entrevista a Francisco Gil Piñón, realizada por Eugenia Meyer y Alicia Olivera de Bonfil, el 3 de agosto de 1972 en la ciudad de Chihuahua, Archivo de la Palabra del Instituto "Dr. José María Luis Mora", PHO/1/9, p. 41) **52** Los licenciados Alfonso Guerrero González e Hipólito Villa Rentería, —hijo póstumo del general Villa—

FUENTES FOTOGRÁFICAS

Armando Ruíz: foto 19.
Celia y María Elena Contreras Villa: foto 02.
Colección particular de la familia Villa: fotos 01, 03, 04, 12, 20, 21, 22, 23, 26, 28, 29, 30, 31, 32, 33, 34, 35, 36, 37, 38, 39, 40, 41, 42, 43, 44, 45, 46, 47, 48, 49, 50, 51, 52.
De los Reyes, Aurelio, Con Villa en México. Testimonios de camarógrafos norteamericanos en la Revolución, México, unam, 1985, p. 191.: foto 24.
South West Collection, El Paso Public Library: fotos 05, 06, 07, 08, 09, 10, 11, 13, 14, 15, 16, 17, 18, 25, 27.